品味红色经典

人民日报社文艺部 编

中央党校出版集团 大有书局

图书在版编目（CIP）数据

品味红色经典/人民日报社文艺部编. —北京：大有书局，2022.5（2023.1重印）
ISBN 978-7-80772-060-7

Ⅰ. ①品… Ⅱ. ①人… Ⅲ. ①文艺—作品综合集—中国-当代 Ⅳ. ①I217.1

中国版本图书馆CIP数据核字(2021)第254819号

书　　名　品味红色经典
　　　　　PINWEI HONGSE JINGDIAN
作　　者　人民日报社文艺部　编

责任编辑　叶敏娟
装帧设计　罗　洪
责任校对　李盛博
责任印制　袁浩宇
出版发行　大有书局
　　　　　（北京市海淀区长春桥路6号　100089）
综 合 办　（010）68929273
发 行 部　（010）68922366
经　　销　新华书店
印　　刷　北京盛通印刷股份有限公司
版　　次　2022年5月北京第1版
印　　次　2023年1月北京第3次印刷
开　　本　170毫米×240毫米　1/16
印　　张　19.75
字　　数　200千字
定　　价　58.00元

百年风华铸经典

红色，是党旗的颜色、共和国的颜色。经典，是“隽永的美、永恒的情、浩荡的气”。一部部红色经典，于时代脉动中撷取强音，从历史纵深处提炼华章，具有穿越时空、激荡心灵的艺术魅力。

审声以知音，审音以知乐，审乐以知政。以艺释史、以艺增信，讲述红色经典的魅力，从艺术作品品读解开天辟地、改天换地、翻天覆地、惊天动地的人间奇迹，以当代视角揭示经典永流传的精神密码，为奋斗新征程凝聚精神力量。《品味红色经典》一书，以权威解读、多元视角、生动讲述，重新打开时间的闸门，品读百年征程中追梦的足迹、奋斗的功勋，读懂属于我们的党、我们的国家、我们的民族的心史心声。

2021年7月1日，庆祝中国共产党成立100周年大会上，习近平总书记代表党和人民向全世界庄严宣告：“一百年来，中国共产党团结带领中国人民，以‘为有牺牲多壮志，敢教日月换新天’的大无畏气概，书写了中华民族几千年历史上最恢宏的史诗。这一百年来开辟的伟大道路、创造的伟大事业、取得的伟大成就，必将载入中华民族发展史册、人类文明发展史册！”100年来，多少壮怀激烈的故事，多少向死而生的牺牲，多少百折不挠的奋斗，多少千难万险的跋涉，多少上下求索的追寻，多少执着坚定的前行……历史以如椽之笔将颠扑不破的真理刻入人心：没有中国共产党，就没有新中国，就没有中华民族的伟大复兴！

文运同国运相牵，文脉同国脉相连。100年来，中国共产党领导下的广大文艺工作者积极响应党的号召，创作了一大批脍炙人口、深入人心的优秀作品。一部部红色经典在振奋人心的旋律下、在激情澎湃的文字间、在波澜壮阔的荧屏史诗里、在气势恢宏的美术佳作中，熔铸血与火的记忆，点燃民族精神的火光，形象有力地反映了我们国家和民族的创造力，彰显斗志、传颂精神、凝聚人心，绘就了中华民族百年的恢宏史诗和壮美画卷。

2021年年初，人民日报文艺副刊精心策划推出“品味红色经典”专栏，约请文艺大家名家深情回顾创作体悟，革命后代和文艺后辈深入讲述背后故事，专家学者深度解读艺术魅力。这些文章坚持历史的“大叙事”、细节的“微表达”、事件的“深逻辑”、传播的“融思维”，独家、独到、深入、深刻，在社会各界产生热烈反响，扩大了红色经典的“朋友圈”。中央党校出版集团大有书局慧眼独具，将60余篇文章精心编排、结集出版。

“中国无产阶级革命文学的历史的第一页，是同志的鲜血所记录。”品味经典，品的是永不褪色的初心信仰。红色经典，是中国共产党人诗意的精神栖居地，承载着亿万万中华儿女的集体记忆与精神共识。一部部红色经典牵系时代脉搏，刻印着百年大党的梦想与追求、情怀与担当。它们如同深邃的年轮，记录着中华民族从苦难中奋起、历坎坷而前行的历史，如同鲜艳的旗帜，标示着中国共产党人的精神高度与信仰底色，更是嘹亮的号角，激励着中华儿女沿着民族复兴的大道坚定前行。

品味经典，品的是革命信仰从何而来、何以坚定。细节，为历史的骨架增添血肉。文章以故事载“道”，力求讲清楚百年党史的内在逻辑和时代价值。“人民艺术家”郭兰英演民族歌剧《白毛女》中的喜儿，那一跪、一哭，为何如此自然？107岁作家、83年党龄党员的马识途，为何称《红岩》是一本“真正血写的书”？“七一勋章”获得者张桂梅为何将江姐视为一生的偶像？……这些真正带流量、有共鸣的红色经典、中国故事，无不彰显信仰之美、崇高之美，无不表现出人的成长史与心灵史，无不体现出文艺创作与时代发展的深度契合。

谁说历史无言？英雄事迹就是历史最好的叙述。谁说时间有界？精神的力量总能穿越时空阻隔。红色经典穿越时空、打动人心，便在于信仰伟力、思想伟力。“奇迹是信仰最宠爱的孩子。”通过红色经典，我们读懂在信仰旗帜下的英勇无畏的奋斗史、一往无前的探索史、百折不挠的精神史，读懂今日中国自信地“平视这个世界”的目光，读懂那个伟大的声音、那段历史的旁白——“我们的事业并不显赫一时，但将永远存在。”

品味经典，品的是不过时的艺术魅力。蕴含磅礴正气、体现党心民情的红色经典，在叙事视角、意蕴开掘、人物塑造和表现手段等诸多方面取得突破，铸就了一座座文艺高峰。文艺的创造力表现在对人民心灵的深层观照、思想的高度映照、精神的真实写照。歌唱家李光羲在日寇铁蹄下度过童年，《松花江上》成为他从心底流淌出的旋律；电影艺术家于洋在演电影《大浪淘沙》中“马日事变”一幕时，冲出窗户导致双目短期失明；电影《大决战》历时三年半，主创团队查阅各类资料6000万字，凝练成“刀削斧砍不失其细，精雕细刻不失其雄”的艺术风格；赵树理扎根山西农村，和农民同吃同住，挥笔写下小说《李有才板话》……文艺工作者几个字沉甸甸，这其中，有时代的责任、人民的期待、职业的荣光，唯有用作品立身，方能靠实力“圈粉”。因了人民的滋养，文艺百花园才会有争奇斗妍花千树；因了时代的力量，才有震撼人心的画面、拨动心弦的音符、催人奋进的乐章。

一百年犹未老，一世纪正青春。这些文章以“青春笔法”，讲好百年大党风华正茂的“青春故事”，打通当代青年和红色经典的思想情感通道。重读方志敏烈士《可爱的中国》，他的女儿方敏替父亲，与亿万网友共同见证今日这可爱的中国；重温电影《小兵张嘎》，“00后”演员王源那颗“相通的爱国的少年心”，收获超3亿网友的共鸣；重唱抗战歌曲，百岁抗战老兵以自己的青春敬告今日之青春，向年轻人发出“山河日新，中国青年当自强”的呼唤……红色经典成为深入人心的“爆款”，英雄成为热搜榜最耀眼的“明星”，网络空间充盈着向上向善的正能量，这再次证明信仰的力量是伟大的，受众是有眼光、值得信任的，爱国主义精神一定会代代相传。

一代人有一代人的责任。今天的世界，正经历百年未有之大变局；今天的中国，正处于中华民族伟大复兴的关键时期。把握历史主动，尤需顽强的意志，尤需“雄健的精神”，尤需文化艺术的充沛滋养，尤需大气磅礴、骨气铮铮、定气如山的文艺作品铸就的文艺高峰。

诗文随世运，无日不趋新。在大众媒介快速发展的今天，要求文艺创作立足题材、超越题材，灌注时代新的审美要求，深化红色题材与艺术手法之间的美学联系，创新叙事结构和表达策略，发挥艺术想象，注入生动细节，让红色经典焕发时代精神、走近当代受众。以严肃和认真的态度，在历史逻辑中展开艺术想象，在党史研究的理论性和科学性成果基础上，拓展新的艺术空间，丰富作品思想内涵和人物形象，增强“辨识度”，打开一条让更多当代受众走进党史的艺术通道。

品味红色经典，回望的是过往的经典，立足的是当下的创作，着眼的是未来的征程。伟大事业催生文艺力作，伟大梦想呼唤不朽高峰。中华优秀传统文化的文化厚度，举世瞩目的科技发展速度，泱泱大国的气度与风度，气象万千的时代已为文艺创作铺陈开巨幅长卷，亿万中华儿女的奋斗史诗正等待文艺创作者落墨成文、入画入镜！

目录

001　第一章　《大浪淘沙》
于　洋　大浪淘沙始到金

008　第二章　《党的女儿》
田　华　演《党的女儿》 做党的女儿

014　第三章　《青春之歌》
谢　冕　将青春融入时代的洪流
谢　芳　我们的“青春之歌”回声嘹亮

024　第四章　《闪闪的红星》
傅庚辰　闪闪红星伴我行

032　第五章　建党题材美术经典
陈履生　为红色起点谱写视觉史诗

040　第六章　《红旗谱》
徐怀中　《红旗谱》的持久魅力

047　第七章　《松花江上》
魏　克　“百岁回望换天地”
李光羲　“心声岂止三千万”

057　第八章　《团结就是力量》
毛时安　振奋人心的旋律

倪光辉　团结铸就钢铁雄关

067　第九章　长征题材美术经典
许向群　崇高的精神境界　独特的艺术魅力

074　第十章　钢琴协奏曲《黄河》
郎　朗　“每个乐章都澎湃着民族的力量”

081　第十一章　《小兵张嘎》
江　平　回眸半生，最喜欢的还是《小兵张嘎》
王　源　爱国的少年心，总是相通的

091　第十二章　《十送红军》
希　亚　一首《十送红军》为何总让人热泪盈眶
李修文　“写给《十送红军》的一封回信”

099　第十三章　抗战美术经典
黄宗贤　烽火熔铸的精神图谱
屈　波　铭刻记忆　树起丰碑

112　第十四章　《长征组歌》
马子跃　字里行间咏叹长征精神
王劲松　我走进真实的雪山

122　第十五章　《可爱的中国》
刘大先　一封86年前的来信
方　梅　我替父亲看到了“可爱的中国”

134　第十六章　《红星照耀中国》
丁晓平　《红星照耀中国》的永恒魅力
何理良　“这些树都长得那么高大了”

143　第十七章　《李有才板话》
罗　扬　对人民有益　受群众欢迎

艾　斐　文学之树何以长青

154　第十八章　《永不消逝的电波》
罗怀臻　从电影到舞剧，一甲子后，“电波”的魅力为何穿透时空

162　第十九章　《白毛女》
郭兰英　一辈子演不够《白毛女》
雷　佳　演好喜儿，接过这一棒

173　第二十章　《野火春风斗古城》
王晓棠　永远向上向前

180　第二十一章　《林海雪原》
姚　丹　讲述革命传奇　唱响英雄颂歌
任飞帆　让红色经典不断焕发新光彩

190　第二十二章　《太阳照在桑干河上》
何吉贤　循着生活脉络　写活巨大变革

197　第二十三章　《暴风骤雨》
周小仪　舒莉莉　扎根火热生活　书写伟大变革
张宝金　“这里边有元宝村的未来”

207　第二十四章　《南征北战》
左　衡　波澜壮阔的战争史诗片
董富君　这是父亲一辈子的荣耀

217　第二十五章　《红　日》
周大新　《红日》喷薄而出——从红色记忆中汲取前进力量
吕其明　保卫家乡建设家乡的深厚情感

226　第二十六章　《红　岩》
马识途　讲述革命故事　弘扬红岩精神

张桂梅　江姐，我一生的榜样

236　第二十七章　解放战争三大战役题材美术经典
郑石如　战略决战的艺术再现

244　第二十八章　《大决战》
明振江　鸿篇巨制书写解放战争的大决战
袁志超　一封发自渡江战役的战士家书（节选）

254　第二十九章　解放军入城式美术经典
郑　工　定格走向新生的历史时刻

262　第三十章　《谁是最可爱的人》
西　元　书写英雄壮举　赞颂英雄精神
魏　巍　我怎样写《谁是最可爱的人》（节选）

270　第三十一章　《英雄儿女》
黄会林　永远铭记“最可爱的人”

276　第三十二章　《创业史》
李云雷　经典之作的悠远回响
刘可风　懂得一支笔的重量

285　第三十三章　《平凡的世界》
梁　鸿　一部奋斗者的心灵史
白　描　诚实写作，蹚出一条路来

296　第三十四章　红色美术经典中的共产党人
齐　喆　百炼成钢的精神塑像

304　后　记

第一章 向真向善向美的温度

《大浪淘沙》

1

真实再现了大革命前后风云变幻的历史画面

亲历者讲述

大浪淘沙始到金

于　洋　电影艺术家

刘澍整理

“工农兵联合起来向前进，万众一心！”

这首广为传唱的《工农兵联合起来》，生动表现了20世纪

电影《大浪淘沙》剧照

20年代革命者的豪情，从大型音乐舞蹈史诗《东方红》唱到了家喻户晓的电影《大浪淘沙》。

我参加《大浪淘沙》拍摄是1963年。因为各种原因，电影一度停拍，直到1965年才完成拍摄，1977年同观众见面。

这是新中国第一部反映大革命时期的电影，讲了4个年轻人在革命大潮中追求、奋斗和分化的故事：1925年，青年靳恭绶、顾达明、杨如宽，与在途中救起的逃婚的余宏奎，一同进了山东师范学校。在这里，他们在共产党员赵锦章老师的启发教导下，开始接触革命活动，并做出不同的人生选择。在大革命的风口浪尖，有的人投身革命，有的人却投降了敌人。影片中，中国共产党成立之初的党员形象被生动地塑造出来，令人感动和难忘。

正如有评论提出的，《大浪淘沙》遵循现实主义原则，真实再现了大革命前后风云变幻的历史画面。编导者让主人公在复杂、险恶的环境中探索、追求、拼搏，在革命浪潮中接受历史的筛选，并以不同结局表明：中国青年只有在中国共产党的领导下，走马克思主义的道路，才是希望之所在。

回忆录《在大革命的洪流中》封面

《大浪淘沙》根据朱道南口述、于炳坤整理的革命回忆录《在大革命的洪流中》改编。影片拍摄前，我与时任上海市房管局党委书记的朱道南已经相识。他是早在1927年就加入中国共产党的老革命，亲身经历了马日事变、广州起义。《在大革命的洪流中》写的就是他和战友们早年参加革命的斗争经历。

导演伊琳是我在东北电影制片厂的老战友、老同事。他是我领悟电影艺术的启蒙老师和入党介绍人。他认为男主角靳恭绶无论外形还是性格都适合我来演，千方百计把我借调到珠江电影制片厂。

初稿剧本名为《在洪流中》，由伊琳联合朱道南和于炳坤改编，打磨到第五稿后叫《革命洪流》。在改编中，伊琳独辟蹊径地以四兄弟结拜为引头，与原来写实的回忆录主要情节出入很大。夏衍看过剧本后，建议以剧中几个青年人的不同人生道路来明确片名，最后以“大浪淘沙始到金”为立意，定名为《大浪淘沙》。

来到珠影厂后，我按照伊琳导演的悉心指导，对塑造靳恭绶下了不少功夫。我拍这部戏时32岁，全部拍完35岁。按理说，跟剧中男主角实际的年龄差距不小。为了让自己显得年轻，我每天一大早起床，就围着大院跑步，加强体能锻炼。有一次，拍了一整天戏，我们个个饿得头昏眼花。扮演老大哥的简瑞超，从河里摸了很多鱼，大家赶紧用脸盆装起来，捡些杂草干枝，架起来用火炖熟，才美美饱餐了一顿。

我们的外景拍摄去过长沙、济南、青岛、武汉等故事发生地。影片中收回英租界的戏，是在天津五大道拍摄的，因为实际的地方早已不是往昔模样。这场戏场面很大，要求现场参加的群众很多。天津有关方面特地批准封锁了五大道的半条街，置景工人连夜布置成当年的汉口江岸海关。除了群演，天津各文艺团体的许多演员都出了镜。

在济南拍戏时，有一场戏需要马队，济南找不到，就从边防部队调来8匹军马实拍。经过导演的设定，再加上后期制作时镜头剪接的处理，似乎有数十匹马出现一样。我在济南老火车站讲演的虚化出场，就一两个有效镜头，也是折腾了大半天。伊琳导演的要求实在严格。

到1964年9月，《大浪淘沙》第一批样片冲洗出来，开头和结尾的部分外景都没有拍。这时候，我突然双眼看不见东西了！

那天正是拍“马日事变”的戏。我背着史进扮演的受了伤的老师赵锦章，一层层逃过叛军的严密追捕，来到一处废弃仓库。很快叛军追杀过来，我赶忙打开窗户，想拼死把赵锦章背出去，可窗口被一根根铁条焊死了。

实拍的铁条是用橡皮制作的道具，我必须做出很使劲的样子。那时，在窗外的镜头正对着我，我绷着脸，咬着牙，铆足力气扭弯铁条。只感觉，血往头部一个劲儿地翻涌，我就两眼冒金星，晕倒了。更糟糕的是，头脑很清醒，知道大伙纷纷来扶我，却什么也看不见。

后来医生说，这是连日劳累，又严重缺乏正常的营养供给而出现的眼盲，经过一段时间调养，可以恢复正常视力。卧床休息，短期内又不能拍戏，我们的拍摄只好延后。

细心的观众能够发现，我在这部电影里，不同的场景，甚至相同连贯的情节中，胖瘦明显不一样，就是反反复复重新拍摄的缘故。感谢摄影师煞费苦心，用不同的机位和角度，尽可能地缩小差距。

《大浪淘沙》从改编、拍摄直到修改发行，可谓一波三折。周恩来总理亲自过问影片的拍摄和修改，陶铸同志曾4次亲临指导。在有关领导的建议下，我们认识到，电影虽然是讲述历史，但故事片完全不同于纪录片，一定要综合，要取舍，要艺术加工，不必拘泥于历史事件，电影艺术化才好看。

早在影片开拍时，剧组就以集体的名义写信给陶铸同志。

我们这个戏，写的是1925年的事情，而陶铸同志参加过1927年的广州起义。故事不一样，年代大致相同，我们想请他讲讲早年参加革命的经历。后来，陶铸同志来到珠影厂，畅谈了他当年参加革命的情况、广州起义的亲历，还介绍了反映当时武装斗争的回忆录、中短篇小说及文章，建议大家抽空看看，提升塑造角色的水平。

1965年12月底，摄制组如期完成任务时，我已经回到北京。随后就听伊琳导演打来长途电话说，样片长达两个小时，多位领导一起到珠影厂看片。有领导提出，靳恭绶救赵锦章一段，“不要把我们的英雄人物写成‘大力士’，可以改为用枪托砸窗户，或者用其他的肢体动作来铺垫”。听伊琳导演讲到这

连环画《大浪淘沙》封面

里时，我不禁百感交集，为这种严谨的创作态度感动，也做好准备再赴珠影补拍。

对于这部戏，我是经过3年漫长的陪伴才终于完成，自然非常关注事情进展。后来，我得知周总理也看了样片，并提出很细致的修改意见。

也许是应验了《大浪淘沙》的片名，这部戏反反复复修改，我也十几次来珠影补拍，最终成片一个半小时左右。1977年3月，历经千锤百炼，《大浪淘沙》终于与观众见面！

有统计说，当年《大浪淘沙》的观影人次有20亿之多。人民日报刊登的观众评价说："影片生动形象地告诉我们：大江东去浪淘沙，革命的洪流中也总是有人落荒，有人叛变。自然，也更有人迎风斗浪，一步一个脚印地走向胜利的彼岸……长河不止，浪花不灭，有着极其旺盛的生命力！大浪淘沙是历史的必然，大浪淘沙是革命的真理。"这是我们想传达的理念。

第二章

2

《党的女儿》

第二次国内革命战争时期共产党员的忠诚故事

亲历者讲述

演《党的女儿》 做党的女儿

田华　电影表演艺术家

2021年，我们迎来建党百年，我从事革命文艺工作也到了第八十个年头。回忆我的艺术道路，思绪万千。因为主演电影《白毛女》被全国人民知道，“喜儿”成了我的代名词，但让我一辈子感到无比自豪，对我激励教育最大的，还是在电影《党的女儿》中扮演共产党员李玉梅。

《党的女儿》根据作家王愿坚的《党费》改编，讲的是第二次国内革命战争时期中央红军实行战略转移后，李玉梅在与党组织失去联络的情况下，始终忠于党的事业，不顾自身安危与敌人斗争的故事。现在看这部电影，我自己也要流泪的。

1958年，《党的女儿》开拍。导演林农看过我演的电影《白毛女》，对我充满激情又质朴的表演比较认可，就选定我饰演主角李玉梅。相似的革命斗争经历，以及在中央戏剧学院18个月的理论学习，给了我扮演李玉梅有利的条件。但由于当时不了解南方人民的生活习俗，在开始创作时，我感到比较吃力、忐忑，毕竟生活是创作的源泉。

扮演“白毛女”时期的田华

所幸我在一次会议上，遇见了来自江西兴国的妇女代表刘友秀和范秀英。她们参加过苏区对敌斗争，详细给我叙述了红军长征前后苏区的斗争形势。介绍中，她们还情不自禁地唱起兴国山歌来：“哥哥出门当红军，斗笠背在背中心。祝福哥哥打胜仗，消灭敌人不留情。”这一切，让我真实感受到当年的斗争情景：红军为什么要转移，李玉梅他们在与党组织失去联系后是怎么坚持斗争的，最后又是怎样牺牲的……我只要一合上眼，就是刘友秀、范秀英和李玉梅三个人的形象，也会想起参加革命的经历，我觉得一下子抓住了李玉梅这个人物的精髓，有了非常强烈的创作冲动，很快投入紧张的拍摄中。

虽然时隔63年，但《党的女儿》创作集体的每个日夜、每个场景、每句台词，以及所有的大小细节，我都历历在目。

影片中我饰演了成年的女儿小妞和母亲李玉梅两个角色。两人经历不同，内心世界不同，我用不一样的眼神来表现。小妞是文工团演员，她活泼稚气，眼睛水汪汪的，她穿的文工团演出服是我自己的服装。某种程度上，小妞演的是我自己。母亲李玉梅则复杂了很多。李玉梅与参加红军战略转移的丈夫分别，她抱着小妞，眼睛里含着泪水，低下了头，用此来说明她的成熟。我没有让她哭哭啼啼的。李玉梅回到八角坳，看到同志们牺牲在街头的场景，她的眼中没有泪水，而是一丝冷峻的光，是对敌人的仇恨和愤慨。影片高潮部分，李玉梅为了掩护同志而被敌人带走，她对小妞说：“听妈妈的话。”导演给了李玉梅的眼睛特写镜头，依然没有泪水，而是为革命牺牲的无畏气概。

电影中三次党小组会让我印象尤为深刻：第一次，李玉梅和两个女党员在山洞里学党章，选小组长，决心在与党组织失去联络的情况下继续斗争；第二次，她们开会决定发动群众，将在村头的革命烈士遗体安葬起来；第三次，她们决定为没盐吃的游击队筹集腌菜，以这种特殊党费的形式表达对组织的深厚情感。这些都让我深深地意识到，每一个党员就应该这样，无论在何种艰难的情形下，都要永远保持对党的信念和忠诚。

影片公映后引起轰动，成为红色经典的代表作品。很少写影评的茅盾先生破例发表了《关于〈党的女儿〉》的评论文章，评价“田华塑造的李玉梅形象是卓越的。没有她的表演，这部电影就不能给人以那样深刻而强烈的感染”。有人说，这

电影《党的女儿》剧照

是党的女儿演《党的女儿》，我觉得这是最贴切的比喻，是对我最大的激励！

我生长在河北一个落后的小山村，儿时记忆大都是亲人被日本侵略者残害的场景。12岁，我报名参加抗敌剧社，成为儿童舞蹈队的一员。自此，我的生活才翻开了新的一页。

记得我参军后学唱的第一首歌曲，就是“中国共产党，我们的娘妈！你在斗争中成长，你在斗争中壮大……”我参加慰问百团大战指战员凯旋，爬上梯子向我们胜利的官兵敬礼，直到最后一个士兵通过，胳膊都举酸了，但心里特别高兴，特别骄傲。后来，我参加剧社创作的《子弟兵和老百姓》《清明节》《红枪会》等文艺节目，还参加过对敌政治攻势，在房涞涿敌后炮楼下的村庄演出，历经炮火的锤炼，思想上也成熟了。

16岁那年，我入了党。在面向党旗宣誓时，我决心一生为人民服务，一辈子对党忠诚。从抗日战争到解放战争，部队打到哪里，我就跟随抗敌剧社演到哪里。从保定、石家庄到

田华珍藏的电影《白毛女》获奖证书

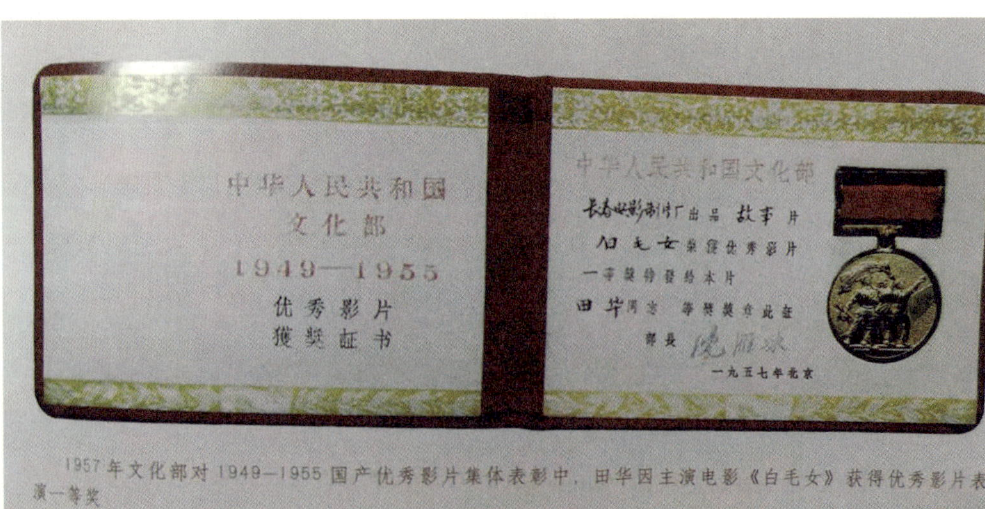

天津，再到张家口、宣化、北京，为部队官兵演，为驻地群众演。

战争让我从无知的孩子成长为有理想、有追求、为民族解放而战斗的文艺战士。这样的经历，让我塑造“党的女儿”形象，不是在表演，而是一种真情流露。所以，李玉梅与我水乳相融、交织在了一起。我的血液里，融入了李玉梅的血液！

大家对电影《党的女儿》评价很高，不是因为我演得好，而是王愿坚的原作写得好，是林杉再次创作加工得好，是导演导得好，是摄制组付出全部心血的结晶，更是一代共产党人牺牲的壮烈和崇高的精神感动和教育了观众。

《党的女儿》给了我荣誉，给了我不老的灵魂。演《党的女儿》，做党的女儿，是我不懈的人生追求。从艺八十年来，我所有作品都与不同的时代主题同步而行，一页页翻着看，可看出中国共产党所走过的道路，共产党人高扬的理想信念，和为了信仰接续奋斗的脚步。

如今93岁了，我还能用演员职业的特殊身份，坚定不移地传承红色基因。作为新中国培养的第一代电影人，我扮演人物从来不分戏重戏轻、主角配角，只要党和人民需要，我都像演主角一样认真严肃、一丝不苟，以一个革命文艺工作者的良心去感恩生活，为民演出。

人都会老的，但艺术常青。在新时代，我还要做一个有信仰、有情怀、有担当的文艺战士，把表演作为为人民服务的事业，只要生命不终结，我的表演事业就不会落幕。

第三章

3

《青春之歌》

“要找个人的出路，先找民族的出路”

副刊 20　2021年3月19日　星期五　人民日报

将青春融入时代的洪流

数字时代的文化生活

善用科技、善用慢直播，大河奔涌的时代叙事、鲜活生动的百味人生，将一次次唤起共情、凝聚人心，助力建设更加美好的生活

慢直播，熔铸共同文化记忆

我们的“青春之歌”回声嘹亮

文艺评论

记者采访

将青春融入时代的洪流

谢　冕　北京大学中文系教授

胡妍妍　人民日报记者

要找个人的出路，先找民族的出路。

这是杨沫小说《青春之歌》中，卢嘉川、许宁与青年同伴们对出路问题的思索和回答。20世纪30年代初，除夕之夜的北平，外面寒风逼人，10余位青年聚在一处热烈交谈，燃起情感与思想上的温暖篝火。他们思念沦陷的东北故乡，痛陈腐败的当局统治，愤恨日寇的侵略，欢呼红军反“围剿”的胜利，民族的生死存亡与个人的前途命运紧紧联系在一起。席间旁听的人中就有小说主人公林道静。

据说，这个难忘的除夕之夜是以作家杨沫的亲历为底本的。1933年的除夕之夜，杨沫参加了一场进步青年聚会，深深地被他们的爱国热情和他们带来的马克思主义理论所吸引。这一晚因而成为她人生的“急转弯”。

人生的出路问题，曾经摆在我们太多人面前。这是《青春之歌》最让我感同身受的地方。我也经历过旧社会，体会过民穷国弱、受侵略受奴役的滋味，看过土豪劣绅的黑暗勾结，见过国民党反动派统治的腐败堕落，对社会一面灯红酒绿、另一面路有饿殍的现状愤愤不平。1949年我17岁，正在读中学，家里连隔日的粮食都没有，读书能读到什么时候不知道，读出来会是什么前途也不知道。当年8月，解放军千里进军福建，解放了我的家乡。我亲眼看到进城的解放军军纪严明，对老百姓体恤爱护，心底已经明确地意识到，这才是中国的希望。于是，8月底我就离家参了军，跟着大部队一起开拔向南。那是我17年来第一次离开家乡，背着行囊握着枪，走在队伍中间，天下着雨，黄泥地卷起来的泥浆溅得满身都是，心里面却晴朗得很。

小说《青春之歌》封面

阅读《青春之歌》，常常让我想到那个启程行军的日子，想起入伍之初的心情。我和林道静一样，都是在寻找个人出路的过程中，看到国家的出路所在，都是为着理想走出家门，走向更加广阔的天地。

《青春之歌》小说发表的那一年，我已经到北京读书了。身边的同学对这部小说几乎是无一例外地称赞。小说描写的北平、北京大学，北大的红楼、教室、东斋西斋，让我觉得无比亲切。杨沫写出了我们共同生活过的环境，写活了我们共同经历过的年代，她笔下的林道静、卢嘉川、江华、王晓燕、王教授等，是我们的同学、兄长、老师，更是我们的先行者。林道静的故事，就像是我们自己的故事一样，因为它体现着我们的困惑与苦闷，我们的追求与理想，我们想改变自己命运和国家命运的奋斗与抗争。那时正值革命热情高涨的年代，我们北京大学中文系55级学生集体出过一本纪念集就叫《战斗中成长》，大家都把卢嘉川、江华当作英雄偶像和先进典型来学习。《青春之歌》就像青年人的革命教科书，教导我们如何生活、如何成长、如何战斗，教导我们哪怕在小学教员的岗位上，都可以成为最英勇最前列的"战士"——关键是将自己的命运和千百万人民的命运紧密地联结在一起。

我还清晰地记得《青春之歌》中林道静最初接触到马克思主义时，如饥似渴地阅读《怎样研究新兴社会科学》《母亲》等图书的场景。被革命的火光照耀，被理想的灯塔引领，是多么幸福的事情。青春总是天然地和理想联系在一起。很多年前，作家徐迟跟我说过：你去读一读恩格斯的《英国工人阶级状况》吧，那简直就像诗一样啊！后来我去读的时候，发现他说得一点儿也不夸张，那就是诗，充满诗的激情和感染力，充满理想的光辉。

现在回过头来再看，《青春之歌》的意义，既在于它以文学的方式把一个时代概括了出来，把一个时代的精神提炼了出来，做到生动地保存历史、再现历史；同时还在于，它成功塑造了一系列时代风云人物形象，这些典型环境中的典型人物成为几代青年人学习的对象，到现在还深深地激励着我们。不仅仅是《青春之歌》，像《红旗谱》《野火春风斗古城》《苦菜花》等当时脍炙人口的红色经典，都成功塑造出让人过目不忘的经典形象，半个多世纪之后再看，还觉得有力量、有感染力。这是多么了不起的事情！以梁斌、杨沫为代表的老一辈作家，虽然面对这样那样的现实困难，但他们无一例外都充满热情，甚至是超负荷地做出了无愧于时代的文学贡献，记录下时代前行的印迹。

今天，我们的时代肯定不乏英雄。脱贫攻坚、探月工程、载人航天，这么多壮举的背后怎么会没有英雄、没有理想、没有生死相许的信念？扶贫英模、科技标兵、创业先锋，这里面怎么会没有青春的身影和奋斗的旋律？如果说一代人有一代人的青春之歌，那么今天的青春之歌还有待更多的书写谱就。

青春如歌似诗，最有激情，也最有创造力。宝贵的青春不应该碌碌无为，而是要随着时代的进步而进步，要向着壮丽的未来而进步，要竭尽全力地为社会做贡献。一个人对信念的坚守、对理想的追求，会深深影响同行者甚至后来者。《青春之歌》中，江华这样评价林道静："无论谁挨着你都会被你这种热情所感动。"这份融入时代洪流的热情，这份追求理想和光明的热情，注定会感动一代又一代人。

我们的“青春之歌”回声嘹亮

谢　芳　电影表演艺术家

任姗姗　杨雪梅　人民日报记者

《青春之歌》，回响在几代中国人的青春记忆里。

1958年，小说《青春之歌》一经问世，立即成为畅销书。一年后图书销量突破130万册，至今销量超过500万册，先后被翻译成英、法、德等20多种文字。

1959年，电影《青春之歌》全国上映，多地影院观众爆满。在北京，有的影院24小时放映，有人饿着肚子也要通宵达旦排队买票。因为这部电影，抗战时期歌曲《五月的鲜花》再次流行全国。

时隔62年再忆过往，林道静的扮演者、85岁的谢芳感慨说：“小说出版一年后，就拍成了上下两部电影，《青春之歌》是一个奇迹！”

《青春之歌》是谢芳的第一部大银幕作品。在电影中，她塑造了五四运动后成长起来的进步知识分子林道静，堪称当时中国电影史上独一无二的知识女性形象。她与电影《青春之歌》的故事始于24岁。

《青春之歌》电影连环画册封面

1959年，在武汉的歌剧演员谢芳接到去北京试镜的任务。此时，她在歌剧舞台已历练9年。“同每次接受新任务一样，我没有畏怯，既然是试镜头，就有试上和试不上两种可能。试上咱就演，试不上就回来演歌剧。”虽然心态坦然，但她对完成好任务的心情是迫切的。

两次试戏，第一次看演员的银幕形象，第二次考察表演能力。崔嵬导演选择剧情中的两场戏：一场是林道静与余永泽决裂之后，与王晓燕促膝谈心；另一场是林道静入狱后，在胡梦安的威逼利诱下，坚定不屈，拒绝自首。尤其第二场戏份很重，对于角色要求也高。谢芳想，这是要看演员的“硬功夫”了。

谢芳知道，《青春之歌》的小说是成功的，将它搬上银幕是观众的瞩望。但当时的她并不了解，有关领导指示：“一定要用最好的胶片，把《青春之歌》拍好。”为寻找饰演林道静的最佳人选，导演崔嵬通过媒体报道，发动广大群众对林道静和其他角色的扮演者提出建议，甚至远在印尼的华侨也寄来了演员名单。影片能否和小说一样获得成功呢？被搬上银幕后，会更具魅力吗？方方面面的期待，给了影片主创团队巨大的压力，这压力也是动力。

“拍一部电影好比手心里捧着一窝水，自始至终要做到滴水不漏，才能使影片获得成功。”谢晋导演的这句话让谢芳认识到，电影《青春之歌》的成功不是偶然的，编导者是重要因素。

用现在的话来说，电影《青春之歌》的主创堪称豪华阵容。电影编剧便是小说作者杨沫，崔嵬、陈怀皑为导演；秦怡饰演林红、于是之饰演余永泽、康泰饰演卢嘉川、于洋饰演江华；摄影聂晶曾拍摄《小兵张嘎》；作曲家瞿希贤作曲，指挥家李德伦指挥。

更重要的是，主创有着相似的生活经历与情感体验。杨沫几乎把所有的热情、思考和理想倾注于《青春之歌》的写作中，作品中就有她早年参加革命的影子，写的是一代人如何奋斗、如何在时代中成长、如何走向今天的觉醒。她在文章《林道静的道路》中写道：“把知识分子的出路问题，依照那个时代的真实面貌表现出来。林道静——一个平凡的女孩子，尽管有缺点，尽管还很幼稚，但因为她的道路走对了，她的生命就会变得坚强，就会发出动人的光彩。”崔嵬参加过北平的学生运动和冀中的农民斗争，熟悉当时的历史情况，理解林道静的思想和斗争，具有强烈的爱国主义思想和民族自豪感。谢芳回忆，拍摄除夕之夜这一场时，学生们在白莉苹家中满腔悲愤地高歌《松

林道静扮演者谢芳的电影剧照

花江上》，这一幕让在场的所有演员都哭了，导演哭得最为伤心。瞿希贤为《青春之歌》作曲时，重温自己同时也是林道静走过的道路，在音乐中引入《五月的鲜花》《救亡进行曲》《义勇军进行曲》等那一代青年所唱的“青春之歌”，表达崇高而美好的爱国之情。

谢芳所扮演的林道静，更是具有鲜明时代色彩的典型人物。崔嵬和陈怀皑曾说：确定电影以林道静命运为主要线索，情节选择和结构便围绕着这个关键人物进行。如此，电影中的余永泽、卢嘉川、江华，就是对应着林道静成长不同时期的标杆人物。反映一二九运动的一幕是全片高潮。林道静、江华、王晓燕以及无数北大师生走在游行队伍的最前列，和群众一起行进，气势雄浑，成为观众心中的经典镜头。拍摄那一天，清华、北大数千名青年学生和市民群众都参与了演出。林道静一手把住电车门，一手挥动着，高呼：“大家不要怕这白色恐怖，团结起来，同学们，冲啊！”谢芳说，台词是她自己设计的，也是她由衷的心声。

“如果说《青春之歌》是面对时代，《舞台姐妹》是面对社会，《早春二月》则是面对人生。”电影理论家钟惦棐曾这样评论谢芳主演的“青春三部曲”。《青春之歌》谱写了那个时代的青春之歌，上映后，观众来信如雪片一般飞来。但拍摄完毕就返回武汉的谢芳，是若干年后随团出访日本、看到街面上竖立着一人多高的林道静海报时，方才意识到角色如此深入人心。如今，在青年人喜爱的视频网站上，《青春之歌》依然不乏知音，“革命者的青春最有光彩”被网友顶上高赞评论。

“青春之歌”已经成为颇有象征意义的词汇。作家杨沫曾说：

青春应当是鲜红的，一个人只有把他的生命和时代、和祖国、和人民的命运结合在一起，生命才有意义，才灿若星辰，才不虚度年华。

《青春之歌》启示着新时代的青年，应该树立怎样的世界观、人生观、价值观，如何将个人的价值与时代相连。

“一个时代重要的是靠青年人去创造，我希望更多年轻人拿出林道静的力量、青春的力量，努力创造新的时代！”这是谢芳的心愿，也是《青春之歌》的呼唤。

第四章

4

《闪闪的红星》

20 世纪 30 年代江西井冈山革命根据地的故事

记者采访

闪闪红星伴我行

傅庚辰　作曲家

王　瑨　人民日报记者

红旗飘扬，歌声激荡。中国共产党走过百年风华，一路征程一路歌。

回首自己72年的音乐生涯，有一颗“闪闪的红星”始终照耀着我，为人民作曲是我的本分。这颗红星，铭刻于千万人心中，那个叫潘冬子的少年英雄，鼓舞着一代代中国人。

电影《闪闪的红星》中的3首歌曲《红星歌》《红星照我去战斗》《映山红》传唱度很高。“红星闪闪放光芒”，理想之光从未褪色；“小小竹排江中游”，美的涟漪仍荡漾不绝；“岭上开遍映山红”，红色基因还在代代传承……它们的流行流传，得益于昂扬向上的精神内涵和富有民族性的音乐语言。

1973年春天，我接到为影片《闪闪的红星》作曲的任务。音乐“气质”是无形的弦，如何安放、是否顺畅、张力是否适度，与艺术表达直接相关，需要吃透电影作品的主题思想和艺术风格。电影描写的是20世纪30年代江西井冈山革命根据地的故事，通过旁白进行倒叙，具有革命浪漫主义色彩和深刻的心理描写。它区别于一般的儿童电影，是抒情性的正剧儿童片。因此，不仅要解决“唱什么”，更要思考情感如何抒发、怎样把握特定环境中人物思想感情的分寸。

电影《闪闪的红星》潘冬子剧照

一首好歌，融合文学性与音乐性，更是革命的激情与抒情的统一。作曲的构思，要抓住典型环境中的典型形象。红星，作为革命的象征贯穿全片。红星照红心，红心忠于党。斗争的风雨中，潘冬子常常捧出红星，体会党对自己的培养和期望。艰险的时刻里，他和椿伢子一起，将红星戴在头上，仰望北斗，向往延安。1973年10月，我带着剧本找词作家面谈，他们问我：“对主题歌有什么想法？”我提议，主题歌不如取名《红星歌》，短小点题，兼备三重气质：一是把握昂扬向上的进行曲风格，二是抓住儿歌好唱好记的特点，三是有时代感。

没过几天，词作家便拿来了歌词。当晚，我和影片摄影师之一的曹进云启程去往摄制组的驻地——江西景德镇鹅湖。40多公里的颠簸，我脑海中只盘旋着一段旋律，“红星闪闪放光彩，红星灿灿暖胸怀”。到了驻地，主题曲也构思完成了。

一开始，电影并没有《红星照我去战斗》这首歌，而是创作了一首名为《高山竹子青又青》的儿歌，原定在潘冬子准备将地主恶霸胡汉三引进游击队包围圈的场景中唱。我认为，在这样的情境里唱儿歌，分量轻了，不足以表现已成长起来的潘冬子的思想深度，必须创作一首有力量的男高音独唱。

认真地读了几遍剧本，“竹排流水”这个场景让我产生了灵感。宋大爹划着小竹排，送小冬子去姚湾镇做我党的地下工作。剧本中用18个字这样写：“两岸青山，夹着一湾绿水，一叶竹排，顺流而下。”诗情画意，美妙之极！当晚的会上，我便提出在这一段加男声独唱的建议，展示主人公潘冬子搏击风雨的斗争精神和革命理想，得到了主创人员同意。“小小竹排江中游，巍巍青山两岸走……”的旋律流淌而出。

电影《闪闪的红星》中“竹排流水”场景

那时，摄制组住宿条件很差，我借住在当地卫生院办公室的里屋，说是里外屋，但门上没玻璃，外屋说话，里屋都听得见。一张旧桌子，勉强放下谱纸，一张旧报纸，罩上灯泡，一张旧单人床，可供休息……就在这间鹅湖农村的小屋里，我通宵达旦地工作，写出了《红星歌》等7段歌曲的全部乐队总谱。11月，我带着总谱，回北京准备录歌。

就在即将交出总谱时，我无意中发现了《闪闪的红星》电影剧本第三稿。顺手翻开，《映山红》的歌词令我眼前一亮：

夜半三更盼天明，寒冬腊月盼春风，若要盼得亲人回，岭上开遍映山红。

《红星歌》创作手稿

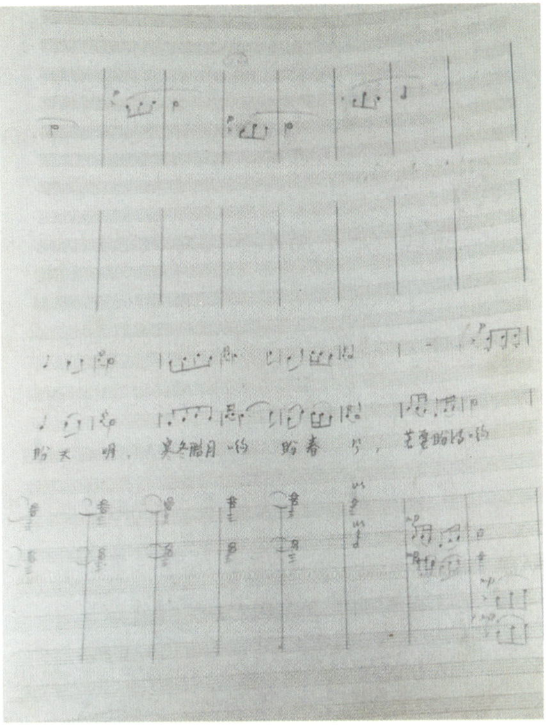

《映山红》创作手稿

我边看边念出了声，这歌词真好！随即，我又陷入了纠结。原剧本中并没有这首歌，再写《映山红》，便要放弃前面已创作的3首。怎么办？思虑了两天，终下决心：重来！把之前创作的3首歌否了，把在小屋里颇费心思写的总谱也否了！

想通了！灵感和激情便喷涌而出，仅用两个小时，便把女声独唱《映山红》的旋律写了出来！接着，很快写完混声合唱的《映山红》和乐队总谱，交付录音。至今，我都对李俊导演心存感激，他很信任我，没提出任何让我为难的意见。

音乐的本质是美。用美的旋律，营造美的意境，传递信仰、信念和信心，给人以心灵的陶冶、奋进的力量。从这个角度看，创作《映山红》是偶然中的必然。歌词说的是“盼”，盼的是映山红花开、红军归来，盼的是江山变成红颜色。方向端正了，分寸把握住了，就要尽情抒发革命的壮丽之情。再深入想，“夜半三更盼天明”的情景下，角色的心理活动是怎样的？

红军走了，潘冬子和母亲躲到山间茅草棚子里。潘冬子看着爸爸留给他的红五星，问母亲：“妈妈，我爸爸和红军什么时候回来呀？”母亲怎么回答？她知道红军什么时候回来吗？她说不清。但是，她相信红军一定能回来，革命一定会胜利。所以她说道：“等到满山的映山红都开了，去参加长征的爸爸和红军就回来了。”接着，她深情地唱出了：“若要盼得红军来，岭上开遍映山红。”这既是回答儿子的问题，也是表达自己对革命胜利、红军归来的向往。

邓玉华唱这首歌之前，专门去植物园和美术馆，只为亲眼见见映山红。她说：“当时美术馆有幅画，画的是杜鹃花，就叫映山红。看的过程就慢慢体会到，映山红开满山时，人的情绪就是一种胜利的喜悦。再唱《映山红》，更有代入感。”

不忘初心，方得始终。闪闪红星伴我行。我深信音乐色彩的存在，它与生命体验相关，更与理想信念相连。“红色”，作为一种信仰的力量，形成了我音乐创作的底色。

我亲历解放战争、抗美援朝、边境反击作战，目睹和倾听的无数英雄故事，是我人生观、价值观沉甸甸的“压舱石”。我一直记得与人民军队、与音乐结缘那天发生的故事。1948年3月，我参加中国人民解放军，报考东北音乐工作团时，唱了一首《解放军天天打胜仗》，当时的我并不知作者是谁。面试老师用手指了指自己，我才明白过来。这位老师，便是写出《我的祖国》《让我们荡起双桨》的作曲家刘炽。我暗下决心，立志成为他那样的创作者。

后来，从延安来东北的革命艺术家为我们上课，教我们学政治、学文化、学音乐。第一堂政治课上，词作家晓星讲道："中国共产党全心全意为人民服务，这是由党的性质决定的。我们要永葆一颗红心，做一个为人民服务的音乐工作者。"

于是，我将自己的一生交给了这项伟大的事业、这个崇高的理想，那就是为人民服务。几十年来，我践行着当年对自己的承诺，用创作抒发对党的一片深情，从《雷锋，我们的战友》《毛主席的话儿记心上》《地道战》，到近年来的《航天之歌》《中国梦》《歌唱新时代》……不少歌曲被广为传唱。欣慰之余，更感到作曲家责任重大。我们常说，一本好书可以影响人的一生，一首好歌，何尝不是如此？

新的时代需要更多更好的音乐。将时代的精神图谱融入笔下的五线谱，用多彩音符展现亿万人民的奋斗和创造，激励人民群众意气风发踏上新征程、建功新时代，是我们音乐工作者的最大心愿。

创作，踏着时代的节拍！放歌，唱出人民的心声！

第五章

5

经典 建党题材美术

表现中国共产党成立这一开天辟地的大事变的视觉史诗

专家解读

为红色起点谱写视觉史诗

陈履生　中国国家博物馆原副馆长

在革命历史题材美术创作中，“建党”是一个既经典又颇受重视的题材。一批建党题材美术经典，生动表现中国共产党成立这一开天辟地的大事变，融汇成一部恢弘壮阔的视觉史诗，凝聚精神伟力，在历史和艺术的长河中熠熠生辉、影响深远。

一、经典题材产生优秀作品

先后诞生的《南湖》《瞻仰》《在党的“一大”会议上》《启航——中共一大会议》等作品，是新中国美术创作中建党题材经典之作。它们既是历史的生动记录，也是美术创作时代特点的具体表现。

建党题材本身具有重要地位和特殊意义，涉及的时间、地点、人物又是特定的，所以其创作表现具有相当的难度。在国家组织的大型主题性美术创作工程等项目带动下，美术工作者对建党题材创作始终抱以极大热情，努力克服困难，不断以各种形式探索建党题材创作，并在深化主题表现等方面，呈现出各个时期不同的创作特点。

纵览这一主题的美术作品，创作重心主要集中在对会议现场和相关革命遗址的刻画上。为克服影像资料匮乏的困难，真实还原历史情境，把握建党的重要意义，许多创作者实地考察，深入上海兴业路76号中共一大会址和浙江嘉兴南湖红船，不断写生、收集资料，用情塑造题材内容、用心体悟精神内涵，创作出一批优秀作品，为表现建党题材作出有益尝试。

二、革命圣地成就红色山水

建党题材美术经典，主要分为中国画和油画两大类，代表山水和人物两个不同的创作维度。其他画种也不乏佳作。

中国画创作领域，朱屺瞻、钱松嵒、陆俨少等名家都创作过建党题材作品，堪称经典。他们的创作，基本都是在山水画范畴内表现与建党题材相关的建筑、红船以及自然环境，呈现出不同于传统山水画的艺术新貌。

朱屺瞻1961年创作的《南湖留胜迹》，以传统山水画的构图刻画了南湖全貌，中景的湖心岛占据半个画幅；烟雨楼和红船尽在画面之中，以中国传统山水的美学意境呈现新的思想内涵。

钱松嵒是表现南湖题材最多的画家。他利用巧妙的构图，刻画独特的南湖景观，表现了新中国“红色山水”以革命情怀入画的特点。在南湖题材创作中，钱松嵒也刻意求变。1964年1月前后创作的《烟雨楼》，笔墨氤氲，富有文人意趣。他将烟雨楼作为画面主体置于南湖中心，此时，烟雨楼已经连接了南湖的象征意义。此后，钱松嵒一画再画南湖时，画面不断发生变化，重要的是出现了具有象征性的那条红船。如其中一

《启航——中共一大会议》（油画）何红舟、黄发祥　中国美术馆藏

幅作品题跋为“访问嘉兴南湖，仰瞻革命纪念船”。另一幅作品，近景是松和竹，寓意长青；中景是拱桥、柳树和盛开的桃花，充满春之生机；远处柳树掩映中的红船，虽然在上方远景处，却是点睛之笔，既展现出革命胜利后的新景象，又深蕴题材的重要意义。

与刻画南湖意象不同，20世纪60年代初陆俨少创作的表现中共一大会址的《伟大的起点》，展现出中国画表现革命圣地的新视角。画家选取后人瞻仰会址这样的构思立意，以国际友人下车步入会场的景象，表现了这一题材继往开来的意义。城市中的建筑和汽车等颇具时代感的物象构建，强化了画面的时空感，唤起观者的情感共鸣。无独有偶，立意相似的沈柔坚版画《瞻仰》，画面色彩层次丰富、鲜艳热烈，生动刻画了少数民族群众参观中共一大会址的激动心情。

这些建党题材美术作品，结合中国传统山水画笔墨和版画语言，很好把握住了历史和现实之间的关系，并在建筑以及周

《伟大的起点》（中国画）陆俨少　上海中国画院藏

《瞻仰》（版画）沈柔坚　中华艺术宫藏

边环境的处理上尽可能还原历史的氛围和意境，将历史建筑与红船像精神标识一样刻进画面，使作品区别于一般的创作，拥有了红色文化内涵，对该时期的美术创作具有重要示范意义。

三、时代视野丰富历史情境

与中国画创作将革命圣地与山水画完美结合不同，建党题材的油画创作，将视野从革命圣地转向对与会代表和历史情境的刻画，使建党题材从描绘会址转向表现会议，体现了时代特征，实现了艺术突破。

1964年，时年71岁的颜文樑创作了油画《南湖》。这是一件广为人知的经典之作，表现了旭日初升、水天一色的南湖景色。擅长表现独特细腻美感的颜文樑，运用色调抒发充满希望的情感，使画作具有了弘扬红船精神的特定内涵。这样的现实

《南湖》（油画）颜文樑　中国美术馆藏

主义表现手法，显示出鲜明的时代特色。

为艺术再现中国共产党成立初期历史画面，1977年，陈逸飞、邱瑞敏首次直接描绘“一大”会场，创作了油画《在党的“一大”会议上》，成就了影响深远的美术经典。画面采用肖像画的方式描绘了6位一大代表，站着讲话的毛泽东是画面的焦点。画中人物表情庄严、坚毅，充满信心，昭示着中国共产党革命事业的远大前程。作者巧妙地取会议一角，并用极简的艺术手法表现环境氛围，显现出还原历史场景的匠心。

2009年，随着国家重大历史题材美术创作工程启动，建党题材的艺术表现得到进一步拓展。何红舟、黄发祥创作的《启航——中共一大会议》，将革命历史题材创作带入到新的艺术境界，展现出建党题材在新世纪的创作特点和开拓创新。作品聚焦浙江嘉兴南湖红船，表现了与会代表登上红船的历史瞬间。从上海赶来的代表们行色匆匆，意气风发，回眸相望时的眼神，既包含着对理想信念的坚定，也表达着对未来的憧憬。画面定格的群像，在风起云涌的背景衬托下，像纪念雕塑一般，无声地传递着“红船精神”。以其为代表的创作，将建党题材美术创作向前推进了一步，开启革命历史题材美术创作的新思考、新探索。

在党史画卷中，建党题材作为开篇之作，其创作演变也代表着革命历史题材美术创作的发展进程。纵览新中国成立以来创作的建党题材美术经典，美术工作者构建了一个又一个历史图像，用艺术弥补了历史上影像资料的不足，生动而深刻地展现了建党历史画卷。

第六章

6

《红旗谱》

“出水才看两腿泥！”

记者采访

《红旗谱》的持久魅力

徐怀中　作家

胡妍妍　人民日报记者

我已经是90多岁的人了，但至今还感念文学道路上的许多前辈作家。梁斌早在1935年就开始发表作品。对这位同为河北籍的老作家，我满怀敬慕钦佩之情。

1958年初，我刚从昆明部队调到北京，就读到了梁斌的长篇小说《红旗谱》。新中国成立初期，文学领域涌现出一批优秀长篇小说，《红旗谱》无疑是其中开风气之先的作品。一经出版就引发了争相阅读的热潮。郭沫若、茅盾、周扬、邵荃麟、冯牧等先后发表评论。

我至今还清晰记得《红旗谱》的开篇——

平地一声雷，震动了锁井镇一带四十八村："狠心的恶霸冯兰池，他要砸掉这古钟了！"

整个段落就这么短短两行文字，预示了清朝末年大风暴来临前的剑拔弩张。接下来写到朱老巩手持一口铡刀护卫着古钟，终因斗争失败吐血而亡，历史气息扑面而来。

电影《红旗谱》海报

时间跳转到30年后，当朱老巩的儿子朱老忠再回到锁井镇时，他将见证冀中平原农民运动序幕的拉开。《红旗谱》写的就是20世纪二三十年代北方农民运动的中心地带，怎样从星星点点的自发抗争，到最后走上中国共产党领导的革命斗争的道路。小说的成功不仅在于写活了朱老巩、朱老忠、严志和、运涛、江涛、大贵等各具特色的北方农民形象，更在于揭示了一代又一代中国农民的深沉命运，写出了共产党领导农民革命的历史必然。

对今天的读者来说，小说中的主要事件之一——反“割头税”，可能是非常陌生且遥远的事情。临近年关，杀一头过年猪竟然还要交“割头税”。杀一头猪的税是一块七毛钱，此外还要送上猪鬃、猪毛、猪尾巴、大肠头，里里外外相当于二三小斗粮食。这二三小斗粮食，用小说中春兰的父亲老驴头的话说，再掺上点糠糠菜菜的，可够当时一家子过一个冬天的了！足见剥削压迫到了入地三尺的地步。“地租和高利贷是抽筋，地丁银附加税是拔骨，割头税比刮皮还疼”“我们受苦人就像牛、像马，像一群牲口，成天价在泥里、水里、风里、火里，滚来滚去”，《红旗谱》还原了这些控诉背后的社会现实，让人们真切感受到农民的忍无可忍，只有经过前赴后继的斗争，才能彻底改变受尽压迫的苦难境遇。

小说中，正是以贾湘农为代表的共产党员，帮助农民从阶级压迫下觉悟过来，从自发斗争一步步走向自觉斗争，带动农民的进步和成长，从而掀起波澜壮阔的革命风暴。如果把《红旗谱》《播火记》《烽烟图》这三部曲贯通起来看，其所反映的历史脉络就更清晰了。随着北方建立革命根据地，《红旗谱》中点起的星星之火终成人民翻身解放的燎原之势。这三部曲对中国革命进程作出了宏阔概括，让读者深切领略到那种沉重而又鲜活的历史纵深感。

梁斌是冀中平原人，小说中写的反“割头税”和保定“二师学潮”，都是他的亲身见闻。我的老家在河北邯郸，离他描写的冀中地区还有一段距离。说来巧得很，我在家乡直南地区党委的史料里看到过贾湘农的名字，家乡附近也有一个锁井镇。不知道梁斌在创作过程中有没有到访过直南一带。这样的巧合，让我在读这部小说的时候，感到非常亲切。《红旗谱》中那些从农民成长为共产党员的英雄形象，常常让我想到从小就有耳闻的家乡传奇人物和可歌可泣的革命故事。中国农民对革命事业的重大贡献注定载入史册，《红旗谱》反映的是觉醒与斗争的开端，延续下来便是抗日战争时期的“母亲教儿打东洋，妻子送郎上战场”，以至解放战争期间，整个解放区的青年人都被动员起来，一批一批奔向前线，最终迎来战争的胜利和新中国的成立。

梁斌这一辈作家大都有过长期革命战争的经历，很自然地，从一开始就确立了文学艺术为人民大众的坚定信念，以及严肃认真的创作态度。1935年，梁斌写出短篇小说《夜之交流》，作品反映的“二师学潮”后来成为《红旗谱》的重要内容。1941年，他创作出短篇小说《三个布尔什维克的爸爸》，里面出现了朱老忠这一艺术形象的最初原型。两年后，他将这一短篇扩充为中篇《父亲》，朱老忠的形象有了很大变化。1956年，梁斌完成长篇小说《红旗谱》后，中国青年出版社的资深编辑萧也牧、张羽给他提了一些建议，他拿回去又继续修改。可以说，《红旗谱》的故事与人物在梁斌脑海里前前后后酝酿达20年之久，历经反复的书写打磨，既是厚积薄发，也是千锤百炼。

梁斌说，他写作过程中，感觉“写不上去”的时候，一定

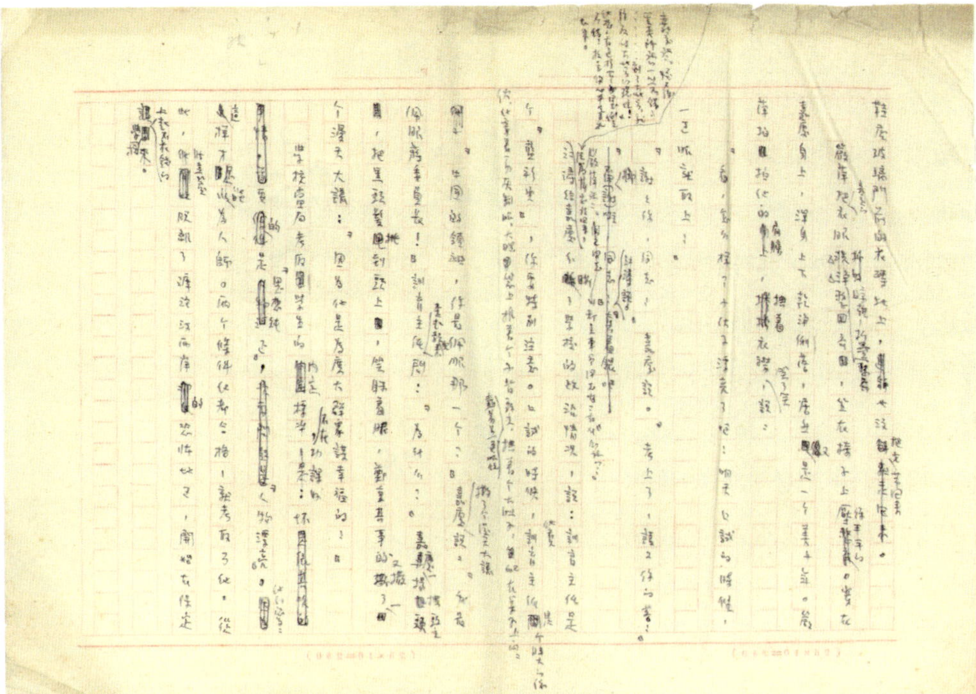

小说《红旗谱》手稿　（图片来源：中国现代文学馆）

会停下来。他对小说的艺术把控非常严格，达不到一定的艺术水准，他决不会顺流而下地“写下去”。梁斌的书写完全遵从小说这种文学样式的自身规律，对于强化作品的审美效应丝毫不含糊。在占有那么深厚的生活阅历基础上，还有这样精益求精的艺术追求，不能不让人钦佩。《红旗谱》有着鲜明的红色基因，又有文学经典的突出品质，无怪乎会被茅盾先生称作“新中国文学史上里程碑式的作品”。

《红旗谱》写得很有风骨，根底深厚，彰显出中华民族的文化意蕴，一句话，这才是真正的中国气派。它既有中国传统的章回体小说的风味，但又没有落入章回体小说的模式和窠臼。无论在表现社会内容还是语言形式上，都让人耳目一新。我记忆最深的一个细节是，运涛、江涛、大贵在地里劳动时逮到一只非常名贵的脯红鸟，他们希望以这只鸟换辆大车或者换头牛。地主冯老兰却一心想把鸟骗到手，中间波折频生，把你来我往写得生动传神。一部书写革命斗争生活的小说，能同时浸透浓烈的泥土气息与民间风情，这种民族化、本土化的作品非常可贵。

小说《红旗谱》书封

《红旗谱》有一句话让我记忆深刻："出水才看两腿泥！"这句话本是河北农村的谚语，生动鲜活，富有哲理，在小说中几乎成了主要人物朱老忠的口头禅。当受到严重挫折的时候，朱老忠用这句"出水才看两腿泥"激励失去信心的人，不要丧失斗志，待到胜利之日才见分晓。这里，不妨借用这句话，来表达我对《红旗谱》历经一个甲子之久而魅力依旧的感受。"出水才看两腿泥"，经过60多年的时间检验，《红旗谱》再版印刷数十次，发行数百万册，被改编成电影、话剧、戏曲、电视剧等多种艺术形式，成为历久弥新的红色经典。电影《红旗谱》中，春兰在衣服上绣上"革命"两个字的情节，至今看来依然让人动容。一部《红旗谱》，把"革命"二字镌刻进多少人的记忆之中啊！

第七章

献给奋斗者的『大地颂歌』

《松花江上》

7

1931年9月18日，侵华日军悍然发动九一八事变，中国人民在白山黑水间奋起抵抗

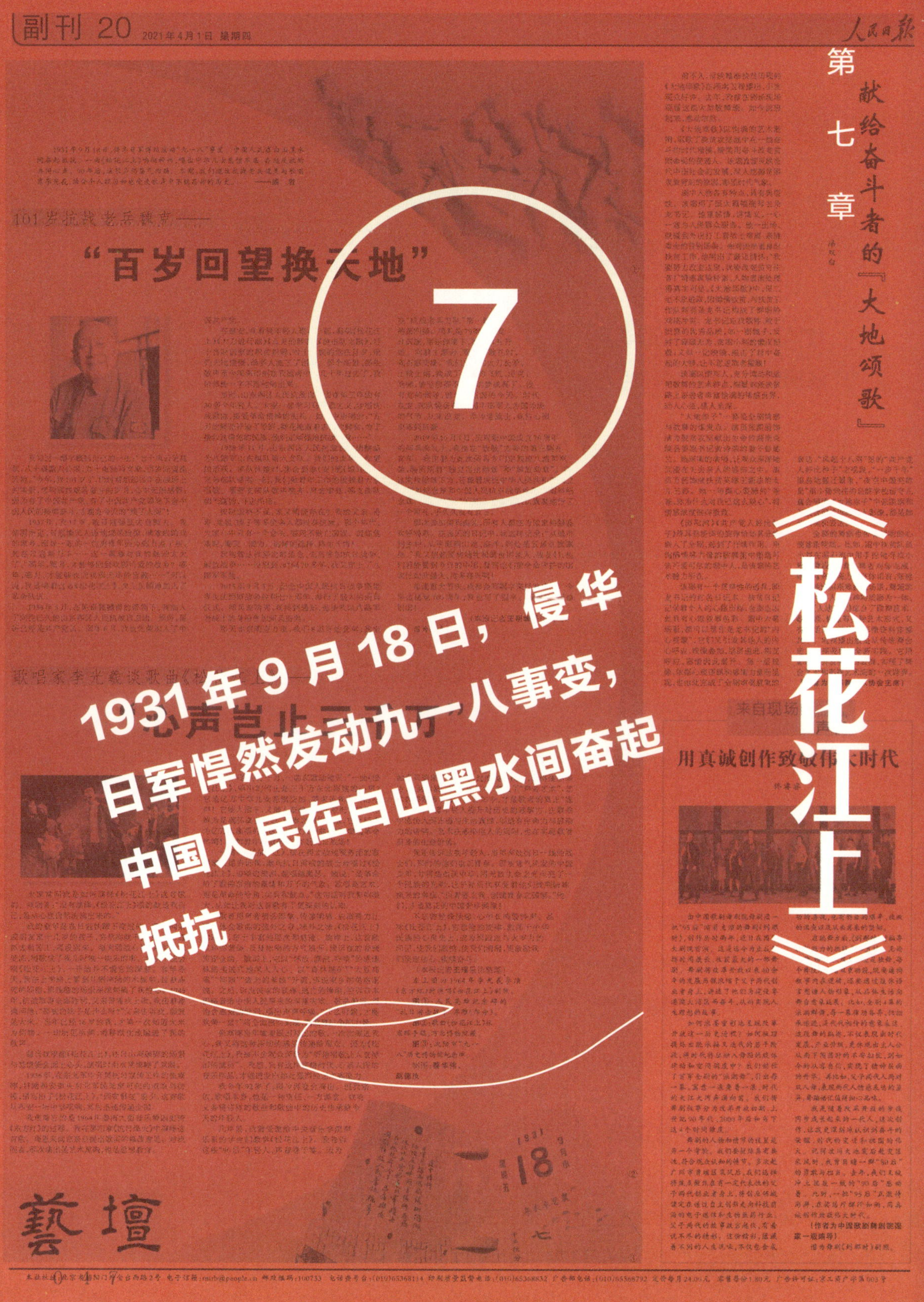
副刊 20 2021年4月1日 星期四

人民日报

101岁抗战老兵魏嵬——

“百岁回望换天地”

歌唱家李光羲谈歌曲《松花江上》——

来自现场

用真诚创作致敬伟大时代

藝壇

记者采访

“百岁回望换天地”

魏　克　101岁抗战老兵

王明峰　人民日报记者

我写过一幅字概括自己的一生：“七十风云见高低，八十晨跑六公里，九十电脑写文章，百岁回望换天地。”今年，我101岁了，仍时常想起当年在战场上的情景，想到那些艰苦奋斗的岁月，心中无限感慨：因为有了中国共产党，有了中国共产党领导下全中国人民的接续奋斗，才能有今天的“换了人间”！

1937年，我17岁，被日寇强征去当脚夫。我亲眼所见，日寇惨无人道地烧杀抢掠、肆意践踏我的家乡，跟我一起的一位男青年因为脚力差了些，死在日寇刺刀下……这一幕幕对我的触动太大了。“哪年，哪月，才能够回到我那可爱的故乡？哪年，哪月，才能够收回我那无尽的宝藏……”可以说，我是唱着这首《松花江上》，义无反顾地加入了革命队伍。

1938年5月，在哥哥魏麟甫的带领下，我加入了向往已久的山东西区人民抗敌自卫团。那时，哥哥已经是共产党员。同

魏克近照

年6月，我也光荣加入了中国共产党。

在泰安，我看到年轻人聚在一起，高唱《松花江上》《大刀进行曲》《五月的鲜花》《游击队之歌》，对于当时国家的积贫积弱，对于民族的危在旦夕，他们无比愤慨，很多人流下了泪水。那个场景、那些歌声至今深深印刻在我脑海中。几十年过去了，我依然能一字不落地唱出来。

当时，山东西区人民抗敌自卫团青年工作团有30多个年轻人。大家一起学习马克思主义，学唱抗战歌曲，接受革命精神的洗礼。如歌中所唱的："五月的鲜花开遍了原野，鲜花掩盖着志士的鲜血，为了挽救这垂危的民族，他们正顽强地抗战不歇……"

1938年11月，山东西区人民抗敌自卫团整编为八路军山东纵队第六支队。我们的青年工作更加活跃。部队休整时，集合到泰（安）肥（城）山区。兄弟部队遇到一起，我们做青年工作的就领着大家唱歌。看哪支部队歌声整齐、声音嘹亮，哪支部队朝气蓬勃、斗志昂扬。

彼时国将不保，家又焉能存在？我的父亲、哥哥、姐姐、嫂子等多位亲人都投身抗战。那个年代，大家心中只有一个念头，誓死不做亡国奴。国临危难时，竭我一滴力。这样的选择，终生无悔！

我抱着这样坚定的信念，先后参加抗日战争、解放战争……没想到，时隔70多年，我又穿上了八路军军装。

2015年9月3日，纪念中国人民抗日战争暨世界反法西斯战争胜利70周年，举行了盛大的阅兵仪式。阅兵前两周，我接到通知，邀请我以八路军老战士的身份参加阅兵盛典。

那天北京晴空万里，我们8点开始登车，我坐在“抗战老兵方队”第一辆车的第四排。鸣礼炮70响之后是升国旗，军乐伴奏下，阅兵典礼开始。向着主席台、观礼台敬礼时，我百感交集。我们当年的大刀长矛、土枪土炮，换成了如今的飞机、坦克、导弹，曾经想都不敢想的梦成真了。没有党的领导，就没有祖国的今天。时代在变，部队装备在变，但中国军人为国为民的气节，从来没变。作为老战士，我打心眼里感到

沈阳市九一八历史博物馆纪念碑

自豪。

2019年10月1日，庆祝新中国成立70周年的阅兵典礼上，我坐在“致敬”方阵的第三辆礼宾车。我穿着为此次阅兵专门定制的八路军军装，胸前别着“独立自由勋章”和“解放勋章”。在这两枚勋章下方，还戴着庆祝中华人民共和国成立70周年纪念章和中国人民抗日战争胜利70周年纪念章。礼宾车驶过天安门时，我再次认认真真地行了一个军礼，手久久没有放下。

那次参加阅兵典礼，所有人都在为国家的强盛欢呼喝彩。在当天的日记中，我这样记录：“从城市到乡村，从平原到山地、海洋，到处是五星红旗飘扬。”我又想起那些牺牲和离世的家人、战友们，他们若能看到今日的中国，看到他们曾舍命守护的国家已如此强大，该多高兴啊！

每逢重大节庆，我都会写幅字来抒发感情。今年是建党100周年，我也写了幅字：

祝福党，祝福祖国！

记者采访

“心声岂止三千万”

李光羲　歌唱家

王　瑨　人民日报记者

大家常问我是如何演绎《松花江上》这首歌的。我回答：“没有演绎，《松花江上》唱的就是我自己，是从心底自然流淌出来的。”

我的童年是在日寇铁蹄下度过的。常听闻亲戚朋友家十几岁的孩子，突然间就不见了，被日寇抓去做苦工，再没回来。每天胆战心惊，常年挨饿受冻，唱歌成了我儿时唯一快乐的事。我从小便会唱《松花江上》，一开始并不懂它的深意。有年冬天，我在上学路上看到几辆简陋的木板车，拉着冻死的同胞，那残酷的场景深深刺痛了我的心。1945年，抗战取得全面胜利，父亲带着我上街，我指着地摊问他：“那些白珠子是什么呀？”父亲告诉我，那就是大米。当年已经16岁的我，才第一次知道大米为何物。一切所见所闻，潜移默化地融进了我的歌声。

每当我唱起《松花江上》，往日山河破碎的场景与悲愤便

1964 年李光羲参演《东方红》时演唱《松花江上》的剧照

会涌上心头，演唱时泪水常模糊了双眼。

1936年，在东北军中开展抗日宣传工作的张寒晖，目睹西安街头东北军民无家可归的流浪与彷徨，谱写出了《松花江上》。西安事变前夕，这首歌从西安一所中学唱响，其后迅速传遍全国。

我最难忘的是1964年参演大型音乐舞蹈史诗《东方红》的过程。我在第四章《抗日烽火》中演绎这首歌。周恩来同志亲自提出歌词的修改意见。对我而言，那次演出是艺术熏陶，也是思想教育。

“心声岂止三千万，一曲哀歌动地天。”一曲《松花江上》，唱出的何止是三千万东北同胞的心声？它是亿万中华儿女悲愤交加、要求还我山河的呼声！它使人泪下，又催人奋起。我不

人民英雄纪念碑上的“抗日游击战争”浮雕

应把它仅仅理解为是满怀离乡之思、国难之痛的悲歌，它已经成为亿万人高唱的战歌。无数人闻曲悲叹，燃起革命热情！无数青年高歌前进，奔赴抗日战场！

一同参演《东方红》、曾在西北战地服务团的歌唱家王昆告诉我，她与抗日前线的战士合唱过《松花江上》，边唱边流泪，越唱越激昂。她说：“是革命给了歌曲百倍的豪情和万千的气象。歌唱是艺术，更是革命的号角、尖兵和鼓点。”这句话对我影响很大，从此让我对这首歌有了更深刻的认知。

歌者用声音塑造形象、传递情感，应该努力让听众体会歌曲的弦外之音、味外之味。《松花江上》的动人，在于丰富的层次和意蕴。旋律上，这首歌以环回萦绕、反复咏唱的方式展开，倾诉性的音调贯穿全曲。歌词上，它以“怀故、漂泊、呼唤”的感情脉络递进式地深入人心。以“森林煤矿”“大豆高粱”“同胞”“衰老的爹娘”开篇，诉说家乡的美丽富饶。之后，诉说丧家的哀痛、逃亡的惨境，控诉日本侵略者给中国人民带来的深重灾难。歌曲最后，用饱含感慨的发问，唱出声声呼唤：“什么时候，才能欢聚一堂？”将全曲推向高潮，蕴藏着抗争的力量。

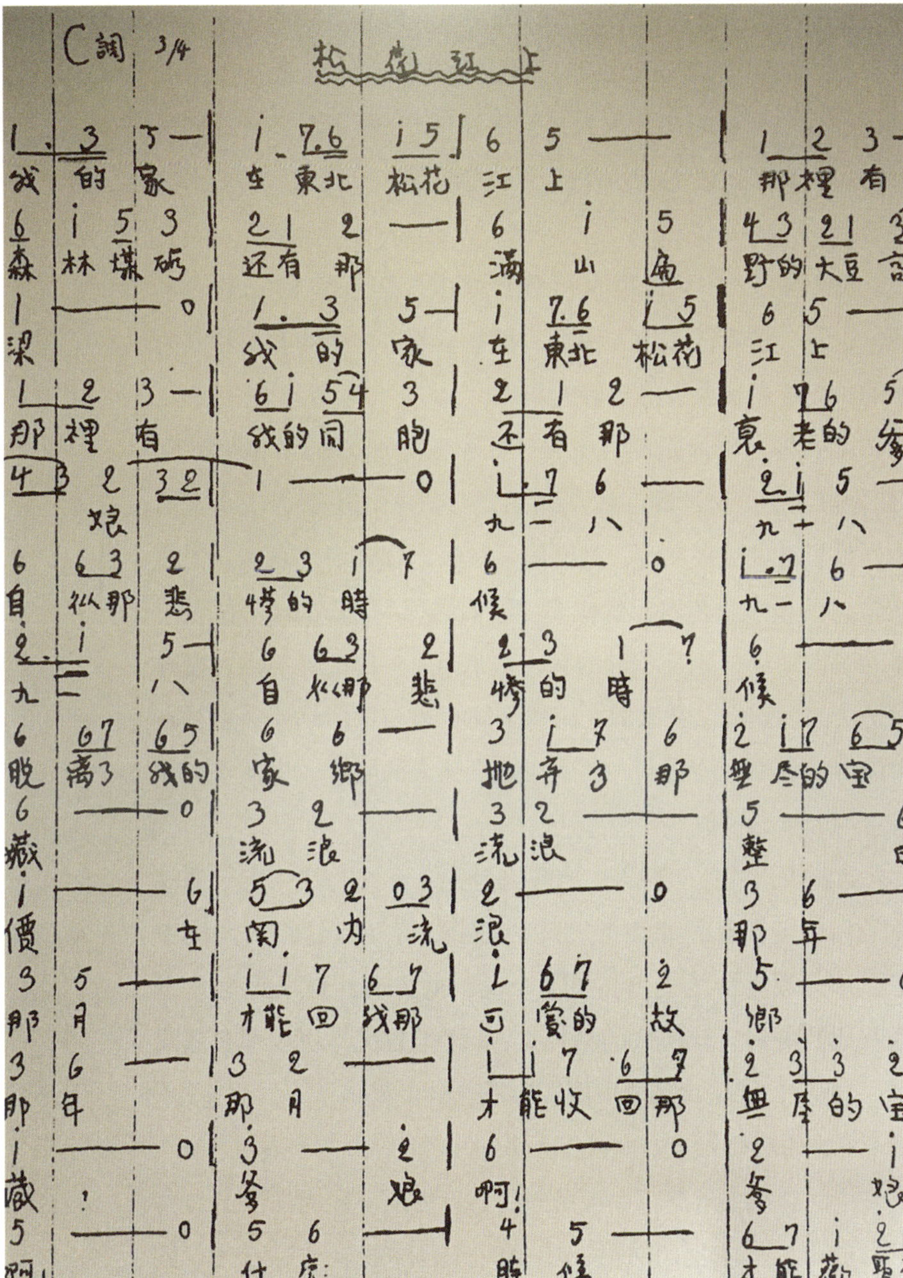

歌曲《松花江上》

张寒晖手稿（河北博物院藏）

张寒晖当年噙着眼泪写出的歌，一次次流进我心，我又将这种深切的感受传递给观众。因为《松花江上》，我被不少观众评价为“听他唱歌让人直掉泪的演员”。我想，只有这样深耕时代、心系人民的音乐作品，才能迸发出如此强烈的艺术感染力。

我今年92岁了，很少再登台演出。但我坚信，歌唱本身，也是一种责任、一方课堂。我有义务将这样的歌曲和歌曲中的历史传承给今天的年轻人。

几年前，我曾受邀给中央音乐学院声乐系的学生们教学《松花江上》。我告诉这些“90后”年轻人，声音等于零。因为如果只追求吐字发音，过度偏重技法，忽略情感表达、生活体验，将“声乐艺术”变成了“声音艺术”，艺术效果便等于零。鉴古知今，才是歌者的真正“底气”。我希望年轻人提升对历史的理解力，在歌曲中感悟人间正道与生活真谛，创造有生命力与感染力的音响。艺术在感染他人的同时，也在实现歌者自身的生命价值。

我还告诉这些年轻人，当年奔赴抗日一线的战士们，那时的他们也正青春。那些意气风发的中国青年，甘将热血沃中华，用无数生命之光点亮了一个民族的光明，让子孙后代享受着他们披荆斩棘换来的幸福。“以青春之我，创建青春之国家。”他们，才是真正的中国青年偶像！

不忘曾经烽烟起，心中长鸣警钟声。品味《松花江上》，它悲怆的旋律，激荡于中华民族的心灵史上，成为那段血与火岁月的印记，使我们激愤，使我们清醒，更激励我们坚定信心、接续奋斗。

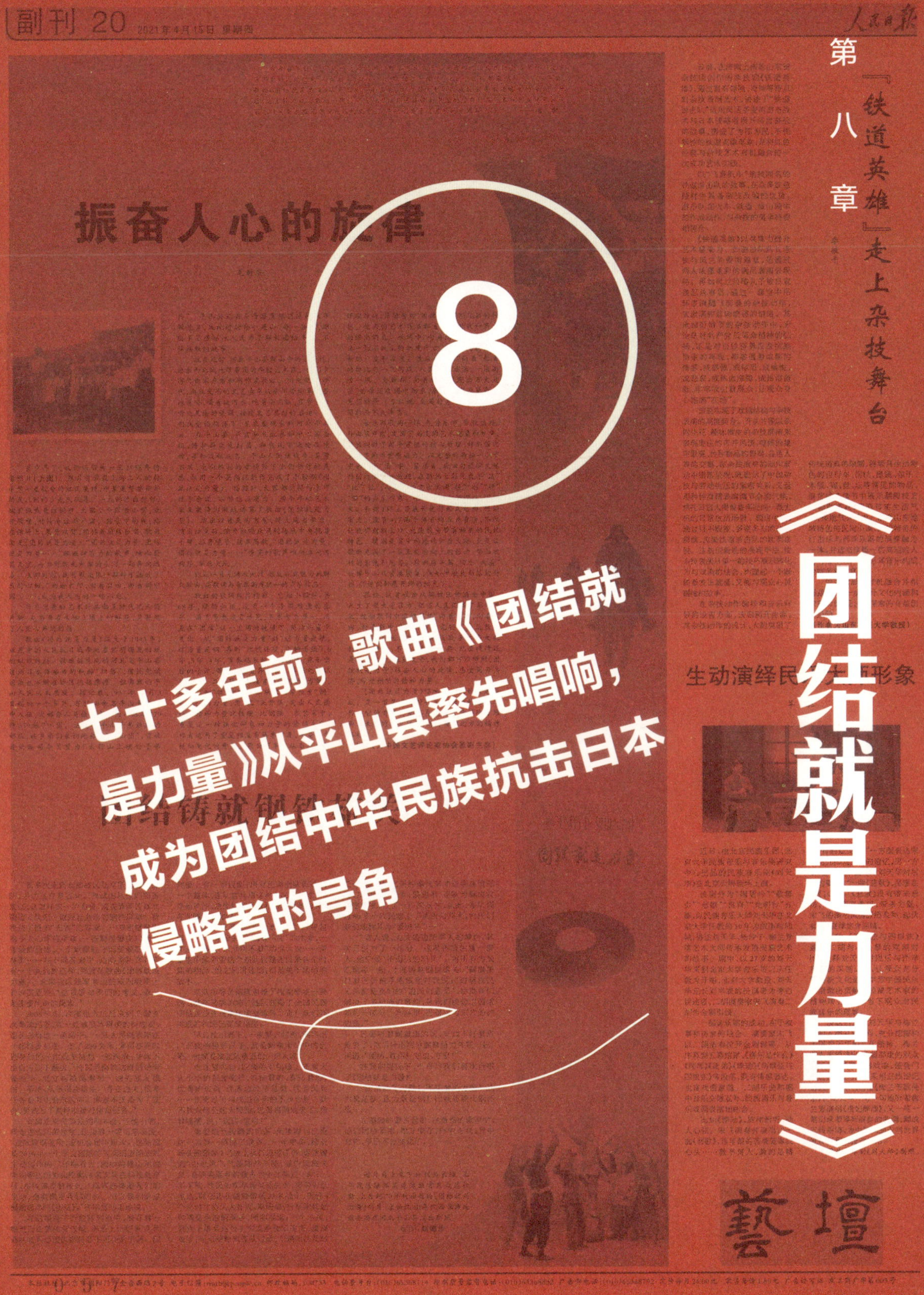

第八章

8

《团结就是力量》

七十多年前，歌曲《团结就是力量》从平山县率先唱响，成为团结中华民族抗击日本侵略者的号角

专家解读

振奋人心的旋律

毛时安　中国文艺评论家协会原副主席

多少年了，我仍保留着一张1958年的老照片。照片背景是上海工人新村小学一层校舍的红瓦屋顶，中景是整整齐齐排成三列的少先队队员。一式的洁白衬衫，胸前佩戴着红领

图为毛时安保留的1958年的老照片

巾，大家个个张着小嘴，放开歌喉，神情专注而严肃。前景中的我，站在课椅上，展开双臂，指挥着班级合唱，歌曲便是《团结就是力量》。“团结就是力量，团结就是力量……”稚嫩却有力的歌声，响彻蔚蓝天空，与田野波光粼粼的小河一起奔向远方。从那时起，这首歌便像一颗种子播进了我的心田。“向着太阳，向着自由，向着新中国……”，成为我人生的一缕阳光。

所有优秀的艺术作品都是时代风云的产物，是盛开在生活土壤上的鲜花，是凝结了人民心声的结晶。

歌曲《团结就是力量》诞生于1943年，正是中国人民抗日战争处在黎明曙光初现的艰难时刻。歌曲诞生地的河北省平山县遭到日本侵略者的残酷“扫荡”，国民党顽固派也不断在边区挑起摩擦。但勇敢的平山人民从未屈服。据记载，1937年10月3日起的一个多月，有1700余名平山青年集中入伍，大部分人员被正式编为八路军120师359旅718团。这支由平山子弟组建的部队，被乡亲们亲切地称为“平山团”，曾被聂荣臻司令员赞为“太行山上铁的子弟兵”。平山县是当年晋察冀根据地的抗日模范县，风吹过的每一座山、每一条河，都留下了根据地人民为了解放团结斗争、不怕牺牲的故事。

就在此时，河北平山县群山中的小山村，迎来西北战地服务团的年轻艺术家。他们中有作曲家卢肃和剧作家牧虹。20世纪30年代，向往光明的文艺青年从徐州奔向革命圣地延安，喝着延河水，吃着小米饭，在鲁艺聆听冼星海的讲课，接受文艺思想的启迪。他们在党的指挥下，星夜兼程来到河北平山县。在平山县，卢肃和牧虹参加中心游击组，掩护群众反扫荡，和农民下地抢收抢种，参加减租减息。平山人团结战斗、英勇不屈、走向胜利的豪情给了他们创作的灵感，仅用一个星期就创作完成了小歌剧《团结就是力量》。排练时，大家都觉得结束得过于仓促，不够饱满有力。两个年轻艺术家又激情澎湃地谱写了歌曲《团结就是力量》。演出以蓝天为布景，将大地当舞台。演出结束后，演员和观众涌到场地中央挽着手臂，拉开嗓子，放声高歌。“团结就是力量，团结就是力量……”嘹亮的歌声响彻滹沱河两岸、华北大地。

20世纪70年代出版的《团结就是力量》唱片

这是一首充满人民性、散发经典魅力的群众歌曲，是歌词与音乐高度统一的声乐作品。

牧虹的歌词极其精彩。它短小精悍，共68字，晓畅如话，没有一个冷僻难懂的生字。语言节奏非常讲究，不求整齐单一，而是在“团结”这一主词的统摄下，简洁而富于变化。从“团结就是力量”到“这力量是铁，这力量是钢”再到“比铁还硬，比钢还强”，六字、五字、四字，节奏越来越急促密集，宛如出膛的子弹，带着火光直奔敌营。各联之间环环相扣。二联歌词承接首联歌词的“力量”，以“钢”和“铁”比喻。三联歌词紧扣着“钢”和“铁”的力量，用“比”来升华，突出人民团结的精神力量比铁硬、比钢强。在艺术中，重复是一种强化印象和力量的修辞手段。作者运用了重复但没有

20 世纪 40 年代西北战地服务团在河北平山县演出剧照

简单重复，而是局部精细变化的重复。歌曲下半篇从形象化的说理转折，昂扬着对“团结”热烈而瑰丽的畅想。优秀的艺术作品都富于对时代和历史的深刻洞见。歌词中“向着法西斯蒂开火，让一切不民主的制度死亡”，使主题获得了新的广度和深度。最后以3个“向着”起首的排比句一气呵成，人民心潮逐浪，一浪高过一浪。全曲在“向着新中国发出万丈光芒”的豪迈之词中结束，展现了中国革命的光明前景。可以说，全篇朴素而不失深刻，简约而不失丰富。

音乐与歌词一样，气势充沛，奔放热烈。作曲家卢肃，发挥了高度的艺术想象和才华，对歌词做了超乎常规的精心处理，特别强化重点字的听觉感染力。以完整的两拍一小节突出两个“团”字。紧接着，后四句旋律又借助弱起节奏的处理，在弱拍上弱化虚字“这”“比”“让”，而以强拍突出实词“铁”“钢”“硬”“强”的声乐形象。全曲以C大调调性，围绕大三和弦135主音展开进行曲式结构，铿锵有力。没有4、7

两个偏音的五声音阶，不仅让旋律朗朗上口，也使歌曲带有鲜明的民族特色。特别是其中的连续六度大跳，更是让歌曲充满了一往无前的向上的张力、势如破竹的豪情和气势。歌曲后半篇，四个“向着”旋律节奏从紧凑密集，犹如冲破反动派的封锁，行进到舒展开阔的阳光下。

很快，这首歌曲从解放区传遍全中国，产生了强大号召力，亿万人民汇成了革命洪流，就如歌词中唱的那样：“向着太阳，向着自由，向着新中国发出万丈光芒！”在这歌声中，迎来了抗日战争、解放战争的伟大胜利。78年来，不论是抗击非典、抗击疫情还是抗洪抢险、脱贫攻坚，我们都可以听到《团结就是力量》振奋人心的旋律，感受同舟共济、守望相助的精神力量。

《团结就是力量》唱响了我们的众志成城，是一首艺术与时代充分融合的经典之作。它的音符将洒落在我们民族排除万难奔向未来的漫长征程，成为指向远方的精神路标。

记者采访

团结铸就钢铁雄关

倪光辉　人民日报记者

我多次来到北部战区陆军所属边防部队，采访过许多官兵。我试图从他们那里求证，是怎样的一种力量，能在莽莽苦寒北疆边关筑起一道固若金汤的钢铁屏障？我收获了很多“无言”的答案。一双粗糙皲裂到令人心疼的手掌、一张黝黑爆皮却朝气蓬勃的脸庞、一个默默驻守而坚毅挺拔的身影……在不同答案中，边防连队官兵们有一个共同的选择，那就是歌曲《团结就是力量》。北部战区陆军某边防旅四级军士长许国恩说：“这首歌对我们的意义，像一条连接生命的绳索。”

2008年冬，许国恩入伍后来到北疆首次参加巡逻，在一处被坚冰覆盖的斜坡前，连长递给他一条绳子。一队人用绳索连在一起稳步前进。走了200余米，紧跟在许国恩身后的一位战友突然一脚踩滑，身体不由自主向下翻去。许国恩刚被这股猛劲带着向下，就立刻被绳索另一端的战友拽住。所幸，队伍很快稳住。“身在边关，很多任务是有生命危险的。绳索不仅是为了安全，更是为了高标准履行使命任务。”

许国恩来自该旅边防6连，经他引领，我走进连队荣誉室，他指着一幅铅笔画说：“过冰坡很危险，没机会留下照片。这张画是2016年一个学过画画的列兵巡逻回来后主动创作的。”仔细看去，画中的雪山用线条勾勒出阴影和轮廓，5名官兵在斜坡处穿行，用绳索连着彼此。“绳索连接着我们的生命，更凝聚着我们的心。所以我们给这幅画起名叫《团结》。”许国恩郑重地说。

在这幅画下方的陈列柜中，保存着一根老旧泛黄的背包绳，那是20世纪80年代连队官兵巡逻执勤时必不可少的工具。陈列柜上有一则说明：用背包绳把队伍连成一个整体，连队官兵用这种办法穿越冰雪，穿越风沙，用团结的力量打破自然的封锁，在北疆顽强驻守。

北部战区陆军某边防旅官兵戍边执勤

一根系来系去“永远断不了”的背包绳，一个传来传去“永远喝不完”的水壶，一件递来递去“永远用不着”的棉大衣……荣誉室中陈列着这个连队自建连以来各个时期的物品，但它们讲述的，都是关于团结的故事。

连队指导员阚康康指了指荣誉室一面满是奖杯奖牌的墙：“连队获得了全国民族团结进步先进集体荣誉称号。走！我们到附近的牧民巴哥家坐坐。”

罕乌拉山脚下，一座蒙古包前，闻声出门迎接的粗犷汉子，就是阚康康口中的巴哥。他家是离连队最近的一户人家。

走进蒙古包，四周的毛毡墙上布满大大小小的荣誉奖状，有挂着的，有贴着的，优秀护边员、优秀边民信息员、优秀民兵……还有巴哥与戍边官兵的不少合影。我不禁向他竖起大拇指，巴哥爽朗地笑了，指着墙壁，说：“这些，宝贝！”

喝着热气腾腾的奶茶，阚康康与巴哥你一言我一语讲了很多。一年寒冬，排长杨长鹏带领3名战士执行巡逻任务，返途遭遇“白毛风”，气温陡然下降、通信设施失灵，是躲到老乡的蒙古包中才躲过一劫；一年深秋，牧民哈斯草场突然失火，接到告急电话，时任连长赵帅带领23名战士，历经4个小时才将大火扑灭，草场前，哈斯握着赵帅满是血泡的双手，哽咽难语；一个冬夜，驻点上等兵赵雨生突发急性阑尾炎，腹痛难忍，而点哨距离连队过远，车辆无法及时抵达，是借助巴哥的摩托车才送到旗里医院，及时做了手术；前些年，连队为解决牧民吃水难，打了一口深水井，从此，连队周边80多户牧民吃上了清甜的井水，牧民们亲切地称其为“爱民井”……

“有人说，边关是边防军人的舞台，其实只说对了一部分。这里还居住着一群人，他们是‘不退伍的哨兵’。将所有力量汇聚在一起，才能铸就钢铁雄关。”阚康康拉着巴哥的手感慨地对我说："边境牧民兄弟都是我们的'边民信息员'，协助我们解决了多起涉边事件，是我们戍边卫国重要的一部分。2004年，巴哥成为正式的护边员。"

巴哥听着阚康康的话，有些不好意思地笑了，然后伸出两手握拳用力并在一起，说道："团结，管用！守边，守家！"

在我的提议下，巴哥与我们再次合唱了《团结就是力量》。

团结就是力量！团结就是力量！这力量是铁，这力量是钢！比铁还硬，比钢还强……

在温暖的蒙古包里，在激昂的歌声中，他们团结紧密，相互依存，你中有我，我中有你，早已不分彼此了。

第九章

9

长征题材美术经典

长征题材美术经典既是一次独特的“视觉长征”，又是一场深刻的精神洗礼

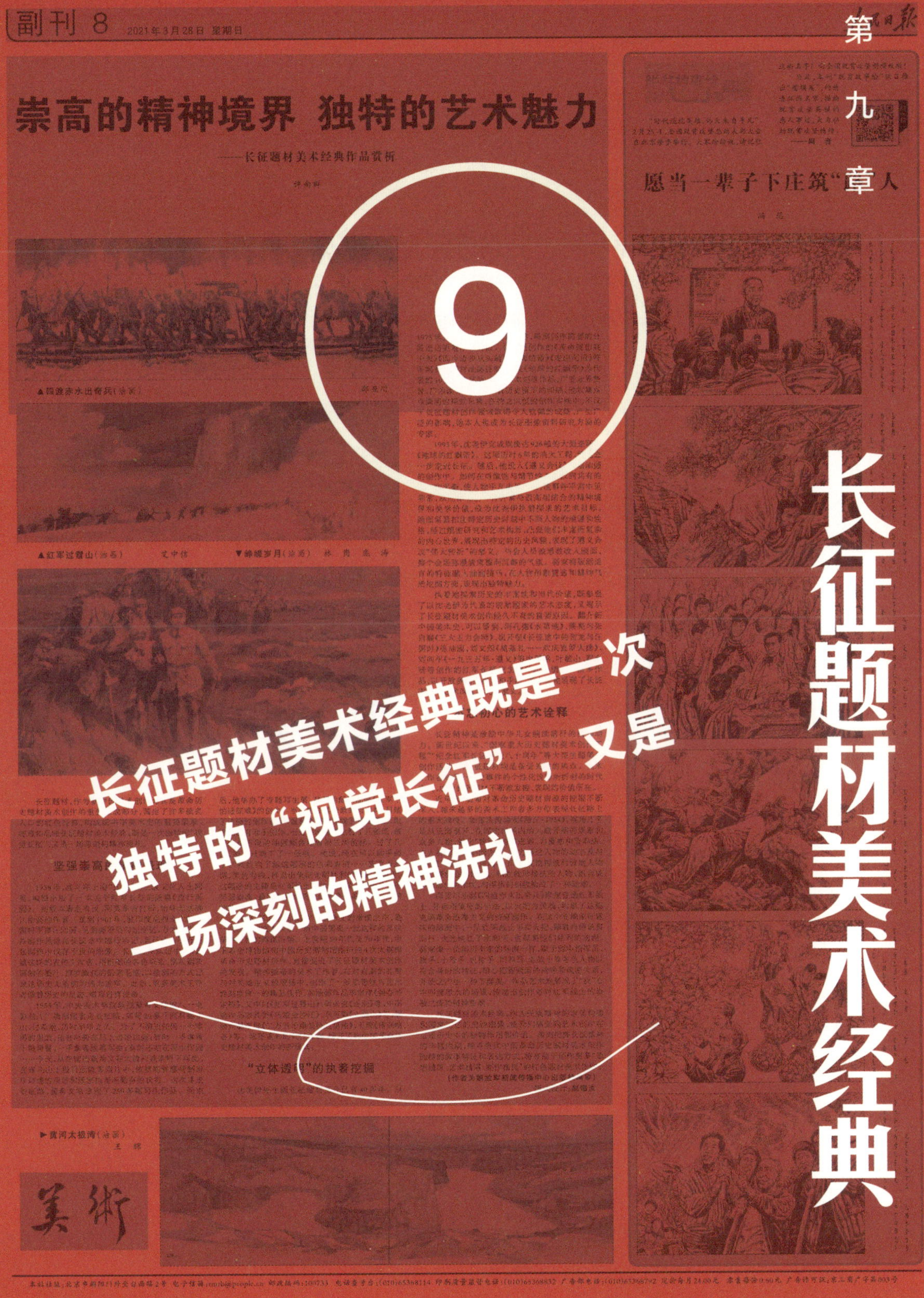

副刊 8 2021年3月28日 星期日

崇高的精神境界 独特的艺术魅力

——长征题材美术经典作品赏析

“立体造型”的执着挖掘

美術

专家解读

崇高的精神境界　独特的艺术魅力

许向群　解放军新闻传播中心出版社编审

长征题材，作为新中国美术创作尤其是革命历史题材美术创作的重要组成部分，诞生了许多脍炙人口的红色经典，构成新中国美术史的重要篇章。梳理和品味长征题材美术经典，既是一次独特的“视觉长征”，又是一场深刻的精神洗礼。

一、坚强崇高的精神表现

1938年，战斗在上海“孤岛”的左翼文化人士阿英，编辑出版了一本关于红军长征的画集《西行漫画》。初版本署名有误，阿英多方打听，始终无法确认绘画的作者。直到1961年，驻印度尼西亚大使黄镇将军离任回国，见到画册后勾起回忆，方才证实这些画作是他在长征途中随行所记，且已成为四五百张画作中仅存于世的图像。长征红军队伍中，像黄镇这样的宣传工作者，用粗陋的各色纸张、锅灰烟灰调制的墨汁、搜罗缴获的铅笔毛笔，以绘画的方式记录这场史无前例的伟大进军。此后，更多美术工作者循着历史的足迹，续写丹青使命。

1955年，中央美术学院教授董希文随同八一电影制片厂摄制组重走长征路，肩背20多斤画具翻雪山、过草地，历时半年之久。为了不错过任何一个难得的景致，他有时骑在马上边走边画；有时一手拿着干粮用餐，一手拿着画笔写生；有时还站在雨中作画……今天，从存留的董希文在大渡河铁索桥下写生、在雀儿山上极目远眺等照片中，依然能够感受到当年环境的艰苦和画家执着而勤奋的状态。这次重走长征路，董希文沿途画了250多幅写生作品。回京后，他举办了专题写生展，并开始酝酿油画《红军不怕远征难》的创作。当时担任其助教的靳之林，目睹了该画的创作过程：董希文很快完成了素描草图，但迟迟没有动手创作，而是在画室墙上钉了几张纸，每张纸用不同的油画颜色刷着两三块色标。过了几天，墙上只剩下了一张纸。他说，现在可以动手画了！

> 我找到了画这幅画的色彩表情……普蓝为基调，黑色勾线，再点出象征光明胜利的橘黄色篝火。这幅画的主题是红军战士肉体上的痛苦和精神上的坚强崇高，最困难的物质生活和最大的乐观主义精神的对比。

《红军不怕远征难》作为董希文的激情之作，是一次成功的艺术探索。新中国需要一批这样的反映革命历程的鸿篇巨制。20世纪50年代至70年代，中国革命博物馆和中国历史博物馆组织的4次大规模革命历史题材创作，直接促进了长征题材美术创作的发展。精神振奋的美术工作者，在对崇高的礼赞与对英雄主义的颂扬中，创作了一批思想性与艺术性高度统一

《红军过雪山》（油画）艾中信　中国人民革命军事博物馆藏

的精品佳作，如油画作品李宗津《强夺泸定桥》、艾中信《红军过雪山》、靳尚谊《送别》等，中国画作品宗其香《巧渡金沙江》、李可染《六盘山》等，版画作品李桦《二万五千里长征过草地》、王琦《雪原峡谷》等。浓墨重彩的长征画廊，翻开了新中国革命历史题材美术创作的新篇章。

二、“立体透明”的执着挖掘

沈尧伊先生画长征题材至今已有40多年。从1975年至今，他5次重走长征路，根据创作需要的分段走访更是不计其数。他先后创作的《革命理想高于天》《而今迈步从头越》《彝海结盟》《走出泥沼》等多幅长征题材油画巨制，以及以《地球的红飘带》为代表的10多套连环画、插图与木刻等作品，广受业界赞誉，广为读者喜爱。沿着历史留下的印痕，他收集点点滴滴的视觉元素，在持之以恒的创作实践中，不仅于长征题材创作领域取得令人钦佩的成绩、产生广泛的影响，他本人也成为长征图像资料研究方面的专家。

1993年，沈尧伊完成规模达926幅的大型连环画《地球的红飘带》。这项历时6年的浩大工程，使他进一步走近长征。随后，他投入《遵义会议》独幅油画的创作中。如何在肖像件与情节性之间找到共有的特征和平衡，使人物平凡中见非凡，使事件平常中见非常，从而体现出一种朴素与崇高相结合的精神境界和美学价值，成为沈尧伊执着探求的艺术目标。画面紧紧扣住特定历史时刻中不同人物的境遇和性格，经过缜密研究和艺术构思，凸显他们丰富而复杂的内心世界，展现出特定的历史风貌，表现了遵义会议“伟大转折”的意义。与会人员被悉数收入画面，整个会场弥漫着肃穆而沉静的气氛。画家将版画语言的特征融入油画技巧，在人物形象塑造和精神气质挖掘方面，显现出独特魅力。

执着地探索历史的丰富性和当代价值，既彰显了以沈尧伊为代表的前辈画家的艺术态度，又揭示了长征题材美术创作经久不衰的重要原因。翻开新中国美术史，可以看到，何孔德

《峥嵘岁月》（油画）林岗、庞涛　中国国家博物馆藏

《四渡赤水出奇兵》（油画）邵亚川　中国国家博物馆藏

《水草地》、蔡亮与张自嶷《三大主力会师》、崔开玺《长征途中的贺龙与任弼时》等油画，刘文西《奠基礼——欢庆直罗大捷》、刘向平《一九三五年·遵义》等中国画，叶毓山、程允贤等创作的红军长征纪念碑碑园雕塑……诸多作品，以开放多元的视角和手法，多方位地呈现了长征题材的艺术深度和现实意义。

三、不忘初心的艺术诠释

长征精神是激励中华儿女继续前行的精神动力。新世纪以来，"国家重大历史题材美术创作工程""纪念红军长征胜利八十周年"等大型主题美术创作活动中，长征题材均是备受关注的焦点。美术工作者对同一历史事件的个性化诠释所折射的时代审美，成为长征题材不断被发掘、表现的价值所在。

近年来，随着对革命历史题材资源的挖掘不断深入，越来越多的美术工作者多方位表现长征路上的重大战役。如张庆涛油画《湘江·1934》，视角几乎是从正面展开，在固定视域内

纳入最开阔的景象和众多人物，强化“铁流”的前进感、力量感和节奏感。在人物的组织刻画方面，竭力通过人物的动态及与“铁流”相呼应的生动细节，深度挖掘彼时彼地人物的心理状态和情绪。相互救助搀扶的人物，组合成不同形状的团块，与浮桥的斜线构成了一种动感。

邵亚川油画《四渡赤水出奇兵》聚焦普通红军战士，并运用象征的手法，以火把为灵魂，构思了这幅充满革命浪漫主义的诗意画作。在这个充满象征意味的画面中，一队红军战士手举火把，踏着舟桥鱼贯而行，火光映红了水和天，也照亮他们胜利的前程。画家像一位阅历丰富的导演一样，赋予画中指挥员、旗手、小号手、机枪手、饲养员、老战士等各色人物以符合身份的特征，精心把握画面的韵味和疏密关系，并使之产生一种节奏美。作品艺术地展现了“我”心中四渡赤水的场景，传递出创作者对红军战士的崇敬之情和精神赞颂。

长征题材美术经典，作为民族精神的审美构建和国家记忆的史诗图像，使我们感受到艺术创作在记述历史中的独特作用和价值。深刻把握长征精神的丰富内涵，探寻当代中国革命历史题材美术创作独特的叙事特征和表达方式，将有助于创作更多“思想精深、艺术精湛、制作精良”的红色题材美术佳作。

第十章

10

《黄河》钢琴协奏曲

对于中国音乐而言，这首曲子是有革命性的

记者采访

“每个乐章都澎湃着民族的力量”

郎　朗　钢琴演奏家

任姗姗　人民日报记者

一、“没想到《黄河》如此让人震撼”

记者：中国人心中，“黄河”两个字沉甸甸的，两部由“黄河”命名的音乐作品也是沉甸甸的。光未然作词、冼星海作曲的《黄河大合唱》，诞生在抗战时期的延安窑洞，它因抗战救亡而生、为战地宣传而鸣，至今回响在音乐舞台和群众歌咏中。改编自《黄河大合唱》的钢琴协奏曲《黄河》，与《梁祝》并称为我国交响乐协奏曲的“双子星”，由一代代音乐家演绎出不同的版本。您与这两部经典也有不少的人生交集。

郎朗：的确，我对《黄河大合唱》和钢琴协奏曲《黄河》有特殊的感情。少年时期，我就开始练习它们，已经数不清有多少次公开演出的经历。特别是钢琴协奏曲《黄河》，我从国内弹到国外，从重要外交场合、重大纪念活动弹到专场音乐会，它总是我最重要的保留曲目。

《黄河》是我国最知名的钢琴协奏曲之一，20世纪60年代末，由殷承宗、储望华、刘庄等人集体创作。我至今记得第一次聆听殷承宗老师弹奏《黄河》的感受，那个印象太深刻了！在他的琴声中，黄河时而轻吟抒怀，时而沉重叹息，时而怒吼咆哮……宛如近百年中华民族不断抗争、不断奋进的历史。特别是第三乐章《黄河愤》，他用钢琴模拟出琵琶一样弹拨乐器的声音，那个旋律的感染力远远超越了技法，一下子钻进我心里。

记者：作为享誉世界的钢琴演奏家，您演奏过不少优秀甚至伟大的音乐作品，《黄河》在您心目中是怎样的位置？

郎朗：即使与最伟大的音乐作品放在一起，《黄河》的深度、旋律性、技巧性也毫不逊色。有一次，我在广州开音乐会，指挥大师祖宾·梅塔在现场听到了《黄河》。祖宾·梅塔执棒的以色列爱乐乐团曾演奏过中国的《红旗颂》，细节处理非常细腻，也很有自己的想法。那场音乐会后，祖宾·梅塔对我说："没想到《黄河》如此让人震撼！它就像《柴科夫斯基第一交响曲》和《李斯特第一钢琴曲》加在一起的味道。第四乐章'东方红'的一段尤其壮观。"当听我介绍说，伴随中国第一颗人造卫星升空的曲子就是《东方红》时，他连连感叹："了不起！"

每次弹奏《黄河》，我都能感受到它所承载的爱国情感和民族精神，它的每个乐章都澎湃着民族的力量。我也丝毫不敢懈怠，每次都拿出对待最顶尖协奏曲的态度去演奏，也总

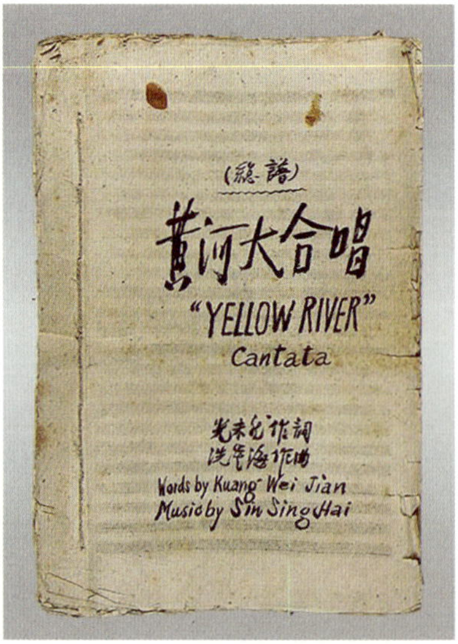

《黄河大合唱》总谱

是寻找机会向外国朋友推荐它。

二、作曲家的爱国心是《黄河》的灵魂

记者：如同它的前身《黄河大合唱》,《黄河》这条在黑白琴键间奔涌的“大河”，总会让我们热血沸腾、热泪盈眶。它就是我们的音乐、我们的情感、我们的历史。

郎朗：我在演奏中，一般会尽力克制情绪，但仅有的几次落泪都与《黄河》有关。2005年，我和指挥家余隆偕中国爱乐乐团在美国纽约林肯艺术中心演出。返场时，我们演奏了《黄河》完整的四个乐章，这是极为少见的！所有的乐手、指挥，还有我，我们每个人都是眼含热泪。它确实给我们带来了高度的民族认同感和充沛的力量感。常有海外同胞告诉我，无论走到哪里,《黄河》的旋律一响，中国人的心就凝聚在了一起。

对于中国音乐而言，这首曲子是有革命性的，它打开了中国音乐的一片新天地。像水墨画一样，大多数中国传统音乐偏于含蓄、内敛，追求此处无声胜有声的境界。殷承宗他们吸收和借鉴了优秀的国内外钢琴作品，发挥了钢琴的特殊音色，又将欧洲的作曲技巧与中国的民族曲调糅合在一起，以绚丽的音乐技巧、丰富的感情层次和波澜壮阔的音乐意境，形成了中国音乐少有的雄壮的美学风格。

记者：仔细品味《黄河》，它的精神气质与《黄河大合唱》一脉相承，又充分发挥了钢琴的艺术特色。如您所说，它是有力量的，也是好听的。

郎朗：是的，《黄河》风格多变，有《黄河颂》这样舒缓、流畅、深情的吟唱，也有《保卫黄河》这样富有战斗力的召唤。作曲家加入了俄罗斯的钢琴技巧，比如柴科夫斯基、拉

冼星海指挥延安鲁迅艺术学院学生练唱《黄河大合唱》

赫玛尼诺夫作品中的"大八度"，还有李斯特一些协奏曲中的技巧，你会感觉到，他们是把这些技巧融化在了深沉的民族感情中。当然，演奏起来难度也较高，非常考验演奏者的控制能力。

我演奏过不少音乐作品，有的虽然好听但很难让人记住，更难让人回味。《黄河》的灵魂是作曲家的爱国心。它将爱国情感化为旋律，又将旋律化作力量，所以，它不仅能钻进人心深处，也能让人一边流泪一边获得精神慰藉、情感共鸣。悲情的作品总是容易感染人，柴科夫斯基的《第一钢琴协奏曲》、拉赫玛尼诺夫的《第三钢琴协奏曲》皆是如此。《黄河》的悲情来自我们都不能忘却的那个时代，它用精湛的音乐技巧讲述了中国人的故事、中国人的情感，树立了中国音乐美的典范。

三、无论中国人还是外国人都能听懂《黄河》

记者：这些年，您一直努力向世界介绍中国音乐，也多次

郎朗演奏现场

与外国知名乐团合奏《黄河》，有哪些难忘的合作经历？

郎朗：最近一次是2019年，巴伐利亚广播交响乐团的新年音乐会，我与指挥大师马里斯·杨颂斯合作《黄河》第二乐章。这是马里斯·杨颂斯生前最后几场演出之一，我印象十分深刻。深邃的大提琴奏出缓慢庄严的旋律，引出独奏钢琴的反复陈述，我们回溯中华民族悠久的历史，描绘黄河两岸勤劳善良的人民如何劳作与生活……俄罗斯指挥、德国乐队和我，来自不同文化背景的音乐家一起讲述，那种文化上的碰撞、节奏上的处理以及细腻复杂的情感表达，独特又有感染力。

《黄河》的代入感很强。我曾在联合国总部弹奏《黄河船夫曲》，在德国总统府弹奏《保卫黄河》，也曾在2019年武汉世界军人运动会开幕式上演奏《黄河大合唱》，我感到《黄河》的旋律和情绪能化作强大的磁场，将所有人代入进来，沉浸在它所营造的情绪中。

记者：这就是经典的魅力吧！时间总会留下经典。《黄河大合唱》和钢琴协奏曲《黄河》，历经时代变迁的风雨，扎根在普通老百姓的心里，也飞出国门，担纲文化交流的使者。

郎朗：2006年，我通过德意志唱片公司全球发行首张纯中国音乐专辑《黄河之子》，收录《黄河》协奏曲、《平湖秋月》、《春江花月夜》、《牧童短笛》等经典作品，是一次大胆的尝试。那时世界还不像今天这样了解中国音乐，没想到，专辑发行非常好，在美国是金唱片级销量，在德国达到了双白金唱片级。在德国，《黄河之子》甚至比我演奏的贝多芬协奏曲还受欢迎。我非常骄傲，这说明，中国经典音乐在西方音乐市场有影响力，甚至能比他们的音乐更受欢迎。直到现在，还有不少外国朋友向我表达对《黄河之子》的喜爱之情。我的妻子吉娜也是因为这张专辑喜欢上了《黄水谣》，今年，她将与国家大剧院交响乐团合作演出这部作品。

肖邦在《革命练习曲》中，把自己的悲愤和祖国的命运紧紧联系在一起。《黄河大合唱》和《黄河》诞生在特殊年代，表达的却是中国人民爱好和平、向往美好生活的期盼。不论中国人还是外国人都能听懂《黄河》，因为它奏响了和平这一全人类的崇高理想。

第十一章 《小兵张嘎》

11

抗战时期，一批少年英雄同父辈并肩作战，活泼淘气、机智果敢的少年嘎子是几代人心中的经典小英雄形象

亲历者讲述

回眸半生，最喜欢的还是《小兵张嘎》

江　平　中国儿童电影制片厂原厂长

我从小就喜欢看电影，后来又从事电影工作，担任过中国儿童电影制片厂厂长。回眸半生，自己最喜欢的，还是儿童电影，还是年少时看过的电影《小兵张嘎》。

小时候，我一有空就钻进电影院，把早饭钱省下来买票，几次饿着肚子看《小兵张嘎》。到了夏天，人民公园露天放映，连着10天不换片。我和小伙伴们翻墙爬树，趴在草地上看《小兵张嘎》。看的次数多了，台词都能倒背如流。于是，记住了崔嵬和欧阳红樱两位导演，记住了影片中的“罗金保”张莹、“区队长”于绍康、“老钟叔”张平、“嘎子奶奶”李健、“房东大娘”黄素影、“老龟田”葛存壮、“伪军队长”管宗祥……

没想到，若干年后，我调到了由北京电影制片厂等单位合并组成的中影集团，有幸和葛存壮、管宗祥、黄素影、李健等前辈成了“忘年交”同事。从他们口中，我知道了《小兵张嘎》电影拍摄时不少鲜为人知的故事。

1963 年电影《小兵张嘎》关机时剧组合影

一、“看上去就这么几场戏，下不下生活绝对不一样”

1962年，北影厂厂长汪洋听厂里著名导演、第一届百花奖最佳男演员崔嵬汇报，河北有个叫徐光耀的抗战小兵，将他在冀中平原亲眼所见、亲耳所闻的小八路故事写了小说并编成电影剧本，取名《小兵张嘎》。这个题材引起了大家的兴趣。当时，北影厂的经济状况并不好，可汪洋厂长依然拍板：“勒紧裤腰带，也要给孩子们拍部好戏！”

汪洋、崔嵬当过八路军，打过日寇。崔导演说，不能轻易拔高人物，要通过一个战斗里成长的孩子来表现艰苦卓绝的抗战岁月。他还说，嘎子要“嘎”，不要漂亮脸蛋，不能弱不禁风。

著名表演艺术家于蓝听说嘎子一直没找到合适的小演员，便向崔嵬推荐了一个草原娃。这孩子和戏中的嘎子同年，他的妈妈乌兰是于蓝在延安时的战友。这个孩子没有表演经验，一进剧组，崔导就叫他光着膀子、赤着脚去村里体验生活，没过几天便晒得黑黝黝。崔嵬一看，乐了，嘎子这个角色立住了。

最先拍的戏是“鬼子”进村，一群孩子扑向被日本侵略者杀害了的奶奶，放声痛哭。但扮演“嘎子”的小演员一直入不了戏。扮演奶奶的李健老师后来回忆道：“当时我躺在地上，听大家反复给孩子说这说那，可他就是没反应。我急了，坐起来想给他指导指导，我这一起身，这孩子反而笑了。摄影师聂晶建议导演改方案，不拍小演员的脸，而是用升降镜头拍全景，才把这段重头戏完成了。”

次日，崔导便决定，停拍两天，让孩子们去找老游击队队员和被日本侵略者迫害过的老乡，去听真实的故事。当孩子们

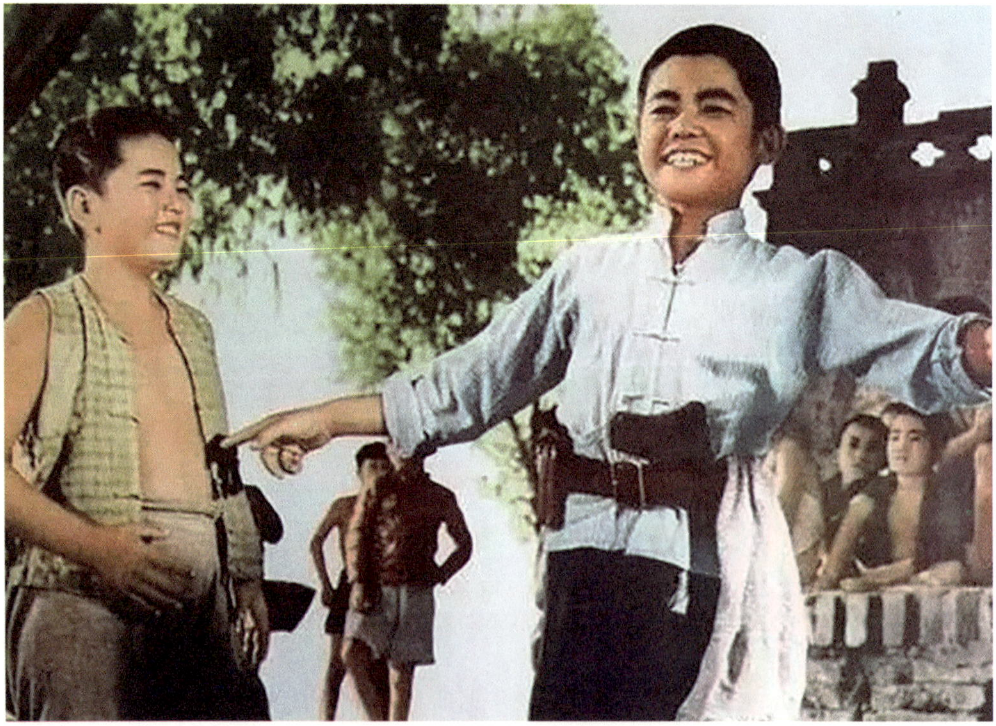

电影《小兵张嘎》剧照

电影《小兵张嘎》中的嘎子形象

眼睛哭得又红又肿回来时，导演知道，这个安排起作用了。听了老乡们控诉日本侵略者的暴行，小演员对角色的感觉越来越深刻。有场和伪军搏斗的戏，扮演嘎子的小演员带着满腔仇恨扑了上去，把扮演伪军的演员封顺老师咬脱了皮。

扮演房东大娘的黄素影，是1938年入党的老演员。多年后，她仍十分感慨："看上去就这么几场戏，下不下生活绝对不一样！心里没有对敌人的恨、对老乡的爱，是演不好的。"

二、"拍这个戏，就是向人民群众请教和学习的过程"

如果说，少年时看《小兵张嘎》是被它的传奇故事所吸引，而当我自己成为导演后，每次重温《小兵张嘎》，都会被影片的思想内涵、艺术魅力所折服。

《小兵张嘎》的作者徐光耀曾说，这部戏是白洋淀里无数"小嘎子"浴血奋战的缩影，也是当年八路军和人民血肉相连的写照。嘎子从毛头小子成长为八路军战士，离不开钟连长、罗金保这些共产党员的影响，离不开胖墩父子、杨大娘一家等乡亲的帮扶支持。

嘎子，无疑是中国儿童电影中非常鲜活、富有特色、很有个性的人物之一。当看到他藏手枪、堵烟囱、咬胖墩这些莽撞而幼稚的行为时，我们会为他的憨厚、倔强、顽皮而忍俊不禁，更会对这个有血有肉、棱角分明的角色赞叹不已。影片里，观众看不见"神剧"的影子，闻不到"戏说"的味道，人物接地气，情节有看点。

《小兵张嘎》艺术精湛，一直为国内外电影界推崇。片中黑白分明的影像，大胆勾勒的光照，富有生活气息的造型，极为真实的置景，极为有特点的道具，彰显了中国儿童电影的审美价值。尤其是影片中长镜头的运用，如"打谷场上"那场戏，镜头从坚贞不屈的奶奶脸上拉出，而后，大摇臂上升为大全景，缓推成中景，再移动着追拍嘎子在人群中寻找奶奶。一个镜头，一气呵成，具有强烈的震撼力和艺术感染力。又如，罗金保带着嘎子在民房和客栈以及军营中穿梭，老钟叔从墙头窥探然后跳入小巷、撞见敌人左躲右闪，最后还是被抓走的那两段戏，摄影师娴熟的技巧，让观众身临其境。《小兵张嘎》的长镜头运用，是国际电影教学中的范例之一，许多西方国家的电影学院都将这部影片作为经典向学生传授。

在片中扮演伪军队长的中影老艺术家管宗祥老师介绍，拍戏时，他们自带铺盖，住在破庙里，反复向当地老乡讨教。扮演女卫生员的袁其励老师曾告诉我，他们“游击队员”无一例外地被导演赶到乡下，拍不拍戏都必须穿上剧中服装，每个人都必须学会游泳、划船、打枪乃至采莲、抓鱼，一律不许化妆，每天要到太阳下把皮肤晒黑。汪洋厂长还曾说：“拍这个戏，就是向人民群众请教和学习的过程。希望大家记住那句歌词：靠人民，支援永不忘。”

今年，中国共产党迎来百年华诞，再看电影《小兵张嘎》，我一如既往地激情澎湃、热血沸腾！这部影片，讴歌着中国人民不屈不挠的伟大抗战精神，诠释着“人民就是江山，江山就是人民”的深刻含义，实属一部令人难忘的红色经典作品。

爱国的少年心，总是相通的

王 源 “00后”年轻演员

作为“00后”，我出生时，彩色电影和电视剧就已经非常普及了。每每听到长辈们谈及露天看黑白电影的故事，总令我心驰神往。也许正因如此，我对黑白电影有着别样的情愫。

我看过的黑白电影不多，令我印象最深刻的是电影《小兵张嘎》。优秀的文艺作品，都拥有经久不衰的感染力。即便是在半个多世纪后的今天，我依旧会被电影中传达的信仰的力量震撼。年少是他，勇敢朴实是他，爱国热血也是他。黑白影像中，嘎子这个少年英雄的形象，生动多彩又可爱可敬。

电影开篇的长镜头是我最喜欢的场景之一。美丽的白洋淀，清波吟唱，苇白荷香，少年张嘎划桨向芦苇荡的远方驶去，极具诗意的画面留白成为故事开端。后来，在日寇“扫荡”中，嘎子的奶奶为掩护八路军被日本侵略者打死，八路军侦察连连长钟亮也被敌人抓走。嘎子历经艰险，找到八路军，成为小侦察员。最终，嘎子在一场战斗中点燃了敌军炮楼，成功救出老钟叔。

在我看来，嘎子的形象，是特别亲切的。嘎子和影片中人物的互动，带有不过时的童真童趣。和同龄人一样，他也有调皮甚至幼稚的一面。他和胖墩打赌输了，却忍不住耍赖，还堵上了胖墩家的烟囱；第一次执行任务后，他将缴获的手枪偷偷藏在鸟窝里……一开始看这部电影，我真觉得嘎子好像有使不完的劲儿。后来慢慢体会到，他的这股劲头，源于少年的满腔爱国热血。表面上，嘎子是渴望得到一把真枪，实际上，他真正渴望的，是加入八路军、融入革命队伍。

电影用层层递进的叙事，细腻描摹了少年嘎子丰富的内心成长。最初懵懂的他，也许并不明白革命是什么、革命为了谁，在斗争实践中，嘎子逐渐坚定了革命理想和信仰。

初遇老钟叔，嘎子还是奶奶身边大大咧咧的毛头小子，老钟叔的革命经历、送给他的木枪，让他产生了“加入八路军”的想法。这是他革命理想的萌芽。而奶奶的死，深深触动了他。“加入八路军，救出老钟叔，为奶奶报仇”，成了他最大的心愿。加入八路军后，嘎子逐渐将个人诉求升华为一种坚定的革命信仰。影片最后，嘎子与八路军战士们奋不顾身、英勇战斗取得的胜利，恰恰成了他成长成熟的最好证明。从大家口中的“嘎小子”到一名真正的八路军战士，少年嘎子的成长，是意志的磨炼和心灵的蜕变。

小兵张嘎，只是无数少年英雄的代表。“生的伟大　死的光荣”的刘胡兰、放牛娃王二小、“小萝卜头”宋振中、送鸡毛信的海娃……无数个为国为民的青春之“我”，成就了青春中国。

我时常觉得，即使身处不同年代，但爱国的少年心，总是相通的。我时常问自己，如果身处那样的时代，会不会做出同样的人生选择？我的答案是肯定的。爱国，始终是青春的底色。

由于工作原因，我曾通过不同形式，演绎革命者的热血青春。最近，我在文化类节目《故事里的中国》中，饰演国歌的作曲者聂耳先生。他不愿演奏靡靡之音，立志要做中国的新音乐。他认为，音乐不仅是供人们欣赏，更重要的是鼓舞人心、昂扬斗志。怀着这样的使命，聂耳为电影《风云儿女》创作的主题歌《义勇军进行曲》，奏响了挽救民族危亡的时代最强音。“中华民族到了最危险的时候，每个人被迫着发出最后的吼声！”那激昂的旋律久久盘旋在脑海，演绎聂耳先生的过程，我完成了精神的接力。

> 到那时，到处都是活跃的创造，到处都是日新月异的进步……

当年革命先烈的憧憬，今天已化为灿烂的现实。生长在欣欣向荣的今日中国，是我们的幸运，我们体会着更加强烈的民族自豪感、荣誉感。为这个伟大时代奋斗，是我们的责任。生逢盛世，当不负盛世。时代舞台上，共同唱响我们这代人的青春之歌！

第十二章 使命深厚的影像书写

12

1934年10月，8万多中央红军主力踏上战略转移的征途，根据地百姓上演了送别红军的感人一幕

《十送红军》

专家解读

一首《十送红军》为何总让人热泪盈眶

希　亚　评论家

> 一送里格红军介支个下了山，秋风里格细雨介支个缠绵绵。山上里格野鹿声声哀号，树树里格梧桐叶呀叶落完。问一声亲人红军啊，几时里格人马介支个再回山……

半个多世纪来，一首《十送红军》唱遍全中国，一代又一代中国人反复吟唱、不断回味着。“这首歌与长征密切相关，它表达了革命根据地人民与红军难舍难分的情感。”江西省音乐家协会副主席潘庆蓓介绍，1961年，空政文工团在北京中山公园音乐堂演出大型歌舞《革命历史歌曲表演唱》，正是这场被称为大型音乐舞蹈史诗《东方红》“前奏篇”的演出，将《十送红军》推向了大众。

1960年，空政文工团接到重要任务，要求把中国共产党创建以来的代表性革命歌曲编排成大型歌舞，以鼓舞全国人民和全体指战员。创作的重担落在张士燮、朱正本等人身上。在此之前，二人已合作过电影《万紫千红》的主题曲《银球飞舞花盛开》等多部作品。然而，主创团队在编创中发现，由于历史条件所限，许多当年的歌曲并没有完整保留下来，尤其是红军从江西出发开始长征时，找不到一首合适的歌曲来表现。他们决定组成采风小组，亲自去一趟江西，在长征开始的地方汲取灵感。

多年以后，张士燮、朱正本回忆采风创作的过程，依然感触颇深。张士燮曾经谈道："革命老区人民对红军有着特殊的感情，他们在回忆往事、歌唱红军时期的歌曲时，常常一边唱一边流下泪水。"张士燮把自己搜集到的多首有关红军的江西民歌整理归纳后，写成了《十送红军》的歌词。朱正本一拿到歌词，就被其朴实不失深情的语言打动，他的脑海中回响着采风搜集的民歌曲调，在不到一个小时的时间里，几乎一气呵成完成了谱曲。"谱到'七送'，'千军万马介支个江畔站，十万百姓泪汪汪'的时候，我不禁潸然泪下。"朱正本曾这样回忆。

让朱正本潸然泪下的那段往事，发生在20世纪30年代。第五次反"围剿"宣告失败，危急时刻，中共中央决定开始长征。1934年10月，8万多中央红军主力踏上战略转移的征程，根据地百姓上演了送别红军的感人一幕。

转移的口令声，在部队中迅疾传开。向西转移，对于部队中的很多人来说，意味着离别保卫多年的革命根据地，也意味着与家乡父老的诀别。闻讯而来的百姓，纷纷赶到村头、河边和大道旁，送别踏上征程的红军。他们一边送一边唱，一边唱一边流泪，他们中有红军战士的父母姐妹，有新婚不久的妻子，也有年幼无知的孩子……这一历史画面，在纪念红军长征胜利80周年文艺晚会《永远的长征》上，被艺术化再现。

“小时候，我通过广播听《十送红军》，读大学时，我为电影唱《十送红军》，这首歌我不止一次唱，每一次都有新的感受。参演《永远的长征》是最动情也最难忘的一次。”歌唱家张也说。《十送红军》在《永远的长征》中出现了两次，第一次在长征伊始百姓送别红军时，第二次在长征胜利会师后，由张也和雷佳分别演唱。

《十送红军》的歌词口语化，以叙事为基础，有很强的画面感，曲调在赣南采茶戏等民间曲调的基础上加工而成，循环曲式，唱半句、停半句，表达的是留恋不舍、深情祝福等多种情绪。张也认为，这首歌既饱含百姓与红军的鱼水之情，也表达了人民对于党的深厚感情和革命必胜的决心。演唱中，她采用戏曲的表现手法，适当加入气声和哭腔，将这种难舍难分又无比坚定的复杂情绪，丝丝入扣地表达出来。“每次唱《十送红军》，我总会热泪盈眶。”张也说。

一首《十送红军》，跨越几十年，为何总让人热泪盈眶？

> 一部红军长征史，就是一部反映军民鱼水情深的历史。

《十送红军》家喻户晓、传唱不衰，正是因为唱出了那段艰苦卓绝的历史，中国共产党与人民的心心相印、同甘共苦、团结奋斗，生动诠释了“江山就是人民，人民就是江山”。

记者采访

“写给《十送红军》的一封回信”

李修文　电视剧《十送红军》编剧、作家

任姗姗　人民日报记者

记者：《十送红军》在革命歌曲之外，有着更具时代感、丰富性的艺术面貌。纪念红军长征80周年，献礼剧《十送红军》热播引发各方关注，直到今天在各大视频网站上仍是高分热评剧。为了创作剧本，您当年重走长征路，在无名烈士墓前找到了讲述长征的切入口。有哪些感受至今依然记忆深刻？

李修文：最深的感受，是一种深入史实内部的亲历感。读懂长征要回归历史材料，也要回归充满细节的历史现场，唯有重走长征路，我才能将创作作为一条纽带，一头连接着今天，一头连接着昨天。我以为，越是书写宏大历史，越要在美学感受上与今日贯通。

确实，我在长征路上的无名烈士墓前感受最深，这些牺牲的无名战士让我感受到：长征精神体现在指挥部、战壕里，体现在千千万万笃信革命、紧跟党的战士们的身上。正因为如此，我建立了书写无名战士的创作主基调。

电视剧《十送红军》剧照

记者：同样讲述长征，同为“十送红军”，电视剧与歌曲在精神脉络上有哪些共通之处？

李修文：《十送红军》这首歌，旋律优美，情深意长，几代中国人耳熟能详。它给我最大的启发是叙事角度。与众多歌颂红军的歌曲不同，它以普通百姓的送别视角展开，将革命战士的奋战苦行与众多日常生活场景紧紧联系在一起。它生动阐释：中国共产党人的初心和使命，就是为人民谋幸福、为民族谋复兴。所以，在电视剧《十送红军》创作中，我的头顶一直高悬着一个无名战士之父老的视角，我想要代替无名战士写一封长信，告诉家乡父老，那些战士们是在何时何地又因为什么样的理想选择了牺牲。某种程度上，电视剧《十送红军》是写给歌曲《十送红军》的一封回信。

记者：电视剧《十送红军》以红军战士为主角，浓墨重彩谱写了一曲革命英雄主义的理想信仰之歌。荧屏上的抛头颅洒热血，深深感染了观众。近年来，众多影视作品追求“以小见大”的讲述，如何写出平凡中的伟大？

李修文：在宏大的历史进程中，我们往往能看见那些起到关键作用的小人物与小事件，“大”往往根植在“小”中，但我们要尤其关注“大”，这个“大”，往往关乎根本认识和创作原则。革命历史题材作品的当代性非常重要，但不能为了让当代人尤其是年轻人更容易接受，就简单化甚至矮化革命者的信仰与牺牲的本质，也绝不能过度传奇化。这一认识，也是我写作过程中时刻秉持的原则。

记者：电视剧《十送红军》对“长征”主题进行了富有新意的开掘，庆祝建党百年的献礼剧《百炼成钢》中，您再次执笔有关长征的故事。长征故事和长征精神，为什么持续激发您的创作欲？

李修文：就我采访和翻阅历史资料得来的滋养而言，电视剧《十送红军》里的10个故事可能还不及1/10，还有太多故事让我深受感动，希望我有更多机会写出它们。对于一个写作者来说，长征主题是富矿。那么多战士，那么多颗心，那么多在战争中被淬炼的灵魂，提醒着今天的创作者：经典题材之所以经典，是因为它们在任何时代都有重新表现的路径和可能。审美随时代不断变化，但这绝不能使经典题材的魅力减弱，相反，时代审美被经典题材激荡，才给了我们写出优秀之作的更多可能。

记者：今年我们庆祝建党百年，也迎来长征胜利85周年。85年来，长征主题持续被文艺创作者发掘阐释，红色经典层出不穷。今天我们再来讲长征故事，如何赋予其更多时代感，赢得更多受众？

李修文：长征题材就在那里，它本身已经足够丰富和精彩。单从戏剧上来说，它的时代感从没有欠缺过，时刻等待和今日生活的水乳交融。长征题材的创作一定会历久弥新。

今天我们的创作者绝不能单纯站在戏剧的内部看待历史，而是要首先建立对历史的正确认识。革命因何而必然发生？革命者因何而成为有信仰的战士？战士们又因何而奋斗与牺牲？增强时代感，绝不能以历史感和正确价值的减弱为代价。

红色经典早已深藏在我们的记忆中，也在许多时候成为我们创作的起点。我小时候住在一个剧团附近，经常看见演员们排练红色经典作品，《十送红军》这首歌正是在那时被我熟知。大概也是从那时起，我有了初步的认识：唯有展现严正而充沛的美学，我们的作品才能真正匹配那些战士们的灵魂。对于创作者来说，这也是一场战斗，要持续进行自我的革命。

第十三章

13

抗战美术经典

这些丹青画卷，在中华民族的精神图谱上，谱写了伟大抗战精神

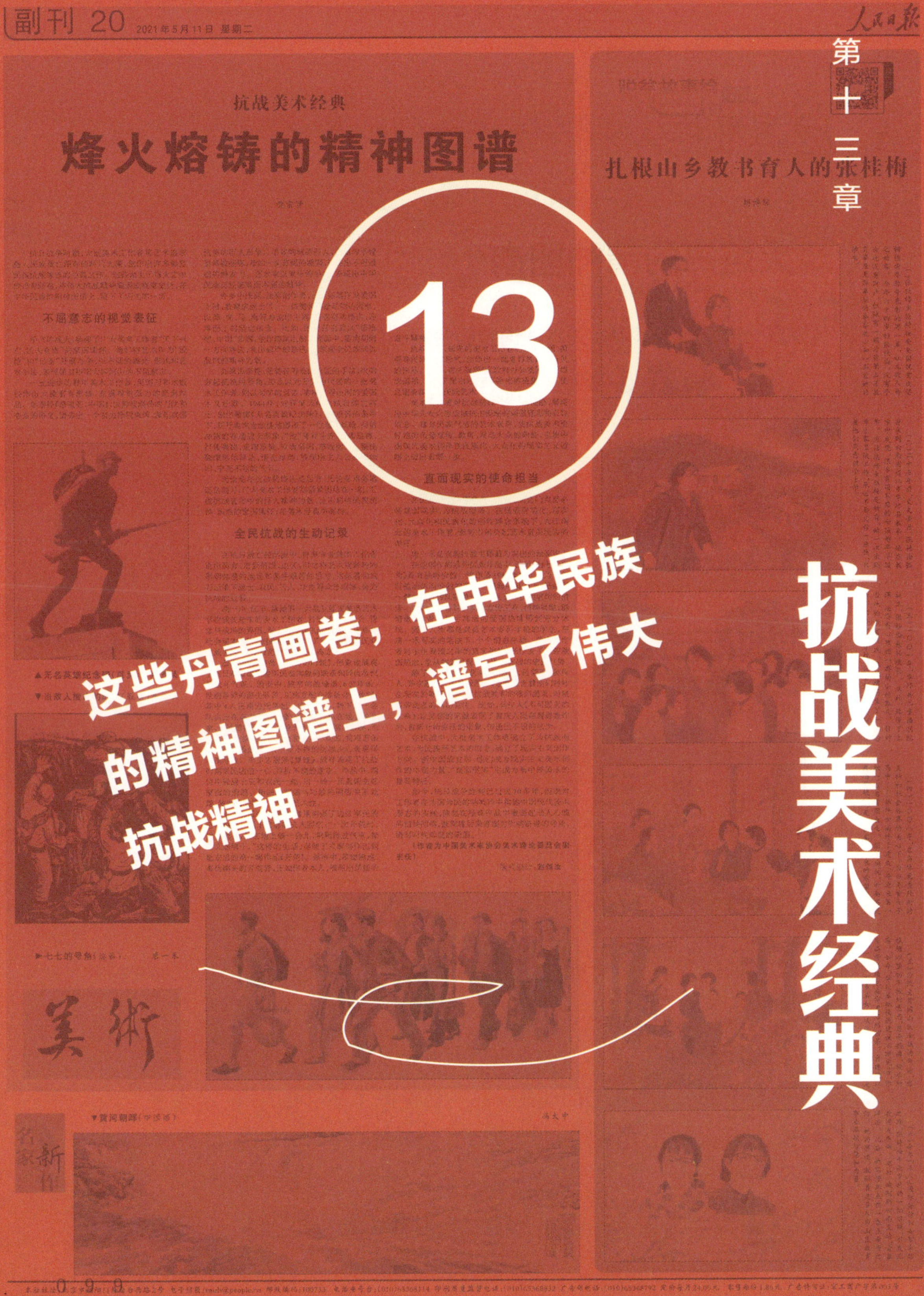

专家解读

烽火熔铸的精神图谱

黄宗贤　中国美术家协会美术理论委员会副主任

抗日战争时期，大批美术工作者将艺术追求融入民族救亡图存的时代大潮，创作出许多彰显民族抗战意志的经典之作。这些诞生于烽火之中的丹青画卷，将伟大抗战精神凝固成视觉史诗，在中华民族的精神图谱上，留下了闪光的一页。

一、不屈意志的视觉表征

纷飞的战火，唤起了广大美术工作者“天下兴亡、匹夫有责”的家国情怀。他们将艺术作为“投枪”和“匕首”开展斗争，以不同的媒介、形式和艺术手法，表现保卫祖国大好河山的不屈意志。

一批进步的青年美术工作者，用刻刀和木板创作出大量富有激情、充满视觉张力的经典作品。如李桦《怒吼吧，中国》，以简洁刚劲的刀法和夸张的语言，塑造出一个奋力挣脱束缚、拿起武器抗争的巨人形象。昂首呐喊的巨人，身躯与手臂虽然被捆绑，却如一头苏醒的睡狮，展现出不可遏制的爆发力。艺术家以象征的手法，表现出中华民族历经磨难而不屈的精神。

许多中国画、油画创作者，也以画笔抒发爱国之情、鼓舞抗战士气。一些擅长描绘动物的画家，以狮、虎、马、鹰等为创作主题，传递奋勇搏击、迎难而上的坚定信念。比如，张善孖也曾以“怒吼吧，中国”为题，创作鸿篇巨制。画面中，猛虎朝同一方向奔去，发出威严的怒吼，凝聚起全民族同仇敌忾的精神力量。

《无名英雄纪念碑》（雕塑）刘开渠
1944 年立于四川成都

如果说李桦、张善孖等是以象征的手法，吹响奋起抵抗的号角，那么以刘开渠为代表的一批美术工作者，则以写实的语言，奏响气吞山河的爱国主义壮歌。1944年，刘开渠为纪念抗日阵亡将士，创作雕塑《无名英雄纪念碑》。在艰苦的条件下，刘开渠饱含激情地塑造了一位端着长枪、向前冲锋的普通战士形象。“他”身背斗笠，穿着短裤，打着裹腿，足蹬草鞋，双唇紧闭，怒视前方。整座雕像形体简洁，情态生动，展现出主人公视死如归、宁死不屈的气节。

无论是在抗战前线还是后方，无论是用画笔还是刻刀，广大美术工作者都紧紧团结在一起，汇成抗战宣传中的巨大精神力量，让不屈的民族精神、炽热的家国情怀，在美术经典中高扬。

二、全民抗战的生动记录

在抗日救亡的洪流中，许多专业美术工作者走出画室，走到前线、边区，自觉将艺术视野转向硝烟弥漫的战场和条件艰苦的后方，用画笔和刻刀记录下战士、农民、工人、学生等众志成城、全力抗战的故事。

胡一川、江丰、彦涵等一大批从延安鲁迅艺术学院成长起来的美术工作者，打破学校与社会、课堂与战场的界限，深入到大众生活中，感受火热的社会现实，用木刻的形式创作了一大批表现民众抗战生活、散发着泥土芬芳的经典之作。

《当敌人搜山的时候》（版画）彦涵　中国美术馆藏

彦涵版画《当敌人搜山的时候》，形象地展现了抗日革命根据地军民血肉般的联系和同仇敌忾的战斗气氛。画面中，狭窄的战壕里，6位年龄、性别各异的游击队员，正相互配合准备迎击敌寇：其中4人正用力托举起一位神枪手，剩下的一名队员正在奋力爬出战壕；还有一位趴在地上的儿童，正试图将手榴弹递给大人。作品画面紧凑，气氛紧张，充满动势的人物和三角形构图，将艰苦条件下军民前赴后继、不屈不挠的抗战决心表现得淋漓尽致。李少言版画《重建》，同样表现了抗战时期军民团结一心、百折不挠的意志。作品中，两位年轻战士正和农民一起，用一砖一瓦重新垒起家园的围墙。精细的刻画与巧妙的明暗关系处理，使作品兼具现实性与艺术性。

王式廓版画《开荒》，着重刻画了边区军民的劳动热潮。据王式廓的夫人回忆："一次开荒时，他昏倒了，就在地上躺一会儿，稍稍缓过气来，接着又继续干。"这样的生活，促使王式廓创作出到延安后的第一幅作品《开荒》。画面中，单腿跪地、高扬镐头的开荒者，正如作者本人，展现出昂扬的奋斗精神。

抗战时期，延安的美术工作者们借鉴年画、剪纸等民间艺术形式，创作出一批老百姓喜闻乐见的作品。比如，古元版画《区政府办公室》，通过线的运用，增强了黑白对比、平面化的视觉效果，使之富有浓郁的民间艺术气息。

美术工作者对抗战前线与后方的描绘，展现出中华儿女众志成城抗击侵略的顽强意志和必胜信念。富有民族气息的艺术表现，使抗战美术更好地担负起宣传、教育、发动大众的职能，也使中国现代美术创作在民族化、大众化的现实主义道路上迈出重要一步。

三、直面现实的使命担当

在民族危亡的历史关头，一切文艺门类都必须直面现实，为抗战服务。在提倡现实化、写实化、大众化和民族化的创作理念影响下，大江南北的美术工作者，都努力肩负起艺术直面现实的责任。

唐一禾是表现抗战主题最为突出的油画家之一。在他创作的系列抗战作品中，油画《七七的号角》具有独特价值。该作是1940年唐一禾为创作巨幅油画而绘制的草图。横幅的画面

《七七的号角》（油画）唐一禾　中国美术馆藏

上，描绘了一群学生宣传队队员走上街头进行抗战宣传的情景。他们拿着各种自制的宣传工具，精神抖擞，群情激昂，青年学生高涨的爱国热情得到充分体现。画中人物都是武昌艺术专科学校的学生，在唐一禾写实的笔法下，个个情态生动。美术工作者对学生爱国之举的真实描绘，既抒发了满腔救国热血，也从侧面呈现出全民族抗战的宏阔气势。

除了唐一禾，徐悲鸿、常书鸿、吕斯百、吴作人、孙宗慰等人的抗战画作，也都蕴含着他们对社会现实的鲜活感受、对抗战胜利的强烈渴求、对底层劳动者的真切关注。比如，吴作人《不可毁灭的生命》，以坚韧的笔触表现了重庆人民在遭遇轰炸后，重新开始生活的景象，传递出不屈的信念。

在抗战中，大批美术工作者确立了为抗战而艺术、为民族而艺术的信念，确立了现实主义创作方向。新中国成立后，他们成为现实主义美术创作的中坚力量，“直面现实”也成为新中国美术的重要特征。

如今，抗日战争胜利已过去70多年，但美术工作者在为国为民的呐喊声中构建中国现代美术形态的实践，依然在经典作品中激荡起动人心魄的精神回响，鼓舞着后来者接力吹响奋进的号角，谱写时代辉煌的新篇。

专家解读

铭刻记忆　树起丰碑

屈　波　四川美术学院教授

在艰苦卓绝的抗战岁月中，大批美术工作者怀抱“艺术救国”的理想，创作了许多振奋民族精神、激发人民斗志的美术作品。抗战胜利后，关于抗战的记忆以各种媒介保存、延续与强化。美术，以直观可视、感染力强、易于传播的特质，成为礼赞抗战英雄、弘扬家国情怀的有力方式，在新中国美术长廊中涌现出一批抗战美术经典。

一、英雄主义的歌颂

抗日战争期间，中华儿女不屈不挠、浴血奋战，涌现出一大批民族英雄。新中国成立后，无论是在人民英雄纪念碑建设、新连环画创作、国家重大历史题材美术创作工程等国家发起的美术创作项目中，还是在由美术工作者自发、自觉完成的主题性美术创作中，均产生了大量礼赞抗战英雄的优秀作品。《鸡毛信》《地道战》《八女投江》《抗日游击战》《狼牙山五壮士》《铁道游击队》《淞沪抗战——十九路军》《血战台儿庄》等，这些不同时期、不同画种、不同风格的作品，描绘了全民族抗战的英雄谱。从战场将士到文化名家，从铁血男儿到巾帼女将，在丹青史册中，抗战英雄们共同筑起保家卫国的血肉长城。

詹建俊1959年创作的油画《狼牙山五壮士》，是表现英雄人物的一次成功探索。作品并未刻画激烈的战斗场面，而是选择了跳崖前一瞬间勇士们视死如归的悲壮场景。画家用与山石相近的色调、大刀阔斧的笔触塑造人物，人物组合的外轮廓亦似巍峨的山巅，与群山相呼应，象征五壮士的精神如高山般伟大。

同样表现中国人民英勇不屈的品格，王盛烈中国画《八女投江》与《狼牙山五壮士》有异曲同工之妙。作品也没有直接表现敌人，而是定格8名女战士边阻击敌人、边相互搀扶走入滔滔江水中的瞬间。作者以娴熟的写实技巧强化了水墨的表现力，人物的衣纹局部使用了山石皴法，在一定程度上突出了人

《狼牙山五壮士》（油画）詹建俊　中国国家博物馆藏

《八女投江》（中国画）王盛烈　中国国家博物馆藏

物刚毅精神的艺术表达；精心营造阴云密布、暴风雨来临前的场景，渲染气氛，增强了悲壮的历史感；两组人物近金字塔形的构图，则深化了对人物崇高感的表现。

美术工作者还根据抗战文学作品进行创作，连环画便是一种重要的载体。20世纪中叶，小尺幅但故事性强的抗战题材连环画大量印行，让大众在一种“润物细无声”的氛围中了解抗战历史，感悟抗战精神。

这些红色经典，皆注重对英雄主义气概和理想主义精神的表达与发掘，“崇高而伟大”是它们内在的精神气质。

二、家国情怀的抒写

14年的抗战史，充分彰显了以爱国主义为核心的伟大民族精神。弘扬伟大民族精神，成为抗战题材美术创作的重要表现内容。《大刀进行曲》《黄河大合唱——流亡·奋起·抗争》《风云儿女》《吕梁巾帼》《1944·中国远征军》等作品，从不同角度刻画了中华儿女“前仆后继赴国难”的英勇抗争精神，充满浓郁的家国情怀。

潘鹤、梁明诚创作的雕塑《大刀进行曲》，根据广为传唱的同名抗战歌曲创作而成。作品充分发挥群雕的立体优势，从不同角度塑造了身份、年龄、性别不同的6位抗战者：中间，青年指战员振臂挥刀，指挥战士们奋勇向前，充满力量感；一侧是手举大刀的农民和持枪冲锋的八路军战士；另一侧是持手榴弹的地道战能手和执双枪的武工队员；背后是运送弹药的年轻妇女。6人情态生动，充分展现出中国人民不畏强暴、血战到底的英雄气概。这组雕塑形象，后来被应用到抗战胜利70周年纪念章和纪念邮票的设计中。

根据抗战歌曲创作而成的抗战题材美术作品，还有陈逸飞创作的油画《黄河颂》、冯远创作的中国画《保卫黄河——义勇军进行曲》、全山石和翁诞宪2009年创作的油画《义勇军进

《大刀进行曲》（雕塑）潘鹤、梁明诚　中国美术馆藏

行曲》等。这些作品如歌曲一般激昂，以雄壮的旋律、奋勇前进的力量感，展现出抗战时期中国人民百折不挠、坚忍不拔的必胜信念。

唐绍云2015年创作的油画《华侨在滇缅公路——离别·征程·劫难》，为观众呈现了更广阔的抗战场景。作品以“南侨机工归国服务团”为对象，用三联画的形式进行时空重构，艺术地再现了华侨子弟参加服务团，冒着枪林弹雨为祖国抢运军需物资的历史现场。

这些饱含家国情怀的作品，不论是以个体形象彰显天下兴亡、匹夫有责的爱国主义精神，还是以群体形象表现万众一心的抗战精神，都通过坚毅的形象塑造，深情礼赞了平凡英雄对国家、对民族的责任与担当，深化了抗战题材美术创作的精神内涵。

三、纪念碑式的礼赞

1958年5月1日，人民英雄纪念碑在天安门广场揭幕。除了以碑身、纹饰、文字表达对人民英雄的敬仰之情，纪念碑还用8幅巨大的浮雕表现近现代史上的革命事件，成为新中国雕塑史上的经典之作。

张松鹤主创的《抗日游击战》便是浮雕之一。该浮雕刻画了在青纱帐这一典型环境中，游击队机动灵活打击侵略者的场景。其中的人物有男性也有女性，有青壮年也有老人，体现了抗日战争是一场全民抗战的民族战争；背景的青松、高粱则表现了战斗环境和游击战的出其不意。汉白玉的质感与队伍的流动感相映，让浮雕的艺术表现灵动又不失庄重。

纪念碑式的审美模式，也被运用到抗战题材绘画创作中。具有代表性的作品，是王迎春、杨力舟创作的中国画《太行铁壁》。作品采用一种新型纪念碑式的构图，将抗日将领和众多无名英雄的形象，与巍峨的太行山融为一体，如同一道道坚不可摧的屏障，呈现浮雕般的艺术效果，既在语言形式上有所突破，又用象征手法深化了“太行铁壁”的寓意。

新中国成立以来，不同时期创作的抗战题材美术经典，尽管形式风格各异，但都是对历史的记录、对英雄的礼赞、对抗战精神的弘扬。丹青绘就史诗。在品味这些红色经典的过程中，抗战精神在人们心灵深处刻下印记、树起丰碑，激荡着奋勇向前的力量。

第十四章 《长征组歌》

14

680 个字 10 首曲，唱出长征全貌，字字含情、句句经典

记者采访

字里行间咏叹长征精神

马子跃 《长征组歌》首演演员、歌唱家
任姗姗 人民日报记者

“《长征组歌》是我用尽一生也唱不够、道不尽的经典。”歌唱家马子跃感慨说。

1965年8月1日，北京军区战友文工团在北京民族文化宫礼堂举办音乐会，公演大型声乐套曲《长征组歌——红军不怕远征难》。首演58名演员中，马子跃年纪较轻，才20岁。

从那时起，还是新兵的马子跃懂了“长征”两个字的分量。

> 我们事先没有宣传，可是演了没几天，就听说观众买不到票了，后来，身边的人唱起了《长征组歌》，再后来，很多人都在学唱《长征组歌》。

之后，跟随周恩来总理出访演出，又经历了1975年复排、第1000场演出、第1500场演出……半个多世纪，马子跃和战友们一遍遍唱响这部红色经典，从青丝唱到华发。

唯有历经时间淘洗，仍被人民选择的作品，才称得上经典。人们常说，好歌在于动听，经典在于流传。《长征组歌》为什么长演不衰，唱得响，也传得开、留得下？

1965年《长征组歌》首张唱片

一、680个字10首曲，可谓字字含情、句句经典

1965年1月，北京军区战友文工团接到任务，要求为萧华将军的诗稿谱曲，将其编排为大合唱。

萧华参加长征时18岁，二万五千里漫漫征途，他目睹无数同志永眠在常年不化的冰雪中，用自己的鲜血染红了道路。1964年他在杭州养病期间，内心被长征中的一幕幕撞击着。他反复阅读史料，研读唐诗宋词，决定选取长征中12个有代表性的场景写一组诗。为此，他经常半夜起身写作，泪水一次次浸透了稿纸，尽管病情多次反复，还是坚持完成了12首诗稿。

接受任务的战友文工团，前身是成立于1937年的晋察冀军区政治部抗敌剧社。当时团里有晨耕、生茂、唐诃、遇秋等一批成长于战争炮火下的作曲家，也有马国光、马玉涛、贾世骏等新中国培养起来的歌唱家。

在此之前，作曲家晨耕、生茂、唐诃、遇秋已有不少佳作，但创作多声部的大合唱还是第一次。大合唱普及性强、参与面广，又有《黄河大合唱》开路在前，他们相信，只要通俗易懂、优美动听，作品会受到老百姓的欢迎。

讨论中，他们认为原诗最后两首讲的是红军长征后北上抗日的故事，所以决定为前10首谱曲。作曲家们曾说："冼星海一人作曲的《黄河大合唱》传唱全中国，我们4人你中有我、我中有你，才可能实现相加大于4的效果。"集体构思，统一布局，各取所长，分头执笔，最后再反复推敲、修改，10首曲子最终谱成。

唱了一辈子《长征组歌》的马子跃，感受到经典的常唱常新：

> 《长征组歌》是萧华将军饱含泪水和心血写成，仅用了120句680个字，就概括了长征的全貌，可谓字字含情、句句经典。每次唱都仿佛经历了长征，接受心灵的洗礼，每次都有新的感动。

二、只有深刻反映时代的作品，才可能超越时代

长征中，萧华跟随中央红军走了11个省份，《长征组歌》中，战士的脚步走到哪里，就用当地的民间音乐来表现。有红军传统歌曲，也有江西采茶、苗家山歌、湖南花鼓、云南花灯、川江号子、陕北秧歌等民间曲调，还加入了二胡、琵琶、竹笛、竹板、板胡、唢呐等民族乐器来伴奏。音乐一响，人们便知长征到了何处。

马子跃记得，周恩来总理曾说自己最喜欢《过雪山草地》。歌中唱道："红军都是钢铁汉，千锤百炼不怕难……"马子跃去请教作曲家，才知是藏族民歌糅合了红军歌曲，创作而成的一首新民歌。老团长晨耕的话让他记忆深刻："别人用过的我们不用，大家熟悉的我们不照搬。把自己当作一名红军

战士感悟长征、书写长征，才能谱出新的格局。”

表演方式也有创新。《长征组歌》的演员身着红军服，一边唱一边做动作，宛如行军鼓动，有人物，也有情节。这一独特的编排方式，也是对长征历史的艺术呈现。不论是代表行军的摆手动作，还是《飞越大渡河》里的船只造型，都契合美学要求。

当年58名合唱队员中，有参加过抗日战争、解放战争的老战士，也有十几个刚入伍的新兵。大家都没有长征的经历，要想唱好《长征组歌》，必须补上长征这一课。周恩来总理和萧华将军多次指导排练，徐向前、聂荣臻、杨成武等三十几位老红军讲述长征故事，演员们学党史、读原著，参观人民英雄纪念碑、革命历史纪念馆……每个人都沉浸在长征岁月中，感悟着长征精神。

“每当《长征组歌》的歌声响起，萧华将军的眼里总是含着泪花。”萧华的夫人王新兰曾讲，萧华总是一边写一边落泪。写《过雪山草地》时迟迟未能动笔，萧华问王新兰：“过草地时你只有11岁，长征是什么感觉？”王新兰回答：“一个是冷，一个是饿。”萧华于是提笔写下“高原寒，炊断粮”，堪称诗中最具华彩的一章。

> 《长征组歌》不只是萧华将军一个人的心声，而是他跟千千万万红军战士共同完成的伟大作品。只有深刻反映了那个时代的作品，才可能超越那个时代。

马子跃一直有种强烈的感觉。

三、《长征组歌》长演不衰，是因为长征精神代代相传

1965年首演后，合唱队抽调18人，跟随周恩来总理出国

演出。马子跃也是其中一员。他发现，国内演出时，观众在哪个地方鼓掌，国外演出时同样掌声热烈，对崇高精神的敬仰是全人类共通的情感。

中国共产党人的坚定信仰是贯穿《长征组歌》的一条主线。“强渡大渡河的十七勇士、飞夺泸定桥的二十二勇士，都是共产党员和要求入党的积极分子。”老红军对马子跃讲，过雪山草地时，野菜树皮就是生存的粮食，但很多野菜野草有毒不能吃，是共产党员自愿组成了试吃小组；一位战士为战友整理遗容，发现他手里攥着一块银元和一张党证，后来，这位战士帮牺牲的战友交了党费……

这些年，马子跃和战友们重走长征路。每一次访问老红军，每一次与先辈的脚印重合，他们对长征的理解都加深一步。“走过千山万水，听过红军故事，再唱《长征组歌》肯定饱含感情。否则，音色再好，技术再高，歌声里也没有灵魂。”

马子跃说自己是幸运的，因为演唱《长征组歌》，拥有生命中最难以割舍的部分。如今，他不仅是《长征组歌》的演唱者，也是讲述者、传承者。他收藏了数百件相关物品，和十几位参加首演的战友组成“老战友合唱团”，正在把原汁原味的《长征组歌》传承给更多年轻人。

“《长征组歌》长演不衰，因为它字里行间咏叹了伟大长征精神。”马子跃动情地说：

> 我们都是红军的后代，读懂长征，就读懂了中国共产党人的初心和使命。

亲历者讲述

我走进真实的雪山

王劲松　演员

因为拍摄红军长征的故事，我走进了雪山。

春节前，我从傅东育导演那里得知要拍摄献礼建党百年的电视剧《理想照耀中国》。这部剧讲述从1921年以来的40个故事，与我们经历的时代密不可分。我当即表示希望加入，但一直没找到完全适合自己的角色，直到遇见《雪国的篝火》剧本。

这是根据红三军团第六师十七团一连的真实经历改编的故事。长征途中，他们必须翻越海拔4000米以上、终年积雪、鸟兽无踪的雪山。在完全断粮的情况下，炊事班为了保障连队过雪山，一个接一个献出生命。很多人来不及留下自己的名字，只在一个破旧的饭盒上刻下属于自己的符号。我努力控制情绪，读完了这个故事。掩上剧本那一刻，泪水抑制不住地夺眶而出。这就是我一直寻找的那股子力量，我一直渴望表达的高尚情怀，这就是《长征组歌》所表达的内容。“雪皑皑，野茫茫，高原寒，炊断粮……”这首歌我小时候听过，那时并不能完全理解歌词里的艰难与牺牲。现在演绎这个故事，我该如何表现这些质朴而伟大的红军战士呢？

讨论剧本时，我提出，希望真实完整地还原过雪山的画面，希望导演帮助演员拿掉所有的表演技巧，回归人在极寒环境下、面临生理极限时的真实状态。所以，就从节食和减脂开始吧。10天后，我的体重只剩58公斤。中午在拍摄现场，为保持身体的饥饿感，我是不吃饭的。后来，我发现好几个演员为了感受饥饿，都在最大限度地节食。再与一切现代生活隔绝吧。没有电视，没有网络，没有朋友的联络，安静等待，只为了走向真实的雪山。

实地拍摄第一天，雪山刮起了白毛风，整个摄制组猝不及防，没有帐篷，没有热水，没有带够防风防寒物品，手冻僵了，脸被风吹干了，嘴巴甚至没有办法说台词……但我们有

电视剧《理想照耀中国》剧照

创作热情。如果没有这样的风暴和冰雪，为什么来这里拍摄呢？为了让观众看到风雪如刀的画面，我们必须走进雪山，只有回归真实，才能向观众展示严酷如炼狱的环境，才能彰显红军战士的革命意志。即使风雪大到几米之外看不见人，即使双手暴露在风雪中让人疼得直掉眼泪，我们依然相互安慰着、鼓励着，一个镜头一个镜头向前推进。

拍摄第六天，暴雪。我和导演商量，剧本描述我扮演的老钱坐靠着大石头，在寒冷和饥饿中离世，我更想让他最后和雪山融为一体。

导演说："这当然是更好的表现，但这意味着演员要一动不动躺在雪地里，直到被大雪完全掩埋。你能承受吗？"

"来了，就已经准备好吃苦。我只要最准确最震撼的画面。所以，我期盼着明天有更大的风雪。"

第七天，天气如我所愿。躺在刺骨的雪地里，尽量让思维放空，但身体会告诉我，寒冷的雪正一点一点"吞噬"身体，由冷到麻到疼，下半身、胸口、脖子、脸，没有了光线，不能呼吸了……想起读过一位红军老战士的回忆文章，过雪山的时候，又累又饿，有一块大石头，想靠着喘口气。石头晃了一下，回头仔细看，是战友的遗体。长征中的雪山，是无数战士的遗体组成了路碑，一路引导着战友向前进……这让我想到《长征组歌》里的歌词：

官兵一致同甘苦，革命理想高于天！

古今中外的军事史上，有哪一支军队在如此艰难恶劣的条件下走过这样的长征？有哪一支军队能在直面生死的征途中不灰心不丧气，更加团结、更加昂扬地走向胜利？只有中国共产党领导的中国工农红军。

今天距离长征已近90年，当年长征走过的雪山草地建了高速公路，天堑架起桥梁，山峦铺设铁轨，有些地方甚至变成了旅游景区。

今天的我们还需要长征精神吗？年轻人还会记得红军走过的路吗？

这就是我们拍摄《雪国的篝火》的意义吧。就是这支队伍，走过雪山草地，走过鸟兽难过的绝境，战胜日寇，打败腐败的国民党军队，赢得抗美援朝战争的胜利，捍卫了独立而强大的新中国。中国共产党在战胜苦难中走过百年，这个百年之路，就是共产党人用信仰照亮的光明之路。

每个中国人都不能忘记历史。作为文艺工作者，我的责任就是演好红军，真实细致、最大限度地还原红军的崇高理想和革命情怀。

所以，在开始拍摄的第一天，我郑重向剧组临时党支部递交了我的入党申请书。从那天起，按照共产党员的标准来严格要求自己。

第十五章

15

《可爱的中国》

“亲爱的朋友们，不要悲观，不要畏馁，要奋斗！”

专家解读

一封86年前的来信

刘大先　中国社会科学院民族文学研究所研究员

一、在生命的最后7个月，方志敏写下饱蘸心血的10余万字作品

1935年1月，在江西省玉山县怀玉山，方志敏带领战友在数倍于己的国民党军队重重包围中战斗数日，弹尽粮绝被俘，被关押在南昌国民党驻赣绥靖公署军法处看守所。对这位红十军团军政委员会主席，国民党反动派自然是竭力拉拢，不断派人劝降。但方志敏没有丝毫动摇，相反，他在狱中坚持斗争，利用敌人给他写悔过书的笔墨纸张，开始秘密写作，直到1935年8月6日就义。在生命的最后7个月，方志敏写下10余万字作品，其中就有名篇《可爱的中国》。

方志敏牺牲时年仅36岁，正值青春年华。看过他照片的人，相信都会留下深刻印象：站姿挺拔，眼神沉静坚定地直视前方，胸有激雷而面如平湖。这是一个因为心怀信仰而无所畏惧的人，虽身险囹圄，依然器宇轩昂，继续为国家与人民的命运鼓与呼。他顽强不屈的意志与品格、他对伟大革命事业的忠

方志敏烈士

贞与奉献，感化了身边的狱友、狱卒乃至前来劝降的人。

这中间就有原国民党江西省高等法院院长胡逸民。经过接触，胡逸民认识到方志敏是个了不起的共产党人。他从方志敏身上看到革命者的铮铮铁骨，看到中国的希望，便将自己的劝降任务坦率相告，与方志敏交上了朋友，并且为方志敏的狱中写作作掩护。方志敏就义前几天，胡逸民收下了方志敏当面托付的一摞文稿。他将文稿秘密藏在床板背面，后找到上海的全国救国联合会，又几经辗转，一直将文稿保存至上海解放。

除了胡逸民，被方志敏顽强斗志和坚定信仰感召的还有看守所的文书高家骏（又名高易鹏）。1935年7月，高家骏将方志敏部分文稿从狱中带出，交由他在杭州做小学教员的女友程全昭转送到上海。这些不同身份的人冒着生命危险保存手稿、传递消息，不仅仅因为个人交谊，更是出于对方志敏高尚气节和理想信念的敬重。几经周折，历经艰险，才有今天保存于国家博物馆的《可爱的中国》等一批珍贵手稿，让今天的我们得以看到先烈饱蘸心血的字字句句。

二、革命先烈的信念已经落地生长，梦想正在变成现实

1935年5月2日，当方志敏提起笔来准备写《可爱的中国》时，他很清楚留给自己的时间不多了：

> 现在我是一个待决之囚呀！我没有机会为中国民族尽

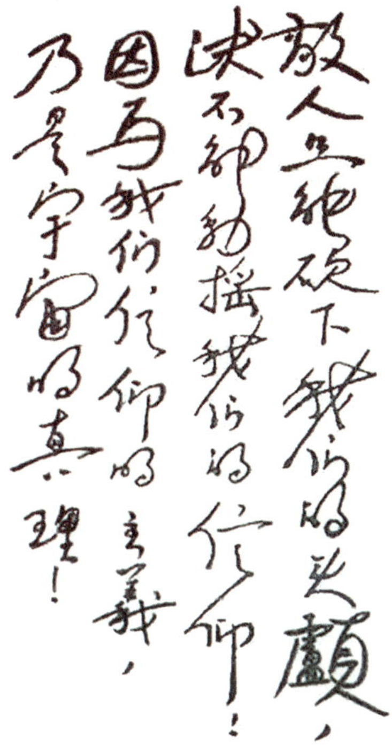

敌人只能砍下我们的头颅，决不能动摇我们的信仰！因为我们信仰的主义，乃是宇宙的真理！

《死！——共产主义的殉道者的记述》方志敏狱中手稿局部

力了，我今日写这封信，是我为民族热情所感，用文字来作一次为垂危的中国的呼喊。

身处绝境之中，他首先想到的并不是个人遭遇，而是怎样为国家和民族尽最后一次力。这是超越了一己之私的革命者的宽阔胸襟和理想情怀，支撑他没有陷入绝望与哀怨中的，是他对自己所选择的道路以及中国命运的信心。

这篇名文的主题是“爱护中国，拯救中国”。为什么以“可爱的中国”为名呢？方志敏开宗明义地指出：“真正为工农阶级谋解放的人，才正是为民族谋解放的人。”如果要再造一个新的中华，一定是全社会的解放、平等，大家共同朝着一个目标奋斗。

文章以祥松（即方志敏的化名）写给朋友的信为主体，由个人经历谈起，回顾自身走上革命的心路历程，描摹帝国主义入侵的悲惨现实，论说爱国与革命之间的统一。他先是在乡村私塾中读书，不了解反抗压迫与殖民的道理；到高小读书时，受到师友及社会风潮的濡染，渐渐明白爱国的道理；后来辗转南昌、九江以及上海，亲眼看见同胞在帝国主义入侵之下被侮辱与被损害的种种惨痛遭遇。

进而笔法一转，方志敏以柔情的笔致细数中国的可爱之处：不热不冷，如同母亲的体温；地域辽阔，如同母亲的博大；山河万千，资源丰富，如同母亲无穷的乳汁与潜力；景色多样，文化多重，如同母亲的美丽大方。然而，这慈祥美丽的母亲遭受着屈辱和蹂躏，山河支离、民气涣散。这一切推动着他走上唤醒民众的道路，并坚定了“为中国民族解放奋斗的决心”。“朋友们，兄弟们，赶快起来，救救母亲呀！”他相信，虽然国弊民穷，但是中国人的民气与人心仍在，需要的是振作精神，勇于抗争，发挥创造力，改造旧中国。

在最富有华彩也最经常被引用的段落，方志敏展望了富强中国的壮丽愿景：

> 到那时，到处都是活跃跃的创造，到处都是日新月异的进步，欢歌将代替了悲叹，笑脸将代替了哭脸，富裕将代替了贫穷，康健将代替了疾苦，智慧将代替了愚昧，友爱将代替了仇杀，生之快乐将代替了死之悲哀，明媚的花园，将代替了凄凉的荒地！

这是方志敏的预言，也是支撑革命先烈抗争到生命最后一刻的信念和梦想。历经80多年勠力奋斗，今天，这信念已经落地生长，这梦想正在变成现实。

三、继承革命先烈遗志，让爱国与奋斗成为青春最厚重的底色

最初读到《可爱的中国》时，被它细致入微、鞭辟入里的论说所吸引。作为一位革命家的散文，它如此恳切而真挚；后来再读，感动于文字内底流动着的情感，如同变奏曲一样，由温情而激烈、由愤怒而昂扬，激荡读者的心魂；今日重读，则体会到作者那光明俊伟、英风凛冽的人格，身处逆境而不坠青云之志的豪情。

《可爱的中国》是对祖国母亲的深情告白，也是对奋斗人生的热情宣言和殷切期待。通篇文字没有一丝孱弱之气与半点自伤之感，那是青春昂扬之人的语调，也是青春中国的语调，今日依然焕发出巨大的活力。

《可爱的中国》和它的作者方志敏让我们不断反观自身，让我们认识到人生贵在有超越性、理想性的一面，认识到精神与信念具有超越时空的力量，认识到爱国与奋斗是青春最厚重的底色。去年冬天我来到方志敏的故乡弋阳，在方志敏干部学院参观了方志敏纪念馆。我读到叶剑英元帅在方志敏被捕的照片上题写的诗句："文山去后南朝月，又照秦淮一叶枫。"文山就是文天祥，文天祥是方志敏年少时的偶像。同为江西人，两人都是心怀信念、宁死不屈的志士，虽然理想不同，但他们耿如明月的心志古今同慨，显示了中华儿女虽遭磨难却顽强生息的精神。

《可爱的中国》中，祥松写完信，在信封上写道："寄送不知其名的朋友们均启。"方志敏继而写道："这封信，他知道是无法寄递的，他扯开书桌的抽屉，将信放在里面。然后掩起那

双戴了铁镣的脚，钉铛钉铛走到他的铁床边就倒下去睡了。”

这封86年前的来信，在历史的时空熠熠生辉，并且被郑重地递交到当代青年的手上。革命先烈让中国从孱弱到自立，从凋敝到振兴。如今江山如画，处处涌动着生机与活力，我们已经不必经受前辈所经历的忧患与苦难，但是爱国与奋斗的青春主题不变！

青春的意气风发是一笔宝贵的精神财富，它指向勇气、上进与热情，高扬着坚韧、果敢与决断。当我们在成长过程中遇到挫折与失败的时候，当我们心生畏难与散漫情绪的时候，不妨读一读这封来自86年前的珍贵信件，读一读这篇可爱中国的宣言：

亲爱的朋友们，不要悲观，不要畏馁，要奋斗！

记者采访

我替父亲看到了“可爱的中国”

方　梅　方志敏烈士之女
胡妍妍　人民日报记者

我一生只见过父亲方志敏两次，但是够我怀念一辈子的了。

1932年冬天，国民党军出动近40万兵力，第四次疯狂“围剿”苏区。我就出生在这次“围剿”的炮火中。当时敌人已经冲到了村庄边上，母亲是在转移途中自己扯断脐带，把我带到了人世间。迫于当时的形势，我被父母送到当地老百姓家里寄养。1935年，父亲被捕，继而遭到杀害，敌人为斩草除根，四处搜捕方志敏的后人。我被迫改了姓名，跟着养父母生活在农村。

直到1949年8月，全国解放在即，母亲费尽周折终于找到了我，把我接到她的身边。那时候我已经18岁了。

18岁，我终于又做回了“方梅”。“方梅”是父亲给我起的名字。

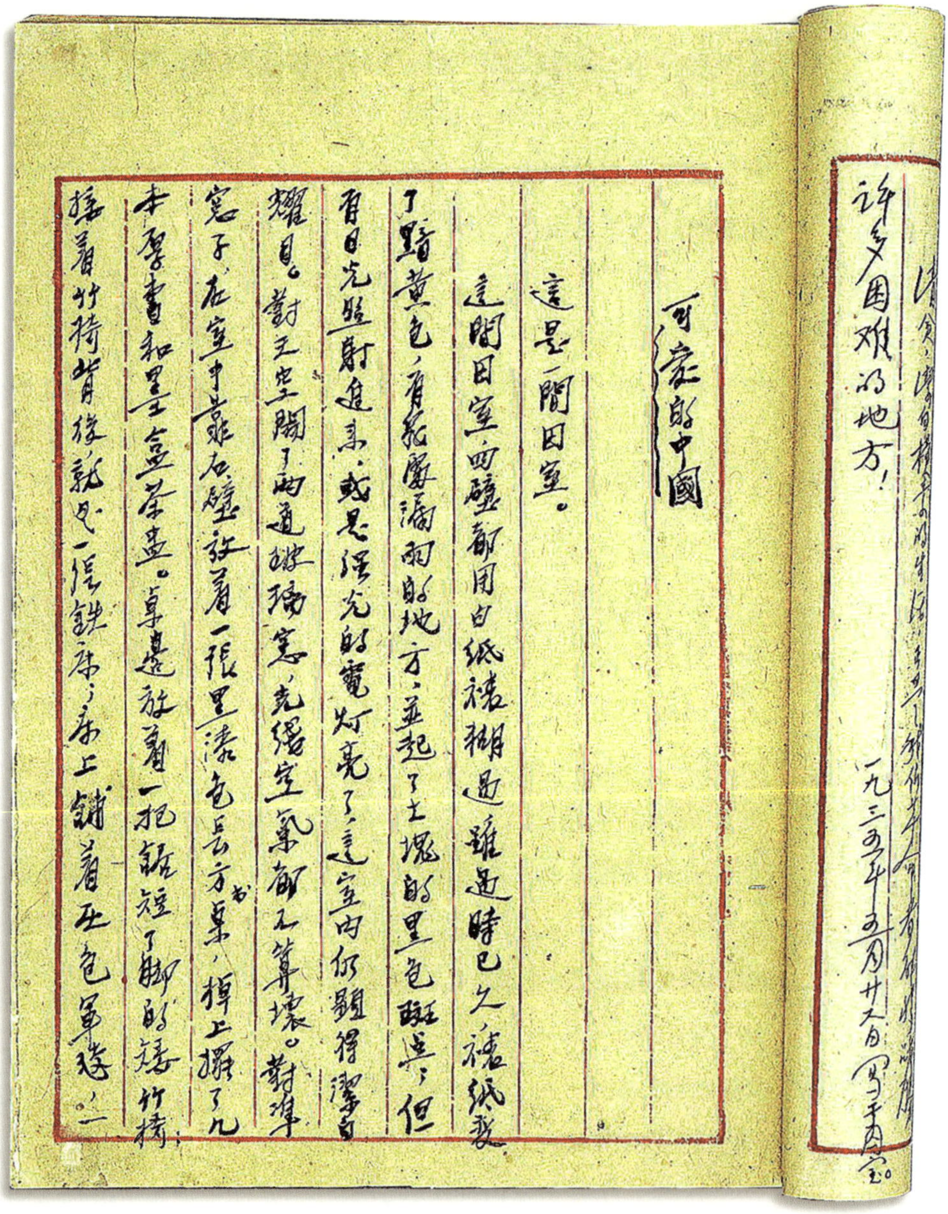

可愛的中國

這是一間囚室。

這間囚室四壁都用白紙裱糊過，雖過時已久，裱紙變了黯黄色，有些處所漏雨的地方，並起了大塊的黑色斑點，但有日光照射進来，或是電光的電灯亮了，這室内仍顯得潔白耀目。對主空開了兩道玻璃窗，光線空氣都不算壞。對牆窗子，在室中靠右壁放着一張黑漆色長方桌，桌上擺了几本書和墨盒茶盅。桌邊放着一把鋸短了脚的矮竹椅，接着竹椅背後就是一張鐵床，床上鋪着灰色軍毯，一

許多困难的地方！

一九三五年五月廿六日写于囚室。

《可爱的中国》手迹　中国国家博物馆藏

心有三爱，奇书骏马佳山水；园栽四物，青松翠竹白梅兰。

这是父亲最爱的一副对联。三爱，爱的是祖国的历史文化和山河物产；而四物，无一不寄托他对高洁品性和人格的向往。父亲为自己战火岁月中出生的5个孩子，分别取名为松、柏、竹、梅、兰。

18岁之前，我一直在农村做农活，没有上过一天学。母亲知道后，立刻送我去烈士子弟学校读书。可我年龄大了，不愿意读书，三天两头往乡下跑。直到有一次，母亲非常痛心地对我说："如果没有把你培养成有文化的革命接班人，就是没有完成你父亲的遗愿，就是对不起你父亲！"

这句话深深地触动了我。从那以后，我发愤用功读书。

到1953年，我已经上了4年学，认了不少字。那一年秋天，母亲郑重地送了我一本书。拿到手上，我才知道这本书竟是父亲的遗著之一——《可爱的中国》。母亲在书的扉页上写了一段话给我："梅儿，这本书是你爸爸在狱中用血泪写出来的遗言，你要反复地精读，努力地学习，用实际行动来继承你爸未竟的事业！"

《可爱的中国》是我学习文化后独立阅读的第一本书。我触摸着书中的文字，被书中的内容所吸引。尽管有不少字不认得，但书中一再提及的祖国母亲、对祖国深深的热爱、对美丽母亲被残害被剥削的伤心，都在我的思想深处引起巨大震动，给我前所未有的启示。

从《可爱的中国》起，我才开始真正认识父亲、了解父亲，渐渐懂得父亲说过的话，理解了他的作为。对我来说，父爱以回忆的方式、以精神力量的方式存在。我为有这样一位好父亲感到无上光荣。虽然我不能做出父亲那样的丰功伟绩，但他的精神和气节我要继承。

母亲健在的时候，赣东北苏区的老同志时常来南昌看望她，一起回忆革命往事，回忆父亲的故事。母亲去世了，我就接过母亲的担子，延续着与父亲革命战友、家乡人民的血肉联系。听过的故事越多，父亲的人格魅力和精神追求就越清晰，为父亲立传的念头也越强烈。我希望通过书的形式让父亲的精神得到传扬，让他的事迹以这种方式被镌刻。

1986年退休后，我开始全身心投入寻访父亲革命足迹的事业。“兹有我单位共产党员方梅同志，系方志敏女儿，因采访父亲事迹需要，请配合采访为盼。”凭着这封盖有江西省航运管理局公章的介绍信，我几乎跑遍了父亲生活和战斗的每一个地方，采访了上千人。每到一个地方，人们听说我是方志敏的女儿，都热情地接待我。我在搜集资料和写作《方志敏全传》的过程中，再一次走进父亲的生命，走进父辈的历史。

父亲生命中最后7个月与其说被囚禁，不如说是在战斗——他写下了感人肺腑的《可爱的中国》《清贫》等名篇，以他真挚的心路历程鼓舞了更多后来者。他笔下的文字，坚定地表现了他的信仰和信念：

> 敌人只能砍下我们的头颅，决不能动摇我们的信仰！因为我们信仰的主义，乃是宇宙的真理！为着共产主义牺牲，为着苏维埃流血，那是我们十分情愿的啊！

在我父亲所处的时代，爱国就是要救国。他一生忠贞不屈，到了最后牺牲自己的一切，都是为了救国。今天身处和平年代，爱国就是要建设祖国，把祖国建设得繁荣富强，建设得更加可爱。父亲毕生都在为一个可爱的中国而奋斗。我可以告慰父亲：您笔下“可爱的中国”，我替您看见了，而且比您想象的还要好。

第十六章 《红星照耀中国》

16

《红星照耀中国》因其增加世界人民对中国和中国革命的了解而闻名于世，并被历史铭记

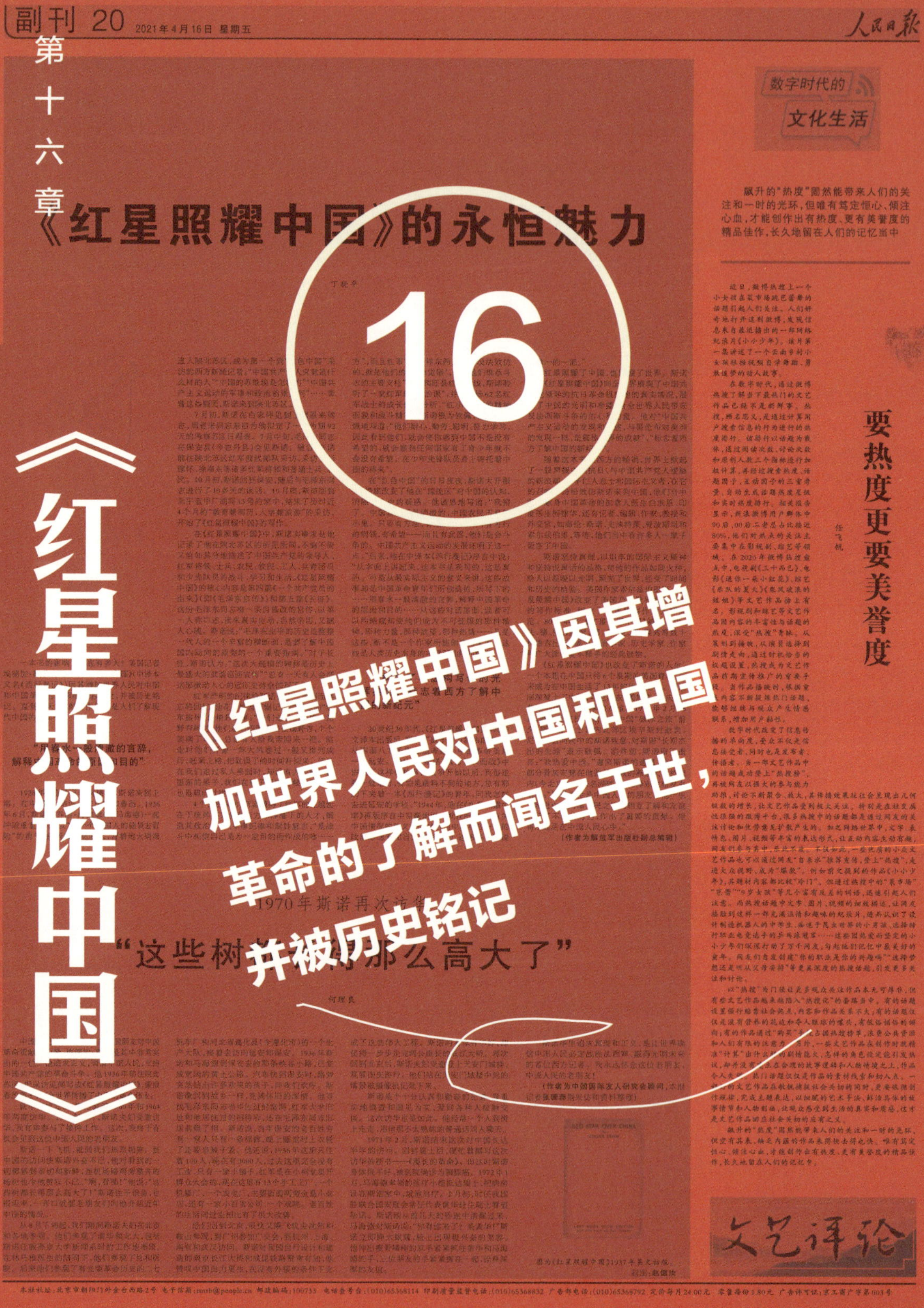

专家解读

《红星照耀中国》的永恒魅力

丁晓平　解放军出版社副总编辑

一本书的影响力到底有多大？美国记者埃德加·斯诺和他的《红星照耀中国》（中译本又名《西行漫记》）因其增加世界人民对中国和中国革命的了解而闻名于世，并被历史铭记。直到今天，这部著作仍然是人们了解现代中国的必读书。

一、“用春水一般清澈的言辞，解释中国革命的原因和目的”

1928年，美国记者埃德加·斯诺来到上海。在中国，他结识了宋庆龄和鲁迅。1936年6月，斯诺和乔治·海德姆（即马海德）一起冲破重重封锁，以“拿一个外国人的脑袋去冒险”的勇气，经西安抵达陕北，冒着炮火硝烟进入陕北苏区，成为第一个到“红色中国”采访的西方新闻记者。

> 中国共产党人究竟是什么样的人？
>
> 中国的苏维埃是怎样的？

中国共产主义运动的军事和政治前景如何？

…………

带着这些疑团，斯诺来到陕北苏区。

7月初，斯诺在白家坪见到了周恩来同志，周恩来同志亲自为他拟定了一份为期92天的考察苏区日程表。7月中旬，毛泽东同志在保安县（今志丹县）会见斯诺。随后，斯诺前往陕北苏区红军前线部队，采访了彭德怀、徐海东等诸多红军将领和普通士兵、农民。10月初，斯诺回到保安，随后与毛泽东同志进行了10多天的谈话。10月底，斯诺回到北平盔甲厂胡同13号的家中，结束了历时近4个月的“教育兼阅历，入学兼旅游”的采访，开始了《红星照耀中国》的写作。

在《红星照耀中国》中，斯诺实事求是地记录了他在陕北苏区的所见所闻，不偏不倚又恰如其分地描述了中国共产党的领导人、红军将领、士兵、农民、牧民、工人、共青团员和少先队员的战斗、学习和生活。《红星照耀中国》的核心内容是第四篇《一个共产党员的由来》(即《毛泽东自传》)和第五篇《长征》。这份毛泽东同志唯一亲自修改的自传，以第一人称口述，读来真实生动，自然亲切，又撼人心魄。斯诺说：“毛泽东生平的历史是整整一代人的一个丰富的横断面，是要了解中国国内动向的原委的一个重要指南。”对于长征，斯诺认为：“这次大规模的转移是历史上最盛大的武装巡回宣传”，“总有一天有人会把这部激动人心的远征史诗全部写下来”。

红军严明的纪律给斯诺留下了深刻而难忘的回忆，他花了相当篇幅记录护卫他的“红军旅伴”的精彩故事：

我们走过山上的一丛野杏树时，他们忽然四散开来去摘野杏，个个装满了口袋，总是有人给我带回来一把。临走时他们好像一阵大风卷过一般又排列成行，赶紧上路，把耽误了的时间补回来。但是在我们走过私人果园时，却没有人去碰一碰里面的果子，我们在村子里吃的粮食和蔬菜也是照价付钱的。

《红星照耀中国》1937 年英文初版封面

4个月的采访，斯诺懂得了红军的优越性在于统帅部完全有能力训练麾下的人才，锻造其政治信念、军事纪律和制胜意志，“是战斗中相信自己是为一定目的而作战的唯一一方”，而且红军“有一样东西是白军没法效仿的，就是他们的‘革命觉悟’，那是他们维系斗志的主要支柱”。在预旺县红军前线，斯诺聆听了一堂红军的“政治课”，并对在场62名红军战士的成长作了分析。“红小鬼”们的精神面貌和战斗精神令斯诺极为钦佩，他充满感慨地写道：“他们耐心、勤劳、聪明、努力学习，因此看到他们，就会使你感到中国不是没有希望的，就会感到任何国家有了青少年就不会没有希望。在少年先锋队员身上寄托着中国的将来。”

在“红色中国”的日日夜夜，斯诺大开眼界，彻底改变了他在“国统区”对中国的认知，消除了心中的疑惑。他诚恳地写道：“我错了。中国农民不是消极的，中国农民不是胆小鬼。只要有方法，有组织，有领导，有可行的纲领，有希望——而且有武器，他们是会斗争的。中国共产主义运动的发展证明了这一点。”后来，他在中译本《西行漫记》序言中说：

> 从字面上讲起来，这本书是我写的，这是真的。可是从最实际主义的意义来讲，这些故事却是中国革命青年们所创造的，所写下的……用春水一般清澈的言辞，解释中国革命的原因和目的……从这些对话里面，读者可以约略窥知使他们成为不可征服的那种精神，那种力量，那种欲望，那种热情——凡是这些，断不是一个作家所能创造出来的。这些是人类历史本身的丰富而灿烂的精华。

二、树立了非虚构写作的光辉典范，“标志着西方了解中国的新纪元”

20世纪30年代，《红星照耀中国》不同中文译本出版后，吸引了成千上万的热血青年，从四面八方千里迢迢奔赴心中的革命圣地——延安。1941年，斯诺在《为亚洲而战》中讲述了这样的故事：“战争开始以后，我每走到一处地方，哪怕是最料不到的地方，总有那肋下夹着一本《西行漫记》的青年，问我怎样去进延安的学校。”1944年，他在《红星照耀中国》再版序言中自豪地说：“就我所知，写有关中国情况的外文书而对当前中国年轻一代的政治思想有相当大的影响的，这部书可以说是唯一的一部。”

红星照耀了中国，也照耀了世界。斯诺通过《红星照耀中国》向全世界展现了中国共产党领导的抗日革命根据地的真实情况，展示了中国的光明和希望，给全世界人民带来反法西斯斗争的信心和力量。他对“中国共产主义运动的发现和描述，与哥伦布对美洲的发现一样，是震惊世界的成就”，“标志着西方了解中国的新纪元”。

随着这本书在西方的畅销，世界上掀起了一股声援中国抗日、与中国共产党人接触的新浪潮，众多仁人志士和国际主义者，在它的召唤下纷纷效仿斯诺来到中国，他们当中既有献身中国革命的加拿大医生白求恩、印度医生柯棣华，还有记者、编辑、作家、教授和外交官，如海伦·斯诺、史沫特莱、爱泼斯坦和索尔兹伯里，等等，他们当中有许多人一辈子留在了中国。

斯诺坚持真理，以坦率的国际主义精神和坚持说真话的品格，使他的作品如同火种，给人以温暖以光明，照亮了世界，经受了时间和历史的检验。美国作家索尔兹伯里说，《红星照耀中国》改变了美国乃至世界报告文学的写作标准，树立了非虚构写作的光辉典范。80多年来，《红星照耀中国》被译成中、法、德、俄、西、意、葡、日、蒙、荷、瑞典等数十种语言出版，成为政治学家、历史学家、作家和广大读者爱不释手的经典读物。

《红星照耀中国》也改变了斯诺的人生。一个本想在中国只待6个星期的美国青年，后来成为在中国生活了13年的优秀记者。斯诺深深爱上了中国，与毛泽东、周恩来、宋庆龄、鲁迅等建立了深厚的友谊。1972年2月15日，就在尼克松开启访问中国“破冰之旅”前夕，斯诺在瑞士日内瓦郊区埃辛斯村逝世。尼克松曾向病中的斯诺致意，对斯诺“长期杰出的生涯”表示敬佩。临终前，斯诺留下遗言：

我热爱中国。

遵照斯诺的遗愿，他的一部分骨灰安葬在他曾经执教的燕京大学校园内（今北京大学未名湖畔）。毛泽东主席发去唁电：“斯诺先生是中国人民的朋友。他一生为增进中美两国人民之间的相互了解和友谊进行了不懈的努力，作出了重要的贡献。他将永远活在中国人民心中。”

记者采访

“这些树都长得那么高大了”

何理良　中国国际友人研究会顾问、外交部国际司原副司长

张珊珊　人民日报记者

中国人民不会忘记，许多外国朋友对中国革命贡献了力量，埃德加·斯诺是其中非常突出的一位。他追求正义，同情中国人民，支持中国共产党的革命斗争。他1936年前往陕北苏区，把采访见闻写成《红星照耀中国》，像报春的燕子，向全世界传播了中国的革命伟业。

新中国成立后，斯诺曾于1960年和1964年两度访华。1970年8月，斯诺夫妇受邀访华，我有幸参与了接待工作。这次，我终于有机会见到这位中国人民的老朋友。

斯诺一下飞机，就同我们热烈拥抱。到中国的访问使斯诺兴奋不已，他对看到的一切都感到亲切和新鲜，连机场路两旁整齐的杨树也令他赞叹不已。“啊，看哪！”他说，“这些树都长得那么高大了！”斯诺性子很急，也很坦率，一开口就要老朋友们向他介绍近年中国的情况。

从8月下旬起，我们陪同斯诺夫妇在北京和各地参观。他们参观了清华和北大，包括斯诺任教燕京大学新闻系时的工作地燕园。在林巧稚医生的陪同下，他们参观了协和医院。后来他们参观了有光荣革命历史的二七机车厂和河北省遵化县（今遵化市）的一个生产大队，接着去访问延安和保安。1936年斯诺和马海德到保安去的那条峡谷小路，已变成宽阔的黄土公路。汽车快到保安时，路旁突然钻出许多欢笑的孩子，向我们欢呼。斯诺像回到故乡一样，充满怀旧的深情。他寻找毛泽东同志当年住过的窑洞、红军大学旧址和他居住过的招待所，还在毛泽东同志旧居前照了相。斯诺说，当年保安的老百姓穷到一家人只有一条棉裤，晚上睡觉时上衣脱了还要当被子盖。他还说，1936年这里只住着100人，现在有3000人，过去这里完全没有工业，只有一家小铺子，红军是在小祠堂里开群众大会的，现在这里有13个手工工厂、一个机修厂、一个发电厂，主要街道两旁全是小商店，还有一家小百货公司、一个戏院。老百姓的生活同过去相比有了很大改善。

他们回到北京，很快又乘飞机去沈阳和鞍山参观，到广州参加广交会，到杭州、上海、南京和武汉访问。斯诺对我国自行设计和建造的南京长江大桥和成昆铁路赞赏有加，他赞叹中国自力更生，在没有外援的条件下完成了这些伟大工程。斯诺的身体并不好，却坚持一步步走完两公里长的长江大桥。再次回到北京后，斯诺夫妇受邀登上天安门城楼，观看国庆游行。他们站在天安门城楼上的情景被照相机记录下来。

斯诺是个十分认真和勤奋的记者，看重实地调查和眼见为实，爱同各种人接触交谈。这次访华也是如此。他经常一个人到街上走走，用他那不太熟练的普通话同人聊天。

1971年2月，斯诺结束这次对中国长达半年的访问。回到瑞士后，便忙着撰写这次访华的新书——《漫长的革命》。但这时斯诺身体很不好，被医院确诊为胰腺癌。1972年1月，马海德率领的医疗小组抵达瑞士，把病房设在斯诺家中，就地治疗。2月初，时任我国驻联合国安理会常任代表黄华赶往瑞士看望斯诺。斯诺刚从前几天的昏迷中清醒过来，马海德对斯诺说：“你看谁来了？是黄华！”斯诺立即睁大眼睛，脸上出现极兴奋的笑容。他伸出瘦骨嶙峋的双手紧紧抓住黄华和马海德的手，三位朋友的手紧紧握在一起，诠释深厚的友谊。

斯诺毕生追求真理和正义，是让世界确信中国人民必定战胜法西斯、赢得光明未来的首位西方记者。我永远怀念这位老朋友，中国人民的老朋友！

第十七章

17

抗战时期敌后根据地农民生活

《李有才板话》

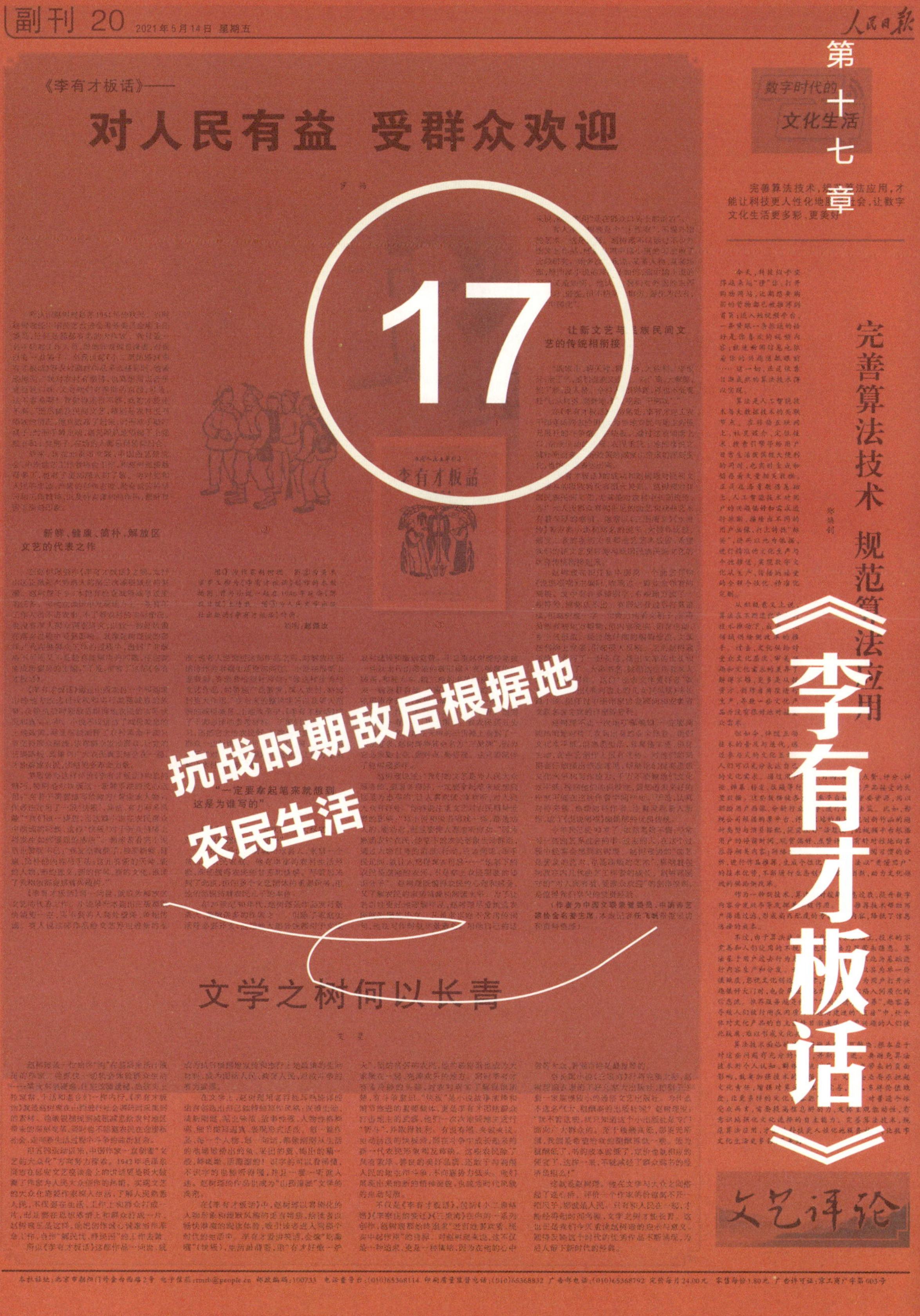

副刊 20 2021年5月14日 星期五 人民日报

《李有才板话》——

对人民有益 受群众欢迎

新鲜、健康、质朴，解放区文艺的代表之作

让新文艺与民族民间文艺的传统相衔接

"一定要在起笔来就想到这是为谁写的"

文学之树何以长青

数字时代的文化生活

完善算法技术，规范算法应用，才能让科技更人性化地服务社会，让数字文化生活更多彩、更美好

完善算法技术 规范算法应用

文艺评论

记者采访

对人民有益　受群众欢迎

罗　扬　中国文联荣誉委员

任飞帆　人民日报记者

我认识赵树理是在1951年的秋天。当时赵树理任中国曲艺改进会筹备委员会副主任委员，已经是赫赫有名的大作家。我只是一名年轻的工作人员，但他非常诚恳谦虚，对我没有一点架子。当我谈起《小二黑结婚》《李有才板话》等农村题材作品多么精彩时，他谦逊地说：“我对农村有感情，也真想写点合乎老百姓口味、又对他们有帮助的东西，可是，这不容易啊！我做得还很不够，我的才能还不高。”而后提及民间文艺，特别是农村说书唱戏的情况，他兴致高了起来，时而双手敲打桌子，时而手舞足蹈，毫无顾忌地唱起了上党鼓书和上党梆子，在场的人都乐得前仰后合。

后来，我在北京市文联、中国曲艺研究会、中国曲艺工作者协会工作，和赵树理接触得多了，也有了更加深入的了解。他对党和人民忠诚严肃的创作态度、勤奋刻苦的学习和工作精神，以及朴实谦和的作风，都给我留下深刻印象。

美术家罗工柳为《李有才板话》创作的本刻插图，曾与小说一起在 1946 年延安《解放日报》上连载

一、新鲜、健康、简朴，解放区文艺的代表之作

在赵树理创作《李有才板话》之前，太行山区正掀起声势浩大的第三次减租减息的高潮。赵树理下乡，本担有检查减租减息进度的任务。但他在调研中发现地方上一些青年工作人员不谙农事，不了解农村的实际情况，也没有深入群众调查研究，以致一些好政策在落实过程中受到影响。就像赵树理说的那样："我在做群众工作的过程中，遇到了非解决不可而又不是轻易能解决的问题，往往就变成所要写的主题。"于是，便有了这部《李有才板话》。

《李有才板话》通过山西农村一个叫阎家山的地方改选村政权和实行减租减息的故事，反映抗战时期敌后根据地农民的实际状况和真实心声。小说不仅讲活了减租减息的土地政策，而且深刻阐释了农村革命干部只有坚持群众路线，依靠群众发动群众，让党的正确路线、政策与广大农民真正结合在一起，才能解放农民，团结更多革命力量。

作家赵树理

茅盾曾经这样评价《李有才板话》构思的精巧，特别是对快板这一新鲜手法的匠心运用："在若干需要描写的地方（背景或人物），作者往往用了一段'快板'，简洁、有力而多风趣"，"我们试一猜想，当这篇小说在农民群众中朗诵的时候，这些'快板'对于听众情绪上将发生如何强烈的感应"。郭沫若看完小说后也赞叹不已："我完全陶醉了，被那新鲜、健康、简朴的内容与手法；这儿有新的天地，新的人物，新的意义，新的作风，新的文化，谁读了我相信都会感着兴趣的。"

《李有才板话》甫一问世，就成为解放区文艺的代表之作。小说单行本连出三版都很快销售一空，买不到的人到处借阅，争相传诵。有人说这部作品给文艺界注进新的血液，也有人说读过这部作品之后，对解放区团结协作的幸福生活更加向往。小说在报纸上连载后，有读者给报社写信："像这样优秀的文艺作品，如果能广泛散发，深入农村，将起到更大作用。"在后来的整风学习以及更大范围的减租减息、土地改革中，《李有才板话》成了干部必读的参考材料。干部们不但自己学习，还把它念给农民听，反响异常热烈。农民群众一边听得乐不可支、哄堂大笑，一边联系实际，"对号入座"，参照小说中的工作方法来解决本村的实际问题。

二、"一定要拿起笔来就想到这是为谁写的"

《李有才板话》受到欢迎，很大程度上要归功于赵树理的"群众路线"。

赵树理是山西晋城沁水县人，来自一个贫苦的农民家庭。他有丰富的农村生活经验，深切懂得农民的甘苦和情感。尽管后来到了北京，担任多个文艺团体的重要职务，但他依然保持着农民儿子的本色。

人民文学出版社出版的《李有才板话》封面

在20世纪50年代，赵树理是作品发行量最大、稿酬最多的作家之一。但除了家庭生活等必要开支，他把绝大部分钱都用于支援农村建设和交纳党费。平日里赵树理经常披一件从太行山带来的破旧棉大衣，喝廉价的砖茶，和赶大车、蹬三轮的老哥们挤在一起，来一碗浇着香油、辣椒油、芝麻酱的老豆腐，吃得津津有味，聊得心满意足。有一次，赵树理因为工作生活需要，想去买块手表。他到商店里一看价钱，连忙摆手："够农民买五头驴啦！"后来总算在天桥的旧货摊上淘到了一块便宜表，赵树理将其命名为

“三勤牌”，因为它必须勤上弦、勤对点、勤修理。这只表陪伴了赵树理多年。

赵树理说过：“我们的文艺是为人民大众服务的，要服务得好，一定要拿起笔来就想到这是为谁写的，让人喜欢读、喜欢听，对人民大众有好处。”他特别注重文艺对农民精神世界的影响：“写小说和说书唱戏一样，都是劝人的，要劝对，而且要使人愿意听你劝。”因为熟悉农村农民，他笔下的农民形象生动鲜活，通过人物自身的语言、行动，三言两语、举手投足间，就让人觉得真实可感——“他笔下的农民是道地的农民，不是穿上农民服装的知识分子”。赵树理既懂得农民的心理和感受，又了解农民的审美情趣和阅读水平。为了让老百姓更好地理解作品，赵树理尽量挑选农民能听懂的语言。凡是老百姓不常用的词句，他在写作时就尽量避免。用他自己的话来说，就是要用“活在群众口头上的语言”。

有人说赵树理是个“土作家”，不懂外国的艺术。这是误解。赵树理不仅读过不少外国文艺作品，而且对照中国小说的写法做了比较研究。他多次和我说，某某人物、某某场面，照西洋小说的写法是如何，照中国小说的写法又是如何。他认为，我们对外国的东西要学习、借鉴，但不能简单模仿，要化为己有，要“中国化”。

三、让新文艺与民族民间文艺的传统相衔接

> 阎家山，翻天地，群众会，大胜利。老恒元，泄了气，退租退款又退地。刘广聚，大舞弊，犯了罪，没人替。全村人，很得意，再也不受冤枉气，从村里，到野地，到处唱起“干梆戏”。

在《李有才板话》的结尾处，李有才应工农干部老杨同志的请求，为当地农民与地主阎恒元展开的斗争编了首快板。通过这首朗朗上口、活泼生动的快板，农民重获土地的喜悦之情扑面而来，土地政策给阎家山带来的深刻变化，也传神地表达出来。

《李有才板话》的成功和赵树理对民间文艺营养的吸收转化有很大关系。赵树理对我国民族民间文艺，尤其是对农村中长期流传、为广大人民群众喜闻乐见的曲艺和戏曲艺术有着深厚的感情。他常以《三国演义》《水浒传》等古典小说和同名的说书、大鼓作比较，阐发二者的密切关系和曲艺艺术成就，希望我们的新文艺更好地与我国民族民间文艺的优良传统衔接起来。

赵树理在担任新中国第一个曲艺刊物《说说唱唱》主编时，收到过一篇业余作者的来稿。文中有许多错别字，有些地方画了一些符号，谁都认不出。有同志看过后打算退稿，但赵树理一字一句费力地看完稿子，觉得虽然有些地方粗糙，但内容充实、语言生动、乡土气很浓。经过他仔细的编辑修改，文章在刊物上发表，引起很大反响。之后赵树理还给作者写了一封长信，指出文章的优长和不足，并列了一大串书名，鼓励这位作者深入阅读、继续写作。这位“业余文学爱好者”就是后来创作出《淮河边上的儿女》《风雷》等长篇小说，担任过中国作家协会顾问和安徽省文联名誉主席的作家陈登科。

赵树理不止一次地叮嘱编辑，一定要满腔热情地对待工农兵出身的业余作者。他们文化水平低，但熟悉生活，有真情实感，语言生动，在曲艺创作上很有优势。对他们的来稿要仔细提出修改意见，帮助他们提高思想文化水平和写作能力，千万不要嫌他们文化水平低，挫伤他们的积极性，要知道未来好的作家可能在这些作者中间产生。于是，认真对待来稿、热情对待作者、注重发现新人新作，成了《说说唱唱》编辑部的优良传统。

今年我已经92岁了，依然笔耕不辍，经常写一些曲艺界过去的事、过去的人，在这个过程中经常会想到赵树理。赵树理讲的“曲艺是普及的艺术，也是高级的艺术”，影响着包括我在内几代曲艺工作者的成长。赵树理坚守的“对人民有益，受群众欢迎”的创作原则，是值得我们学习的宝贵经验。

专家解读

文学之树何以长青

艾　斐　中国作家协会理论评论委员会委员

赵树理是一位始终“泡”在基层生活汁液里的作家。他抓住一切机会体验群众生活——乘火车坐硬座，住旅馆睡通铺，热炕头上拉家常，干活和老乡们一样内行。《李有才板话》就是赵树理在山西进行社会调研时采集到的素材。他敏锐捕捉到减租减息给农村地区带来的深刻变革，同时也不回避农民在迎接新社会、走向新生活过程中斗争的曲折复杂。

自五四运动以来，中国作家一直朝着“文艺的大众化”方向努力探索。1942年毛泽东同志在延安文艺座谈会上的讲话更是极大鼓舞了作家为人民大众创作的热情。实现文艺的大众化需要作家深入生活，了解人民熟悉人民，不仅要在生活、工作上和群众打成一片，而且要在思想感情上和群众打成一片。赵树理正是这样，他把创作诚心诚意当作革命工作，当作“解民忧、纾民困”的工作去做。所以《李有才板话》这部作品一问世，就成为抗日根据地宣传和推行土地政策的生动材料，成为团结人民、教育人民、对敌斗争的有力武器。

在文学上，赵树理用老百姓耳熟能详的语言创造出自己独特的写作风格：诙谐生动、清新刚健、泥土味浓、故事性强、人物性格鲜明、细节描写逼真、表现形式活泼。每一篇作品、每一个人物、每一句话，都像刚刚从生活的池塘里捞出的鱼、采出的菱、掏出的藕一般，鲜嫩嫩、活溜溜的！识字的可以看得懂，不识字的也能听得懂，并且一看一听就入迷。赵树理的作品也成为"山药蛋派"文学的典范。

在《李有才板话》中，赵树理以喜剧化的人物形象和幽默风趣的语言特质，给读者以畅快淋漓的阅读体验，吸引读者进入到那个时代的生活中。李有才爱讲笑话，会编"圪溜嘴"（快板），生活虽清苦，但"有才好像一炉火"，团结贫苦的农民，他的破窑洞也成为大家聚在一起、充满欢乐的地方。同时李有才有着冷静的头脑，对农村现实了解得很清楚，有斗争意识。"快板"是小说故事演绎和情节推进的重要载体，更是李有才团结群众打击地主的武器，他们一次次地同地主进行"智斗"，并取得胜利。有说有唱、夹叙夹议、生动活泼的快板诗，同在斗争中成长起来的新一代农民形象相互辉映。这些农民除了具有敦厚、善良的美好品质，还敢于与剥削人民的地主做斗争，不向恶势力低头。他们展现出来的新的精神面貌，也成为时代风貌的生动写照。

不仅是《李有才板话》，包括《小二黑结婚》《李家庄的变迁》《三里湾》在内的一系列创作，赵树理都始终追求"老百姓喜欢看、现实中起作用"的目标。对赵树理来说，这不仅是一种追求，更是一种情结，因为在他的心中劳苦大众、普通百姓是最重要的。

当长篇小说《三里湾》行将完稿之际，赵树理婉言谢绝了好几家大出版社，把稿子送到一家规模较小的通俗文艺出版社。为什么不选名气大、稿酬高的出版社呢？赵树理说：“我不管这些，我只知道这个小出版社是专门面向广大群众的。至于稿酬高低，那更无所谓，我倒是希望给我的稿酬再低一些。因为稿酬低了，书的成本就低了，定价也就相应的便宜了，这样一来，不就减轻了群众购书的经济负担么！”

这就是赵树理。他在文学与大众之间搭起了连心桥。评价一个作家的价值离不开一把尺子，那就是人民。只有和人民在一起，才能经得起时间考验，文学之树才能长青。这也正是我们今天重读赵树理的启示与意义。期待反映这个时代的优秀作品不断涌现，为后人留下新时代的经典。

第十八章

18

《永不消逝的电波》

红色电波中潜藏的“精神密码”从未改变，红色基因代代相传

亲历者讲述

从电影到舞剧，一甲子后，“电波”的魅力为何穿透时空

罗怀臻　剧作家、上海市剧本创作中心艺术总监

1990年秋季的一天，我骑着自行车经过上海淮海中路武康大楼附近，看到前面有位穿米色风衣的长者徐步前行，头发稀疏花白，背影清癯挺拔。我赶紧跳下车，叫了声“老师”。长者回头，我才发现认错了人。他不是我的老师陈西汀先生，而是著名电影表演艺术家孙道临先生。我赶忙改口，恭敬地说道：“您好，孙道临先生。”他微笑着冲我点了点头。

多少年过去了，那个谦和的笑容，仍深深印刻在我脑海中。我看过孙道临先生主演的不少电影，但每每想起他，首先浮现的还是电影《永不消逝的电波》中李侠的形象。

一、永不磨灭的信仰，与永不消逝的电波同频激荡

1938年，李白作为中国工农红军最早的报务员之一，从延安被派到日寇侵占的上海，负责中共上海组织与中共中央的秘

密联络工作。他为抗日战争和解放战争的胜利做出了巨大贡献，献出了宝贵生命。1958年，八一电影制片厂以李白烈士为原型，拍摄了电影《永不消逝的电波》。

与同时期同类影片相比，电影《永不消逝的电波》艺术上更显成熟。人物塑造鲜活可感，情节发展充满张力，剪辑颇有创意，通过上海和延安之间的电波呼应形成镜头蒙太奇。导演没有用特殊拍摄视角渲染惊险场面，也没有刻意加快叙事节奏制造紧张氛围，从而避免“戏”掩盖了角色的性格塑造。

影片刻画出的有血有肉、生动可感的人物形象，令人印象深刻。我生于20世纪50年代，第一次看这部电影是20世纪80年代末。虽没亲历那个时期，但电影的真情实感实实在在地打动着我。

尤其吸引我的，是电影中的两个角色。一个是孙道临饰演的共产党员李侠，亲切、朴实、令人敬仰，雷霆霹雳于面前毫不动容。面对敌人的严刑拷打，他镇定从容，始终是那句斩钉截铁的回答：“没有什么可讲的！”影片最后，他在被捕前发出最后一封电报：“同志们，永别了，我想念你们！”永不磨灭的信仰，与永不消逝的电波同频激荡。另一个吸引我的，是王心刚饰演的姚苇。我从小看王心刚演的都是正面形象，唯独在这部影片中演了反面角色。面对日本侵略者，姚苇和李侠形成了鲜明对比，一个卑躬屈膝、贪生怕死，一个则宁死不屈、钢铁意志。

电影《永不消逝的电波》将坚定的革命信仰转化成可亲可感的日常生活、朴素情感。李侠一家的日常，他们与弄堂邻里的相处细节，无不流淌着浓浓烟火气。当观众看到相濡以沫的爱人为革命而坚持，志同道合的战友为信仰而牺牲，观众的心灵会共振，情感会共鸣，进而发自内心地敬仰这些革命前辈。后来，在我将这部电影改编成舞剧剧本设置生活场景时，这些创作经验，都对我有很大启示。

二、改编经典作品，既要一脉相承，也要融入当代表达

2018年，电影《永不消逝的电波》首映60周年，上海歌舞团邀请我创作《永不消逝的电波》的舞剧剧本。一甲子后，“电波”如何穿透时空，打动今天的观众？

在创造性转化、创新性发展红色经典文艺作品的过程中，我们要对作品的主题内容、精神内涵一脉相承，也要善于创新艺术形式、融入当代表达。要以当下的艺术表现手法和传播手段，让当下的年轻人无障碍地接受。唯有如此，经典才会在不断的诠释演绎中永葆生命力。

随着对经典电影的反复回看和对历史资料的深入研读，一组数字对比触动了我。故事原型李白烈士于1937年10月来到上海从事我党地下工作，于1949年5月7日牺牲，距离上海解放仅剩20天。潜伏12年，却牺牲在黎明前的黑夜。12年与20天，多么令人扼腕痛惜的对比！李白烈士被捕前最后发出的电报内容是国民党军江防部署计划，对中国人民解放军

1958年电影《永不消逝的电波》海报

渡江战役、解放上海至关重要。今天我们享受的美好生活，与他的牺牲息息相关，李白等革命先烈却再也没机会看到。

那封“同志们，永别了，我想念你们！”的电报，曾感动无数人。而当时电波的那一头、接报员苏采青，却用了半个多世纪的追寻，才知道当年联络人的名字——李白。2019年，在中央广播电视总台文化类节目《故事里的中国》中，已白发苍苍的苏采青，终于发出了一封回电：“李白前辈，您期盼的黎明到了！”

今昔对比，换了人间。基于这样的视角，舞剧创作需要在电影主题的基础上进行深化，加入时代性思考。比如，舞剧中孩子的角色设置。电影中李侠与何兰芬的孩子有五六岁，而舞剧将其设置为婴儿，在全剧尾声时诞生。我们希望赋予李侠与兰芬的孩子更深的寓意，即孩子的呱呱坠地象征着中国革命的胜利、信仰的传承。

面对今天的观众尤其是年轻观众，要讲好革命故事，舞剧创作还必须打开叙事的多重表现空间。我在剧本中设计了几个电影没有出现的故事背景。第一，李侠由杂货铺小老板变为报馆职员。20世纪三四十年代，上海新闻业快速发展，将故事背景放在此处，符合当时的历史氛围，几十个人坐在一个大厅中办公，演员可以在其中完成舞蹈。第二，设计了一个体现地域风情的上海旗袍店，将这里设置为一个重要的隐蔽情报联络点，承载叙事功能。第三，将石库门设置为李侠夫妇的重要活动场所。

为了营造时而紧张激烈、时而具有弄堂特色的多变场景，舞美布景设计上采用了有别于以往固定升降的舞台布景呈现形式，通过26片可移动景片，在电脑编程的统一调度下，腾挪旋转，配合多媒体投影，逼真地呈现了全剧的所有场景。

三、红色经典在一代代人的再创造与再欣赏中，迸发时代活力

《永不消逝的电波》之所以动人，是因为它书写的是人生，表现的是信仰，让观众在艺术欣赏中产生情感连接。在舞剧创作过程中，我们常思考，那些前仆后继的革命先烈，为了什么而牺牲？我想，最具体直接的动力是为了自己的下一代、他人的下一代、中国的下一代更好地生活。从这个角度切入，每位观众都可以代入到李侠与兰芬的角色中，找到情感共鸣。

作品中的人物，平凡而伟大。比如兰芬，她投身隐蔽战线工作之初，并没料到会有那么困难和危险，她也曾有过畏惧。她革命信仰的确立和坚守，是随着她对李侠感情的深入而逐步加强的，角色成长轨迹清晰可辨。不少观众都被男女主角最后诀别的那段双人舞感动，因为他们表现出的操守、情怀和信念，超越年龄、跨越时代。

舞剧《永不消逝的电波》中“晨光曲”群舞

舞剧《永不消逝的电波》中李侠与兰芬双人舞

至今，舞剧《永不消逝的电波》在各地已巡演数百场，许多年轻人自发“二刷”“三刷”，甚至还出现了追剧的“电波迷”。社会各界对于这部作品的肯定，是在充满活力的时代大潮中对艺术守正创新的认同与追求。

舞剧《永不消逝的电波》的创作团队与演员，大多是“80后”、“90后”和“00后”的年轻人。创作中，他们深入研读历史档案、体悟革命先烈的人生信仰和高贵品格，逐渐找到连接历史与现实的共情点和共鸣点。剧组全体人员走进李白烈士故居，一次次感知“在场”的精神洗礼和心灵震撼。李侠的扮演者王佳俊说出了年轻主创们的心声：“每一次起舞，都是一次致敬。我们带着使命感，总希望自己对红色文化可以了解更多，总希望通过不断学习让自己更贴近英雄……”

一些年轻演员在完成作品后，主动提交了入党申请书。他们将内心的感动转化为艺术表现，进而感动更多同龄人、更多普通观众，以新的讲述形式将革命故事种植到这一代年轻人的心田，让革命精神薪火相传。舞剧《永不消逝的电波》的创作再一次启示我们，只有满怀创作诚意、经过生活体验、深刻体悟革命历史后进行的创新表达，文艺作品才能迸发艺术感染力，更具说服力。

从电影《永不消逝的电波》到舞剧《永不消逝的电波》，红色电波中潜藏的“精神密码”从未改变，红色基因代代相传。红色经典正在一代代人的再创造、再欣赏中，迸发时代活力。

第十九章

《白毛女》

19

歌剧《白毛女》是中国民族歌剧里程碑式的作品，剧中的喜儿是广大观众最熟悉的艺术形象之一。

副刊 20 2021年5月26日 星期三 人民日报

一辈子演不够《白毛女》

生动演绎人民作家的心路历程
——评电影《柳青》

影视

记者采访

一辈子演不够《白毛女》

郭兰英　歌唱家
王　瑨　人民日报记者

我一辈子跟党走，是党培养的文艺工作者。我自己太渺小了。没有共产党，哪有郭兰英？我的一切都是党给的、人民给的。

我就是一个普通的演员，是为人民服务的。观众是我的老师。2019年，党和政府授予我“人民艺术家”国家荣誉称号，这是对我们千千万万文艺工作者的肯定。今年是党的百年华诞，我年纪大了，但我还想多做点事，尽自己最大的努力。

我演过很多戏，一辈子演不够的、最爱的还是《白毛女》。《白毛女》改变了我的人生，带我走上革命道路，彻底改变了我对艺术的理解。

一、看完戏，内心还在掉眼泪

1946年，我16岁，在张家口演晋剧。当时满城都在传“华北联大文工团正在演出的《白毛女》是很好的戏”。这是部歌剧。我早就想看，但歌剧是什么，并不知道。

一天，我被安排演最后压轴的折子戏《血手印》，之前是其他演员的戏。我便趁这个机会跑到人民剧院去看《白毛女》。到那儿一看，他们的戏，和我们演的戏不一样。我们演戏就是穿戏装、扮上人物，而他们却和生活中一样。我自然而然就看进去了。

1952 年歌剧《白毛女》节目单

戏一开头就很“拿人”。喜儿和杨白劳的生活和感情，是我幼年时熟悉的。那时我已经演过几年戏了，看戏一般不那么容易激动。可看《白毛女》，我却怎么也控制不住自己的感情，止不住地流眼泪。尤其是杨白劳喝卤水死了的场景，让我定在那儿，想走，双腿走不了。等《白毛女》第一幕演完了，我才匆忙赶回戏班。演自己的戏时，我心里还一个劲儿地惦记着《白毛女》，内心还在掉眼泪。

《白毛女》在艺术上是相当完整的，是“真戏”。剧本中的革命性和战斗性，唤醒了我朴素的革命觉悟。看完演出后的几天，我的内心始终无法平静。有时耳边响起“北风那个吹，雪花那个飘”的歌声，有时眼前晃动着喜儿的影子，这使我回想起自己多苦多难的家庭和童年生活。心里有了越来越明确的打算：演戏就演这样的戏，当演员就演喜儿那样的角色！

我抱着这样的想法告别了旧戏班，扔掉昂贵的旧行头，拿了个包袱，在枪炮声中追赶刚从张家口撤走的华北联大文工团。我下定决心：不再做戏班子的“摇钱树”，要做就做一个扬眉吐气的文艺新战士。

到了文工团，组织安排我学文化、学音乐、学革命理论。记得那时一早起来就扭秧歌，七点钟便开始安排各种课程，每天如此。累吗？累！但特高兴，觉得特幸福。好不容易参加革命，成为文艺工作者，多光荣啊！学写字时，我先学会了“共产党”三个字。

转变最大的，是我的艺术观念。儿时演戏，我根本不知道是为了什么。在戏班里经常挨打挨骂，在外要受地痞流氓的气，曾觉得不挨打、能挣钱养活父母就行。到了文工团，我才逐渐认识到文艺的作用。演戏，从不是为了“人前夺萃”，而是为人民歌唱、为人民服务。从那时起，无论是唱一首很短的歌，还是上台扭几步秧歌，我都全力以赴。

二、用“心”唱，创造出一个不同的喜儿

在华北联合大学学习时，我开始参加《白毛女》剧组，边负责服装、道具等事务，边在乐队里顶个数，拉二胡、打梆子、锣鼓镲，样样都干。慢慢地，我把《白毛女》看会了，每句唱、每句台词、每个动作都烂熟于心。

那时演出，没有像样的舞台。用土垫起来半米高的台子，只要观众能看清楚，就是舞台。回首那段岁月，大家都有股子热情，表演上也总是感情充沛的。也许正是这种真实的表演，迸发出更大的艺术感染力，打动着观众。记得下部队演《白毛女》时，常常从天黑演到转天天亮，五个小时，无人离席。台下时常比台上还激动，台上演员斗争黄世仁喊口号，台

下观众也跟着喊…… 观众对歌剧这样热爱，推动着我们的艺术创造。

1948年，剧组在石家庄演出。一次演出，扮演喜儿的两个演员王昆和孟于都上不了场。团长和导演研究对策时，我自告奋勇去“救场子”。

那是我第一次上台演喜儿。演到最后一幕的斗争会时，我哭得唱不下去了。舒强导演在侧幕提醒我：“兰英，兰英！我们这是在演戏！”戏结束了，舒强导演含泪和我说：“为什么你唱不下去？我能理解。《白毛女》这个戏就是写你的生活的。从今往后好好努力，好好琢磨琢磨喜儿这个角色，你会创造出一个不同的喜儿的！”这句话，我记了一辈子。

舒强导演对我帮助很大，他强调从人物出发，启发我创造人物。他说：“演唱要从心灵出发。如果郭兰英是喜儿，你怎么处理？”我一下就明白了导演的要求。演员在舞台上不能有“在演戏”的感觉，要表现“我就是这个人物”。

每次演喜儿，我都全身心投入到这个形象中。我坚信，感动别人前，先感动自己，才可能有独特的艺术创造。比如，在演唱《刀杀我斧砍我》时，我就是那个羞愧难当、悲愤不已的喜儿，在唱到“爹生我，娘养我……”那句时，我不由自主地“扑通”一声跪倒在地，双手搓腿、声泪俱下。为什么这个临场加的动作能得到大家的认可？因为这些动

1985 年歌剧《白毛女》节目单

20 世纪 70 年代，郭兰英饰演喜儿

作不是我加的，是喜儿当时的情绪该有的，是喜儿加的。

在琢磨和学习新歌剧的过程中，我也尝试把戏曲的唱功、做功融入其中。比如“逃走”片段，黄世仁和穆仁智追，我就将戏曲程式中的圆场、滑步、趋步等都糅在动作里，但要边害怕地看向身后边往前跑，深一脚浅一脚，对生活情态的简单描摹进行升华。

不少演员向我请教声乐技巧。我说：“演员应该用眼睛

‘唱’。”因为眼睛是心灵的窗子，用眼睛“唱”就是在用心“唱”。观众看喜儿手拿二尺红头绳，两眼满是喜悦的光芒，观众看喜儿唱到“王大春”，眼中则是少女的娇羞顾盼。生活积累、表演技巧，缺一不可。最重要的，是感情要从内心流淌出来，要真。观众听的不是声音，是生活，是感情。

电影《白毛女》海报

三、愿做一颗铺路的石子

几十年来，每次接触《白毛女》这个戏，我都感觉像第一次时那么鲜活、那么动人。一次一次挖掘，不断发现新的东西。我时常觉得，我的艺术生命与喜儿的舞台形象，紧紧地连在了一起。

2015年，年轻一代的演员再次复排歌剧《白毛女》。这部来自人民的红色经典，滋养着一代代观众。一代又一代创作者、表演者的传承演绎，又让这部红色经典焕发新的魅力。

现在，不少青年演员都在深入生活，我希望他们下生活的程度再深些、范围再广些。做个有心人，留心观察日常细节，观察百姓如何生活、怎么走路、有什么表情，了解百姓会因为什么而快乐、关心的是什么。潜移默化，长期积累，对创作大有裨益。作为演唱者，要好好地琢磨中国的语言。咱们的语言多美啊！要把每个字都“啃”住了、唱圆了，像玻璃球一样，送到观众耳朵里，让观众听得真切自然。

将《白毛女》一代代传下去，是我做人、从艺的责任。我常和年轻演员们说：“快把我身上的本事都拿去吧！”我实实在在地教，希望他们实实在在地学，用实实在在的艺术成果面对观众。

我愿意做一颗铺路的石子，把自己的艺术实践经验总结出来，让新一辈人踏着它一步步走下去。希望年轻一代能发自内心向经典致敬，踏踏实实地走进生活、研究角色，不辜负观众，不辜负艺术，更不能辜负历史。

演好喜儿，接过这一棒

雷　佳　青年歌唱家

歌剧《白毛女》是中国民族歌剧里程碑式的作品，剧中的喜儿是广大观众最熟悉的艺术形象之一。在延安，鲁艺的艺术家们在田间地头，与老乡们一起，打磨出喜儿这个人物。一代代歌唱家引入梆子戏的唱腔、身段和表演，把中国戏曲传统注入舞台表演，又以全新的、科学的演唱方法，清晰的、理性的戏剧意识，将戏剧张力提升到前所未有的高度，创造了不朽的艺术高峰。

对我来说，歌剧《白毛女》更是意义重大。2015年，为纪念民族歌剧《白毛女》在延安首演70周年，原文化部组织复排了歌剧《白毛女》，并制作了3D舞台艺术片。很幸运地，我被选定出演喜儿。我一直热爱歌剧表演，演出《白毛女》是我多年的梦想，但我出生在改革开放初期，就时代背景和人生经历而言，我与喜儿有着天然的隔膜，前辈留下的经典版本珠玉在前，让我备感压力。

生活和人民帮助我理解喜儿。2015年农历正月十五前后，我同剧组30余人来到河北省石家庄市平山县北冶乡河坊村采风，我们分散住在老乡家，与乡亲们同吃同住同劳动。歌剧第一幕描写的是：飘雪的大年夜，喜儿端着王大婶给的玉茭子面亮相，回家捏饼子，盼爹回来过年。我是南方人，小时候家里并不常做面食，对吃饺子也没有特别的感情。为演好这段无实物表演，采风时我向乡亲们多次请教，请他们手把手地教我烧柴、和面、贴饼子、包饺子……在这个过程中，我了解到饺子在北方农村寓意着团圆，我也更加理解了，看到爹爹称回了二斤白面时，喜儿内心的喜悦。那次采风，迅速拉近我与喜儿的距离，老乡们朴实的笑容也一直印刻在我的脑海里，我告诉自己，必须把发生在这里的故事演好。

老师们的言传身教，更让我从传承中燃起对民族艺术的敬畏之心。从采风地返回排练场后，大家都以全新的感悟去投入人物角色的塑造，老师们也把她们的经验和体会中最精华的部分传授给了主演团队。比如，郭兰英老师把传统戏曲的唱念做打舞、手眼身法步融入歌剧的表演中，奠定了中国歌剧的表演基础，也让后辈的演员们始终不能忘记，中国的歌剧是深深植根于中国传统文化的沃土之中。至今难忘，郭兰英老师示范《喜儿哭爹》的一场戏。我本以为，她会以引导的方式指导我表演，因为她当时已经85岁高龄，许多大幅度的动作不便亲自去做。没想到，演到动情处，她毫不犹豫地扑通一声跪倒在地，悲痛欲绝、声嘶力竭地喊出："爹啊！"这一段极其投入的表演，深深撼动了我的内心。她的跪，完全跪在了我的心上，让我感受到民族经典艺术在前辈们心中的分量。这一切让我意识到，对于歌剧《白毛女》的演绎，不只是演唱与表演上的传承，更是精神上的传承。只有带着敬畏之心，才可能演好喜儿，接过这一棒。

2015年版《白毛女》历经两年的打磨复排，过程令我难忘。为拍摄3D舞台艺术片，全体演员在三伏天穿着棉袄演出三九天的场景，因为喜儿角色的戏剧张力，舞台表演中有很多大幅度的动作，我的膝盖总是旧伤未愈又添新伤……但最难忘的是来自观众的肯定。记得一次演出后，现场一位看过延安首演的老红军热泪盈眶地说：“是！还是那个‘白毛女’！”哪怕只有这一句话，也值得我们为此坚持和付出。

在文化和旅游部等部门的大力支持下，我将携另一部民族歌剧《党的女儿》与观众见面。在剧中我饰演的田玉梅是一名普通的农村妇女，一名坚定的共产党员，还是一位革命的母亲。我将带着忠诚于党的坚定信念，带着塑造喜儿时的艺术体悟，塑造好这个角色。

致敬经典，是为了铭记历史，铭记今天的幸福生活是在无数革命者的牺牲与付出中得来的。我也将带着对革命先烈的缅怀和纪念，怀揣对民族艺术的尊重和敬畏，踏实走好未来的每一步。

第二十章

『跳出自己的小世界』

《野火春风斗古城》

20

走一条箭头永远向上的路

亲历者讲述

永远向上向前

王晓棠 著名电影艺术家

卷起2020年的长卷，张开印有丰子恺“春日游，杏花落满头”的挂历，心里欢喜着：2021年，党的百年诞辰来了！

蓦地，范素云的话响在耳边：“张勃是个党叫站着决不坐着的人”。范素云？张勃？他们是谁？他们是夫妇。

1962年，我接受八一电影制片厂党委下达的任务，要在由李英儒同名小说改编的影片《野火春风斗古城》里饰演金环、银环姐妹二人。李英儒带我赴河北古城保定采访了多人。最重要的是，采访了烈士张勃之妻范素云。谈了一上午，“党叫站着决不坐着”是范素云对绝对忠诚于党的丈夫最朴素的八字评语。我终生铭记。张勃自日伪至国民党统治时期，一直是我党在保定的优秀地下工作者。不幸于保定解放前7天牺牲，年仅28岁！

“来人把他叫走的时候，他正靠着床看书。人出门了，书卷放在床头。我就一直让书卷放着，好像这样，他就会回来。”范素云关于丈夫的每句话都使我动容，一夜无眠，来保定前细读厚重的《河北革命烈士史料》已使我热泪长流。张勃的形象，给我心头的创作烈焰添油。他牺牲时28岁，正巧也28岁的我，如今幸福地活着……我翻身下床，拿出随身记锦句的小本，写下：如果我不尽全力创造好金环、银环，便是对烈士的负疚，对党的负疚！

有了这意念，实际上就不仅是为演好这两个角色而竭心尽力了。

把一部30多万字的小说精炼成3万多字的电影文学剧本，并非易事。3位改编者李英儒、李天、严寄洲（本片导演）煞费苦心。最终决定，以银环的成长为主线，以杨晓冬带领地下党员们争取伪团长关敬陶率部起义、保卫麦收为故事梗概。

从角色配备可看出八一厂要把它拍成一部好片子的气魄。饰杨晓冬的王心刚，不久前借去上影演《红色娘子军》中党代表洪长青，广获好评。饰关敬陶的王润身，1960年在本厂

电影《野火春风斗古城》剧照

《林海雪原》里饰大智大勇的杨子荣，在观众中声誉日隆。为了塑造一个伟岸的杨晓冬之母，专门借来演河北老太太最传神的冀中人氏陈立中。饰韩燕来的赵汝平已在八一厂主演过不止一部影片。

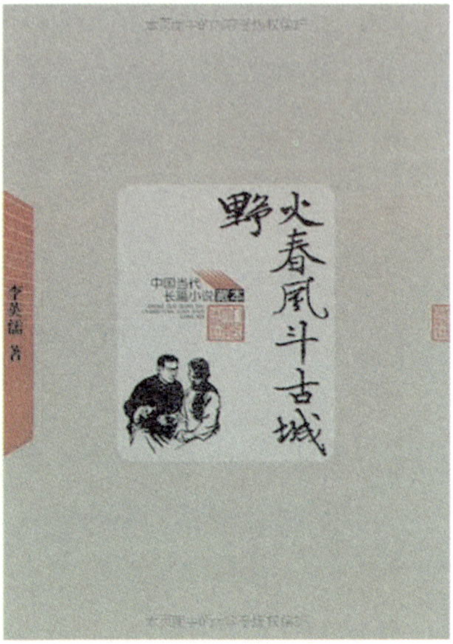

《野火春风斗古城》小说封面

拿到文学剧本后，我端坐桌前，一页纸居然“相面”几十分钟。金环和银环首次见面的戏对话很多，我拿着笔一句一句地删，删到最后竟没一句台词了。我去找导演和跟组的李英儒说：“这场戏的对话是编导向观众交代影片的背景形势，现在这戏没人看，姐妹俩头一次同时出现在银幕上得非常精彩。”李英儒点头。严寄洲导演已和我合作了《英雄虎胆》《一日千里》《海鹰》三部影片，很了解我，说：“那你去重写。”我把场景、规定情景都变了，台词只有三个字：“老地方。”这就是影片开始不久，姐妹相见于医院司药窗口的戏——银环戴着大口罩，两人的身份、性格的展示全凭眼神交流。它成为观众印象深刻的一场戏。

就这样，在修改剧本阶段我已能将小说倒背如流。并非刻意，用心读小说多遍而已。这便于快速找准页码修改剧本。

烈士的鞭策，责任的驱使，编导的信任，使我重写了多场重点戏。如，姐妹两次相见、金环教育关敬陶、金环牺牲、银环夜访关敬陶、银环在关押处见杨母、银环同春楼泄密等。

剧本完善了不少，但我隐隐觉得还缺少什么。缺什么呢？再读小说，明白了！我立即去找作者：“有一场重要的戏，你

电影《野火春风斗古城》海报

在小说里没写。”

“哦？”李英儒很意外，但听了下去。

我说，银环泄密、杨晓冬被捕后，你在第398页写着韩燕来“双掌将她搡出门外”，“我认为不该这样，燕来和银环应有一场强烈冲突的戏，它是全片展示银环成熟起来最重要的节点”。

李英儒沉思片刻拍案而起："对！走，找严。"这是他对严寄洲独特的称呼。严导演十分认可，对我说，你写吧。

我一遍遍地写，又一次次地否定自己。饰燕来的赵汝平也帮着出主意。我陷入寝食难安神魂颠倒的境地，连走路都磕磕绊绊。第三天的夜晚，忽然灵光一闪，有了！伏案疾书，一气呵成，连镜头都分好了。不顾已深夜12点，我拿起稿纸就到住得不远的赵汝平家敲门——那会儿我们都没电话啊！他爱人开门见是我，转身去叫人，赵汝平睡眼惺忪地走来。

我说："我写出来了！"

他接过稿纸看，兴奋起来："对，就是这样！"第二天一大早，李英儒、严寄洲都特别高兴。李英儒说："这是银环成长的点睛之笔！"

这场"燕来夜责银环"的段落是我最喜爱的戏。对银环，我和编导下了最大的功夫；对金环，我们建立了最强的信念。篇幅所限，金环在影片里仅有四场戏。唯其戏少，不允许有一丝败絮。我在笔记本上写道：金环，要演出她的劲儿；银环，要演出她的味儿。

影片于1963年7月完成。同年公映反响强烈。不止一个女学生写信向我求证，说和同学打了赌，金环、银环是两个演员演的。对于这部影片和金银双环的热议持续多年。

军旅女作家卢晓渤著文写道："平心而论，对金环和银环这两个在小说中已被人们熟识了的人物，每个观众都有自己的理解和想象。人们会用自己的经历、性格、喜好、文化层次去对影片里的金环、银环，抱以希望和挑剔。然而，王晓棠一人塑造的这两个角色，都被人们接受了。"

一位当年的少先队员说，那会儿看过了《野火春风斗古城》，在清明节为烈士扫墓的花圈上，孩子们崇敬地写下了金环阿姨的名字。有许多年轻人在入党申请书上写下：希望能像银环那样，在党的培养下不断成长；希望能像金环那样，为党的事业毫无畏惧，贡献自己的一切以至生命……这便是艺术的魅力。

观众热情的来信像雪花般飞来，充满赞美之词的评论纷纷对准我。影片拍完不久，我受邀在《电影艺术》杂志上发表《金环和银环》的表演笔记，既谈了对角色的认识和把握，更大篇幅是谈自己创作中的不足。我把姐姐金环比作写意泼墨画，引用了苏轼的“大江东去”，说明其性格的磅礴气势。将妹妹银环比作工笔画，细腻、熨帖，用了柳永的一句词“杨柳岸，晓风残月”，表现其纤巧。也写道，银环初见杨晓冬之母时，笑得多了显得世故；对金环辅色用得差，没能把金环谈笑风生的开朗展现出来，显得单薄……

30年后，卢晓渤在北京图书馆查到了这篇洋洋一万多字的总结。她评价说：“细读之后，不由发出感慨。满耳赞声不绝的王晓棠竟有如此清醒的头脑。把读文章，感到她不仅是论艺，更是论人。她要走一条箭头永远向上的路。”

卢晓渤懂得我的初心。我必须走一条箭头永远向上的路——张勃和先烈们为自己崇高的信仰献出宝贵的生命，我为一部表现他们高洁灵魂和隐秘而伟大的我党地下工作者的影片，写了几场戏，塑造了两个人物，难道不是文艺战士应尽的责任吗？先烈们教育着我，使我激情澎湃竭尽心力进行创作，这是一种幸福；创作成果使亿万男女老幼观众感动，唤起他们追求崇高理想的情怀，是更大的幸福。为此我只能永远向上向前。

第二十一章

《林海雪原》

21

1945 年底，东北牡丹江地区的剿匪战斗

专家解读

讲述革命传奇　唱响英雄颂歌

姚　丹　中国人民大学文学院教授

1957年，曲波的长篇小说《林海雪原》出版，随即引起轰动。不到一年时间，重印6次，累计印数近百万。小说后来被改编为话剧、戏曲、电影、电视剧等多种艺术形式，传播广泛，成为几代人的红色记忆。“愿红旗五洲四海齐招展，哪怕是火海刀山也扑上前。我恨不得急令飞雪化春水，迎来春色换人间。”根据小说改编的革命现代戏京剧《智取威虎山》至今仍活跃在文艺舞台上，其中诸多唱段广为传唱。小说还被改编成电影，轰动全国。在海外留学的青年徐克看到影片后被深深吸引，数十年后，他导演的3D电影《智取威虎山》累计票房破8亿，再次印证红色经典独特且持久的魅力。

一、用文字建起一座“英雄丰碑”

1945年底，东北牡丹江地区局势危急。惯匪盗寇、地痞流氓、土豪恶霸等狼狈为奸，从日本侵略者手里获得大量精良武器，烧杀抢掠，无恶不作。作家曲波当时所在的部队被改编为牡丹江军区二支队二团，加入到剿匪战斗中。长篇小说《林海雪原》就是曲波根据自己的这段亲身经历写成的。

小说《林海雪原》封面

1955年春节前夕的一天，已从部队转业的曲波夜里冒着大雪回家，看到幸福酣睡的妻女，一股热流涌上心头。他想起了8年前的大年夜，自己和杨子荣、高波等战友以少胜多地打下了艰难的一战。杨子荣、高波牺牲了，他们未能看到新中国的诞生，未能过上温饱舒适的生活。想到这里，曲波的心中有了一丝愧疚，但更多的是对战友深深的怀念。曲波坚定了写作的决心：要用文字建起一座“英雄丰碑”。

曲波文化程度不高，对他来说，写一部长篇小说的难度可想而知。他一直用杨子荣的一句话“为人民事业生死不怕，对付敌人一定神通广大”激励自己。利用夜晚和节假日的业余时间，曲波终于在近一年半的时间里，完成了长篇小说《林海雪原荡匪记》，出版前改名为《林海雪原》。小说主要描写了一支30多人的小分队如何穿林海、过雪原，与人数数十倍于自己的匪徒周旋作战，最终经过惊险的战斗，将敌人全部歼灭的故事。

二、善用鲜活语言塑造人物

在《林海雪原》的战斗故事中，尤以“智取威虎山”最为精彩，广为人知。杨子荣抓获土匪座山雕的真实故事，刊

电影《林海雪原》剧照

登在1947年2月19日的《东北日报》上。从报道看，这场战斗规模不大，我军只有6名战斗人员，却活捉了包括座山雕在内的25名敌匪，摧毁敌匪窝棚，“缴获步枪六支，子弹六百四十发，粮食千余斤”。在曲波笔下，这场惊险的战斗演绎出打虎、对黑口、献先遣图、舌战小炉匠等精彩惊险的情节，《林海雪原》进而成为革命英雄传奇小说的典范。

红色经典《林海雪原》让杨子荣、少剑波等英雄人物形象深入人心。杨子荣勇猛机智，不畏牺牲；年轻的团参谋长少剑波足智多谋、指挥若定。这一“武”一“文”的形象交相辉映，共同谱写了一曲激越昂扬的英雄颂歌。

《林海雪原》的文本结构、叙述方式、人物设计等，与中国传统传奇文学有颇多相似之处。比如小说中最重要的5位革命战士少剑波、杨子荣、刘勋苍、栾超家、孙达得人物组合，既为读者带来酣畅淋漓的阅读体验，也让人们备感亲切。与此同时，小说虚构了“白茹”这一美好纯洁的女战士形象。“她是雪原的白衣士，她是军中的一朵花。她是山峦丛丛的一只和平鸟，她是林海茫茫的一个‘小美侠’。”白茹就像一缕阳光，照进阴风飒飒、刮肉透骨的鹰嘴山，为充斥着血与火的残酷战争带来一抹柔情。

语言的巧妙使用，为《林海雪原》故事情节的推进和人物塑造增色许多。“天王盖地虎，宝塔镇河妖”“脸红什么？精神焕发”“怎么又黄啦？防冷涂的蜡”，这些读起来朗朗上口的对白广为传播，老少皆知。现实生活中，像座山雕这样的土匪大多文化水平不高，平时的暗语都是最普通的白话，小说中这些流传甚广的“行话”其实是曲波的艺术加工。

生动鲜活、充满民间智慧的语言，在《林海雪原》中还有许多，无不得益于曲波“讲故事”的天分。曲波在成为作家之前，能把《三国演义》《水浒传》《说岳全传》像说评书一样讲出来，其中最精彩的章节甚至能背下来。当曲波从部队转业到地方，担任某厂党委书记时，他也经常创造机会，绘声绘色地给大家讲战斗英雄和劳动模范的故事，鼓舞人们努力奋斗。可以说，“讲故事”的经历给曲波提供了宝贵经验，让他在写作时具有读者意识，善于用鲜活生动的语言塑造人物。

三、“抗严寒化冰雪，我胸有朝阳”

1999年，我前往北京百万庄大街的一处住宅，对曲波进行前后两次近6小时的录音采访，了解到许多历史细节和写作细节。

曲波曾在东北战斗中两次受重伤。在辽沈战役期间，他的股动脉受伤，炮弹片打进右腿关节。爱人刘波经过多方打探找到曲波时，他正躺在一扇门板上，头发很长，发着高烧，脸色苍白。这次受伤给曲波留下终身残疾，右腿比左腿短了4厘米。当曲波和我讲述这段惊心动魄的生死往事时，并没有很在意。当他提起杨子荣、高波等牺牲的昔日战友时，则时时哽咽，不得不停了下来，房间里只有录音磁带沙沙转动的声音。

曲波回忆，杨子荣每次侦察带回来的情报都特别准确，按照这些情报安排军事行动，基本不会有差错。然而在一次剿匪行动中，杨子荣不幸牺牲。1947年3月，杨子荣带着3位侦察员追剿土匪郑三炮。凌晨时分，经过一夜的埋伏等待，杨子荣一马当先冲进匪徒的窝棚，与匪徒正面交战，未料到由于夜里气温低，枪栓被冻住。杨子荣被敌人击中，壮烈牺牲。

事后，当人们整理杨子荣遗物时，发现小小的包裹里只有麻绳、锥子、旧鞋帮子和废鞋底子。杨子荣抓敌无数，过手了大量金银首饰、大洋烟土，但从不藏为己有。包裹里的这些绳锥碎布，是他每天给战士们补鞋的必备用品——这就是曲波深深怀念、不能忘怀的“勇猛之极，坚贞之极，心灵纯良之极”的战友。得知杨子荣牺牲的消息后，曲波病了3个月。

在创作《林海雪原》的过程中，曲波数次因为情绪激动而辍笔。一天夜里，曲波写到小说结尾部分。就在描写杨子荣倒下的那一瞬间，曲波泣不成声，笔再也落不下去。停了很久，想了很久，最后他大笔一挥，自言自语道：“不，杨子荣同志不死！”于是，小说中的英雄杨子荣没有倒下，而是和大家一起继续追击敌人。

在与曲波的交往中我深深地感受到，他对个人利益看得很轻，但对群众利益抱有无限的热忱。我第一次拜访就被他家的朴实无华所震动。其实早在20世纪50年代，曲波仅稿费收入就超过万元，这在当时可是一笔不小的数目，他全部捐了出去。

共产党人“漫天风雪寻常事，破荒闯阵荣春华”的传奇，在曲波笔下生根发芽，也成为作家本人生命的一部分。曲波在写作《林海雪原》时，仿佛在诉说自己的故事，自然深入人物的精神世界，准确把握，贴切描摹；那生动的形象、引人入胜的情节，也深深地打动了一代代读者。杨子荣、高波等战斗英雄牺牲了，但共产党员胸怀理想、无私无畏的精神流传至今，这也正是《林海雪原》等红色经典的精神价值之所在。

记者采访

让红色经典不断焕发新光彩

任飞帆　人民日报记者

关于“林海雪原”，不同代际的人有不同的记忆。对祖父祖母来说，是小说中铺天盖地的大雪，是齐腰斩断大树、搅起雪龙填山谷改地形的山风；对父辈来说，是革命现代京剧《智取威虎山》中“穿林海、跨雪原，气冲霄汉”的壮阔豪情；对“80后”“90后”年轻人来说，是3D电影《智取威虎山》里融合类型片特点、武侠元素和先进电影技术的视觉盛宴。岁月更迭，《林海雪原》这一红色经典不仅没有随时光流逝而褪色，而是成为文艺创作的重要资源，代有传承。

话剧、戏曲、电影、电视剧，不同艺术类别的改编不断赋予原著新的气象。20世纪50年代，北京人民艺术剧院总导演焦菊隐从戏剧家的视角出发，在原著中提炼出“智取威虎山”一幕，将杨子荣确定为全剧主角，戏剧冲突高度集中，突出惊险、传奇的风格，奠定了后人进行创造性改编的叙事基础。黑白故事影片《林海雪原》充分发挥电影艺术的蒙太奇手法和场面调度优势，高度还原原著中激烈的战争场面，让杨子荣这个英雄形象走进更多观众心中。革命现代京剧同样聚焦“智取威虎山”，巧妙运用戏曲传统程式塑造人物，并加入民族舞蹈和交响乐，丰富了舞台表现。3D电影《智取威虎山》，不仅将电影艺术中的科技元素发挥得淋漓尽致，而且主动契合当代年轻人的情感世界和审美趣味，以一位青年人寻访林海雪原为叙事线索，跨越时空，连接起当下和革命年代的年轻人，吸引祖孙三代共同走进电影院，共同品味红色经典。

让红色经典不断焕发新光彩，还离不开创作者呕心沥血的付出。小说《林海雪原》的创作一波三折，在初稿已完成15万字时，因为没有达到心中的标准，作家曲波将其付之一炬。在拍摄黑白故事影片期间，摄制组克服种种困难，“冬天拍外景，冻得走不了路，鞋都成了冰疙瘩；夏天拍内景，四五月份还得穿皮袄大衣，热得要死”。改编为3D电影时，仅实地看景、线下采访、研究拍摄技术、打磨故事细节等环节，就用了4年时间。创作团队以导演题写的“山穷水尽出高手，九死一生见功夫”彼此勉励，在零下30摄氏度的冰天雪地里整整拍摄了5个月。文艺作品是创作者才华、心血、情感的高度凝结，只有秉持赤子情怀，精心打磨，才能创作出传得开、留得下的经典之作。

红色经典不仅是通常意义上的经典著作，它蕴含着永不褪色的理想主义光彩和英雄主义浩然正气。文艺创作者需谨记，中华儿女顽强不屈、拼搏奋斗的精神，进取、壮阔的美学风格，是红色经典的内核，也是进行改编再创作的精神依循。《林海雪原》在不同年代的每一次成功改编，莫不是对这种信念和精神的传承与凸显，无不在各自的年代发挥出积极的作用。小说《林海雪原》为英雄立传，让英雄的光辉事迹被记录、被传扬；话剧版、京剧版、黑白故事影片版的改编进一步突出杨子荣的英雄形象；3D电影版的改编则以现代视听语言，讲述英雄的热血壮志，有效拉近当代观众与历史的距离。

半个多世纪，红色经典《林海雪原》数次成功改编，融入几代人的生命，成为人们共享的文化记忆。这一方面显示出红色经典历久弥新的艺术魅力，一方面印证只有具备“十年辛苦不寻常”的创作定力，才可能攀上艺术创作的高峰。更重要的是，这条改编之路让我们更加清晰地认识到，理想信念、英雄精神具备跨越时空的力量，这是红色经典留给后世的精神财富。创作者应以贴近当代审美的手法，继续讲好红色经典故事、传承好精神要义，让红色经典中对英雄的礼赞、对理想信念的追求，成为推动时代进步的力量。

第二十二章

22

《太阳照在桑干河上》

行走在路上的文学

副刊 20　2021年5月28日　星期五　人民日报

《太阳照在桑干河上》——

循着生活脉络　写活巨大变革

何吉贤

捕捉到农民翻身的喜悦和对土地深沉的爱

身入心入情入，把小说生动地刻在大地上

（作者为中国社会科学院研究员）

用文艺佳作传承红色基因

——评歌剧《红船》

数字时代的文化生活

发挥网络评分的正向功能，引导规范发展，使之更加科学、更有公信力，真正反映文化消费者需求与心声

数字技术让作品口碑可视化

赵丽瑾

文艺评论

专家解读

循着生活脉络　写活巨大变革

何吉贤　中国社会科学院文学研究所研究员

温泉屯是冀晋蒙三省区交界处的一个普通村庄，距北京市区不到150公里。在中国现代文学史上，它因一部小说而闻名。这部小说就是作家丁玲初版于1948年的《太阳照在桑干河上》。

《太阳照在桑干河上》以1946年温泉屯（小说中叫“暖水屯”）第一次土地改革为主要内容，深刻而生动地反映了中国农村在新民主主义革命中的巨大变革。这部小说不仅是丁玲创作生涯的里程碑、中国现当代文学的重要收获，也是第一部获得国际声誉的中国革命文学作品。更重要的，它还是一本镌刻在普通人的心里、写在历史和大地上的作品。

一、“行走在路上的文学”

理解《太阳照在桑干河上》，要从理解丁玲创作的转折开始。

早在20世纪20年代末，丁玲的系列作品，以犀利的笔调和出众的气质，引发青年共鸣，深受读者喜爱。30年代，丁玲加入中国共产党，出任“左联”党团书记，主编“左联”刊物《北斗》，创作了《田家冲》《水》等革命意识浓厚的作品。1936年11月，丁玲辗转进入苏区保安（今天的延安志丹县），开始了人生新的阶段。

《太阳照在桑干河上》封面

在苏区，丁玲北上南下，深入过部队，上过前线，开始接触领导和组织工作。抗战全面爆发后，她又组织领导了西北战地服务团，转战后方，进行抗战宣传。这一时期丁玲的创作以通讯、报告文学、戏剧、散文为主。1942年，毛泽东同志在延安文艺座谈会上的讲话让丁玲深受鼓舞。丁玲以更热情、更饱满的姿态投入文艺创作，积极表现人民群众的斗争生活。1945年10月，丁玲离开延安，与杨朔、陈明等组成延安文艺通讯团，前往东北。后来在张家口、晋察冀根据地等地停留，参加土改，从事写作，直至1948年7月离开。在丁玲的人生和文学历程中，她在陕北、西安、山西的9年，在河北的两年多，具有特殊意义。经过这11年多的时间，丁玲已成长为革命事业中坚定的革命作家。

1945年底离开延安时的丁玲，在人生阅历和世界观上，已不同于初入延安时的自己。用作家、批评家冯雪峰的话说，已经有可能“准备从事比较概括性的、历史性的、思想性的较巨型的作品的写作”了。作为一位较为成熟的党员，丁玲参加了多支土改工作队，在张家口、冀中、正定等地的不同村庄进行了具体的土改工作和群众动员工作，这些工作和她的写作交织进行、互相促进。丁玲在河北的两年半，完成了她一生中最重要的作品《太阳照在桑干河上》。

《太阳照在桑干河上》是丁玲“行走在路上的文学”的结晶。经过多个村庄的土改和群众工作，“脑子里原来储存的那些陕北的人物和故事激活了，陕北的农民移植到了察南农民身上，这些新人物便似曾相识了”，“他们是在我脑子中生了根的人，许多许多熟人，老远的，甚至我小时看见的一些张三李四都在他们身上复活了、集中了”。

二、捕捉到农民翻身的喜悦和对土地深沉的爱

“当大地刚从薄明的晨曦中苏醒过来的时候，在肃穆的，清凉的果树园子里，便飘起了清朗的笑声。这些人们的欢乐压过了鸟雀的喧噪。一些爱在晨风中飞来飞去的有甲的小虫，不安地四方乱闯。浓密的树叶在伸展开去的枝条上微微的摆动，怎么也藏不住那一累累的沉重的果子……”

《太阳照在桑干河上》中这段浓墨重彩的话，描写的是暖水屯翻身农民集体采摘果实时的情景，后来被收进中学语文课本。欢乐的人们与在晨曦中渐渐苏醒过来的果园交相辉映，构成了一幅美好的劳动者享受劳动果实的图景。这里充溢着人们对土地深沉的爱。土地是农民的基本生产资料，是农民的生活所依，也是个人和家庭尊严的根基。对土地的眷恋与期盼贯穿《太阳照在桑干河上》的始终，成为小说情感架构的基础。

1946年，中共中央发出《关于清算减租及土地问题的指示》。土地制度改革运动迅即在晋察冀解放区展开。丁玲敏锐地意识到，这是改变农民命运的大事，是一场翻天覆地的变革。1947年全国土地会议召开，制定并通过《中国土地法大纲》，推动土地改革在解放区更大规模地展开。

为创作这部小说，丁玲三次下乡参加土改。特别是在河北获鹿县宋村，丁玲住了4个月，担任工作组长，从头到尾参加了全过程。作品写出了特定时期农民对于土改的心理认知，反映了当时复杂的斗争。它讲述的既是一个“翻身”的故事，也是一个“翻心”的过程。农民要翻身，首先要觉醒、觉悟，要改变千百年来形成的传统观念。这种觉醒和觉悟，正是《太阳照在桑干河上》的题眼。

三、身入心入情入，把小说生动地刻在大地上

在丁玲投身革命、投身文学的过程中，始终有一种身心融入的热情。这种热情也是丁玲作为一个革命者和文学家的魅力所在。

丁玲在参加土改工作队时，主要的工作方式是与人“聊天”。她练就了一套“与什么人都能聊到一块儿去”的本事。据与其共同参与土改工作队的丈夫陈明回忆，在丁玲领导和参与宋村土改时，她“工作做得很深入，走张家，进李家，与老百姓同吃同住。对那些被认为落后的群众，总是她去做工作……分浮财时，她比那些当地的干部还要熟悉当地的情况，谁家有几口人，有多少地，谁家有多少房子，质量怎么样，她都一清二楚，能做到公平合理，所以她在宋村的人缘非常好”。

在创作《太阳照在桑干河上》之前，丁玲与冯雪峰通信，

1954 年春，丁玲重访当年参加土改工作的涿鹿县温泉屯

讨论了“平静”和“热情”的问题。丁玲是在一种平静下蕴含着热情的状态中，“沉着、坚毅而又深广明快地”投入土改工作和文学创作中去的。“热情”是驱动丁玲穿透不同年龄、经历和背景，和众人达成共情的基本动力。正是以她和不同人物的对话、理解和共情为基础，一个个鲜活人物贯穿起来的人物画廊和作家对每个人物命运的关注，构成了《太阳照在桑干河上》的重要特色。

《太阳照在桑干河上》结束在中秋节。书中，工作队离开暖水屯，渡过桑干河，进入县城，“一轮明月在他们后边升起，他们回首望着那月亮，望着那月亮下边的村庄，那是他们住过二十多天的暖水屯，他们这时在做什么呢？在欢庆着中秋，欢庆着翻身的佳节吧！”这一幕也是丁玲现实中的经历。丁玲曾回忆起土改后的一天：当她傍晚时分走在温泉屯的街上，听到各家各户为欢庆佳节，在砧板上剁饺子馅的声音发出美妙合奏时，幸福感油然而生。这份感动，丁玲以文学的方式将其记录在作品中。

几年前，我实地走访了温泉屯。成片的葡萄园看起来安静祥和，著名的“槐抱榆”树下，人们下棋、聊天、玩耍，充满生机。在丁玲纪念馆中，有一个展室专门陈列了小说中人物原型的照片及介绍。小说中的人物一一浮现，坚定的张裕民（现实原型曹永明）、年轻而又有冲劲的程仁（现实原型韩义）、沉稳的赵德禄（现实原型赵全禄）、略显文弱的李子俊（现实原型李仲祥）……

在村中行走，与不同年龄的村民交谈、在丁玲纪念馆中浏览、手捧一卷小说阅读，你会惊叹一部小说与一个村庄竟有如此亲密的关系，你会感慨：一部小说，除了可以写在纸上，还可以如此生动地刻在大地上，印在普通人的心中。

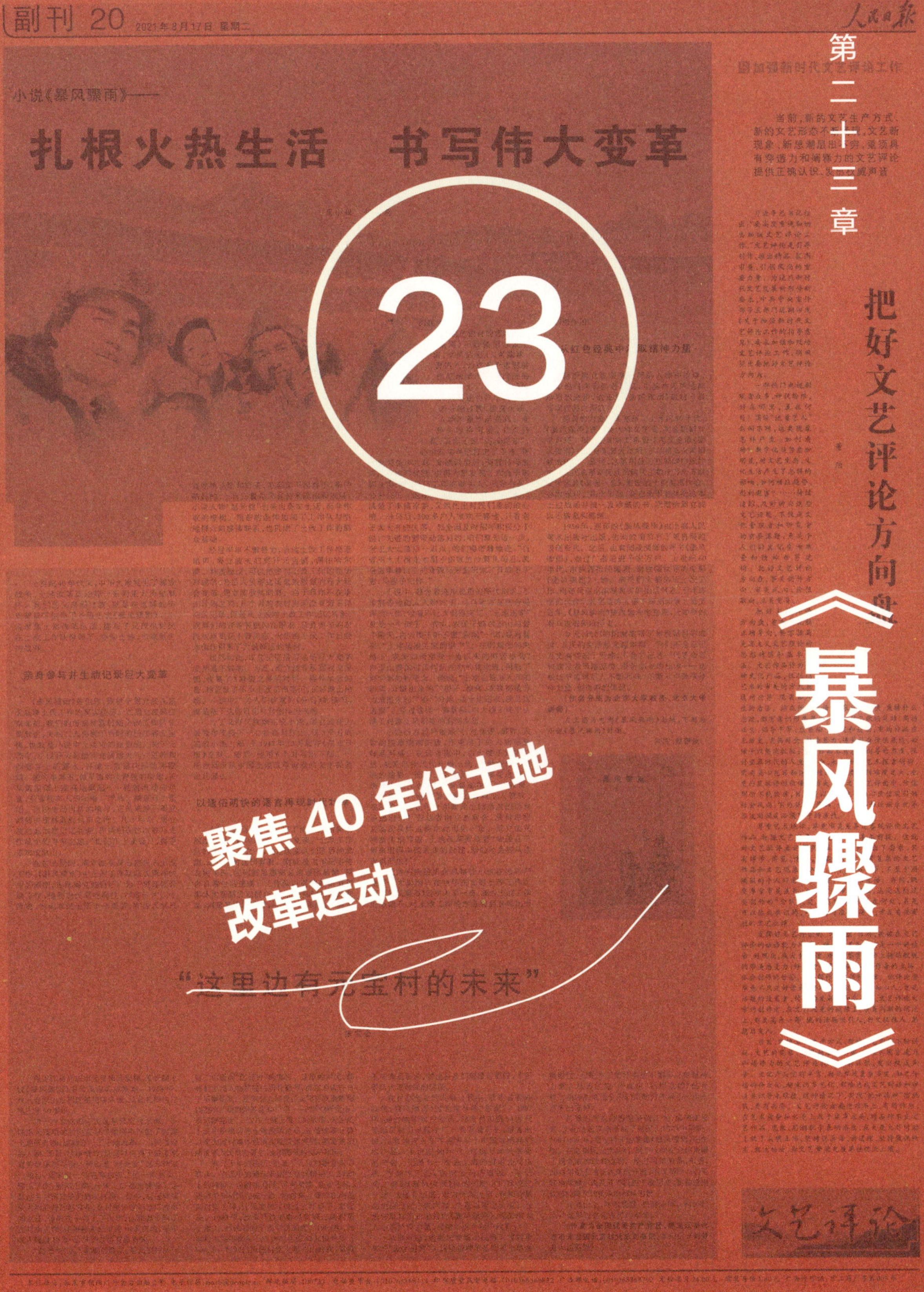

23

第二十三章

《暴风骤雨》

聚焦40年代土地改革运动

扎根火热生活　书写伟大变革

周小仪　作家周立波之子
舒莉莉　北京大学讲师

20世纪40年代末，中华大地发生了解放战争、土地改革运动等一系列重大历史事件。我们的父亲周立波，就是在这样的历史背景下创作了长篇小说《暴风骤雨》。小说聚焦土地改革运动，描写了元茂屯村民在土改工作队带领下，夺回土地、当家做主的故事。

一、亲身参与并生动记录巨大变革

《暴风骤雨》的创作，取材于周立波在东北从事土改工作的真实经历。在周立波前往东北前，我们的母亲林蓝已随土改工作队先期到达，夫妇二人相聚于当时的松江省元宝镇，也就是小说中元茂屯的原型地。关于元茂屯，小说开头的描写充满烟火气："豆叶和西蔓谷上的露水，好像无数银珠似的晃眼睛。道旁屯落里，做早饭的淡青色的柴烟，正从黄屋顶上高高地飘起……轱辘滚动的声音，杂着赶车人的吆喝。"俨然一幅

小说《暴风骤雨》封面

夏日乡景图。这段生动自然的描写，正是来源于周立波前去接林蓝的马车之行。几十年后，周立波对此依然记忆犹新，作诗纪念这次被写进作品中的寻亲之旅："松花江上重逢日，握手言欢谊似山。"

在东北期间，周立波全身心地投入土改工作。《暴风骤雨》中土改工作队队长萧祥的生活原型，正是周立波自己。为了更好地开展工作，他和农民同吃同住，打成一片。土改前，当地农民生活十分艰苦，有些人家只能吃橡子面和野菜，甚至穿不起裤子，条件略好的，一日三餐也只有苞米碎粒和咸菜。小说人物"赵光腚"也来自现实生活，而非作家的虚构。艰苦的条件加深了工作队与当地群众的感情联系，也巩固了土改工作的群众基础。

经过半年不懈努力，当地土改工作接近尾声，周立波夫妇离开元宝镇，调往哈尔滨。林蓝提议，可以把参与土改工作的经历写成书，为后人呈现这场轰轰烈烈的伟大社会变革，周立波欣然同意。由于写作不在事先计划之列，几个月的农村生活没有留下详细的记录，但是周立波对土改工作记忆犹新，同事们的音容笑貌如在眼前，亲身参与的农民生活更是不曾淡忘，火热的土改工作已经为创作积累了大量鲜活的素材。

虽然如此，仅凭记忆描写这场巨大变革显然是不够的。为此，周立波专程回到元宝镇，收集了3麻袋之多的材料。格外幸运的是，林蓝做了不少土改工作笔记，正好派上用场。小说中广为人们称道的“分马”的情节，就是基于这些日记材料创作出来的。

为了又好又快地完成小说，周立波在上级领导支持下一心扑在写作上，仅3个月就完成小说上部，于1947年12月起在《东北日报》连载。随后，他用6个月写出下部。一部生动反映中国土地改革运动的文学经典由此诞生。

二、以通俗明快的语言再现时代壮举

《暴风骤雨》重点描写了消灭封建剥削制度过程的跌宕起伏、艰辛复杂。土改工作队的重要任务之一，就是改变人们落后的思想，这在当时谈何容易。对元茂屯不识字的农民来说，任何新思想都必须通俗易懂，符合日常生活逻辑。工作队以满腔的热情和集体的智慧发动群众，让农民知晓自己的利益，清楚其中的道理，从而与旧思想、旧观念彻底决裂。

小说是语言的艺术。《暴风骤雨》巧妙使用方言土语，文风沾泥土、带露珠、冒热气，为这部严肃题材作品增添不少活泼泼的生命活力。如“分马”的故事讲述生产资料的重新分配过程，语言生动，人物形象鲜活逼真。老孙头性格可爱，有点自私，表面上说“还没定弦”，心里其实早已打定了主意，想挑走栗色小儿马，如愿以偿后，骑着马得意洋洋却摔到屁股，引得大家发笑。农会干部郭全海作为分马工作的带头人，领导力强，公平公正。他在分马前干练的陈述，既交代清楚了事情原委，又烘托出村民们急切的心情。分马后，300多户人家欢天喜地，只有老王太太有些失落。郭全海及时招呼积极分子说：“先进的要带动落后的，咱们算先迈一步，老王太太落后一点点，咱们得带着她走。”当老王太太挑走本属于田家的沙栗儿马后，郭全海牵着自己的青骒马来到田家：“开春下了崽，马驹子归你。”

小说中，蕴含着进步思想的现代词语，不着痕迹地融入人物对话，与当地方言结合得浑然一体，丝毫不让人觉得突兀。“土地还家”就是一个例子。书中，农民干部白玉山与妻子聊天，白大嫂子听不懂“剥削”一词，在她看来，“土地是地主家的财产”。在旧观念的束缚下，农民如何摆脱一直以来的穷苦生活？白玉山参加过工作队主办的党训班，用起了刚学到的新观念。他说：“土地也是穷人开荒斩草，开辟出来的”，“房子、粮食、衣裳都是劳力造出来的”，“咱们分地，是土地还家，就是这道理”。经过这样一番解释，白大嫂子终于认清了封建土地制度的剥削本质。

小说语言质朴接地气，对背景、事件、人物的描摹缜密细致，作家笔下的人物形象鲜活可感。在读者眼中，白大嫂子真实可信，就是世世代代扎根土地、辛勤劳作的农民的缩影。而白玉山作为率先接受进步思想的农民代表，也没有高高在上地“教育”白大嫂子。他这番通俗的解释令人赞叹，艰涩的道理也可以用如此生动活泼的语言表达出来！劳动者树立新观念、获得思想武器的具体过程由此可见一斑。周立波充满激情地写道：土地改革就是要“烧毁几千年来阻碍中国进步的封建，新的社会将从这火里产生”！

通俗明快的语言风格让小说在当时产生了巨大影响。在当年东北的土改工作队中，《暴风骤雨》近乎人手一册，成为土改工作的必读书，对土改工作的推进起到春风化雨的积极作用。

三、从红色经典中汲取精神力量

源于周立波亲身经历的人物和故事，冒着热气来到读者面

电影《暴风骤雨》海报

前，也润物无声地推动思想进步，这正是《暴风骤雨》超越一般写实作品之所在。

经典的力量历久弥新。20世纪50年代，《暴风骤雨》获得斯大林文学奖，奖金数额非常可观。周立波和林蓝希望这笔奖金像《暴风骤雨》一样发挥更大作用，于是将其全部捐献给国家。最终，这笔捐款为在朝鲜作战的中国人民志愿军指战员购买了数十万册苏联文学名著《普通一兵》，激励战士们英勇作战、夺取胜利。几十年后，有志愿军老兵把这本上过战场并被一直珍藏的书，回赠给周立波以示敬意和感谢。

1956年，连环画《暴风骤雨》由上海人民美术出版社出版，生动的情节有了更直观的表现形式。之后，由袁阔成演绎的评书《暴风骤雨》，通过广播走进千家万户。20世纪60年代，由林蓝担任编剧、谢铁骊执导的电影《暴风骤雨》上映。演员们大都亲历土改工作，电影呈现出浓厚真实的生活气息，于洋饰演的肖祥队长更是给人留下深刻印象。直至近年，《暴风骤雨》被改编为电视剧，让如今的观众走进那段历史。

今天，我们的国家取得了举世瞩目的成就，人民的生活越来越幸福。我们不会忘记万丈高楼起于平地，不会忘记老一代革命者和建设者筚路蓝缕、艰苦创业的壮举——这些壮举值得后人不断回味，不断从中汲取精神力量，创造新的辉煌。

记者采访

“这里边有元宝村的未来”

张宝金　全国优秀共产党员、黑龙江省尚志市元宝镇元宝村党总支书记

刘梦丹　人民日报记者

黑龙江省尚志市元宝镇元宝村，是长篇小说《暴风骤雨》中元茂屯的原型地。1968年，我从老家山东到这里投奔亲戚，从此扎根这片黑土地50多年。

第一次读这部小说是来元宝村之前。小说里元茂屯的村民在暴风骤雨中推翻了封建土地所有制，成功进行了土地改革。小说描绘的人物、场景、故事情节，让同样出身于贫苦家庭的我感同身受。特别是“赵光腚”赵玉林这一角色，全家没一件完整衣衫，“他一年到头，顾上了吃，顾不上穿，一家三口都光着腚”，这是过去穷苦日子的真实样貌。如今，赵玉林原型人物的曾孙赵雪春，是村里一家铅笔厂的车间主任，他的孩子考上了大学，他和妻子除了在村里工作，还耕种着家里的10多亩地，每年收入超过10万元，日子过得有滋有味。

“赵光腚”后人的勤劳致富，是元宝村从一穷二白走向

“亿元村”的缩影。这里的村民，都有着小说人物那般的质朴勤劳，都在为着好日子不懈耕耘。经常有人问我：“元宝村发展的秘诀是啥？”我的回答就10个字——

时刻听党话，永远跟党走。

这片土地上发生的故事，无论是小说中所描写的土地改革运动，还是改革开放以来元宝村集体经济实现快速发展，都是党团结带领人民自力更生、发愤图强的生动写照。

我几十年的经历，见证了元宝村跟党走的脚步。小说中的萧队长始终是我精神上、行动上的榜样。他踏实为民、讲究策略、处变不惊，团结带领村民完成土改，站起来。我的志向是接过接力棒，让元宝村村民过上好日子，富起来。1983年，改革开放的春风吹到辽阔的黑土地上，村民们的干劲空前高涨。1985年，元宝村人均年收入已从1977年的42元提升到近500元。当时已担任村党支部书记的我，觉得不能满足于此，要让乡亲们的腰包更鼓，才不辜负大家对我的信任。

在村办企业的发展过程中，我还曾意外收获《暴风骤雨》对元宝村的“恩惠”。1987年，通过挨家挨户动员，元宝村集资54万元建起了村卫生筷子厂。我背着马扎，带着煎饼，坐着绿皮火车走遍大半个中国推销我们的产品。20世纪90年代，村里开始发展铅笔产业。记得有一次去上海的贸易公司推销，自报家门后，这家公司的老板一脸茫然。“就是《暴风骤雨》里的光腚屯！”我灵机一动，这样介绍道，对方恍然大悟，竟和我激动地探讨起小说内容，生意也随之谈成。没想到取材于元宝村的《暴风骤雨》，凭借深入人心的经典力量，反哺了这个村子致富。

从那时起，我更加珍惜小说给元宝村带来的“金字招牌”。这块招牌不是物质上的金银财宝，而是为了美好生活不懈奋斗的精神力量。从曾经的“光腚屯”到现在的“亿元村”，美好生活是乡亲们用勤劳的双手一点一点干出来的。

村里的产业办得越来越红火，精神富起来、文化活起来渐渐成了村民们的心中所盼。2003年9月，元宝村开始筹建《暴风骤雨》纪念馆。在急需纪念物品时，周小仪向纪念馆捐赠了周立波的珍贵遗物。经过两年筹备、布展，2005年纪念馆正式落成开放，不仅帮助人们更好地理解小说及其表现的土改历史，更传递出红色经典代代传承的精神力量。

元宝山上，林木茂盛，松涛阵阵。村民们说：“这里边有元宝村的未来。”

第二十四章

24

新中国拍摄的第一部战争史诗片《南征北战》

波澜壮阔的战争史诗片

左　衡　中国电影艺术研究中心研究员

1947年春，国民党反动派向解放区发动全面进攻，虽然以历时8个月、被歼灭70余万的结果宣告破产，但他们不甘心失败，转而采用重点进攻的策略，集结重兵，对陕北和山东解放区发起攻势。国民党反动派在两处战场上均告失败，解放全中国的时间表因此大大提前。

1952年，当一支穿着国民党军装、携带美式装备的队伍再次走进山东沂蒙山区时，当地百姓旧日的怒火被点燃，他们捡起石头就投向队伍。军事参谋赶紧跑过来，向父老乡亲们解释说："我们这是在拍电影。"

这部电影就是新中国拍摄的第一部战争史诗片、军事片《南征北战》。

老乡们的怒火平息了下来，国民党军的扮演者却很难被说服，因为他们其实是刚刚从抗美援朝战场上归来的志愿军将士。让"最可爱的人"去扮演"最可恨的人"，同志们实在想不通，不免闹情绪。领兵的营长耐心教育大家，拍电影、演反派也是光荣的任务，是要揭露国民党反动派的罪行。这才做通了战士们的思想工作，他们终于愿意服从导演的指挥，毫不含糊地投入到新任务中。

《南征北战宣传画》（局部）　（图片来源：中国电影资料馆）

另一个与真实历史和电影情节高度相似的，是老乡们的深情厚谊。为再现解放战争中民工踊跃支前的场面，摄制组邀请当地老乡来做群众演员。由于老乡们散居在各个村落，成荫导演一度担心他们不能按时到达拍摄地点。出人意料的是，老乡们提前赶来了，还找出那几年穿过的衣服、用过的物件，一起带到了现场。拍摄时正值初夏，当老乡们听说要拍冬天的戏时，马上帮着剧组把摄影机取景框内出现的树叶都捋了个干净。

人民群众对人民电影的支持，一如他们对人民战争的支持。志愿军将士对人民电影的贡献，也一如他们在人民战争中的贡献。他们不懂电影专业，但他们义无反顾。这一前所未有的电影创作模式，为中国电影史留下了波澜壮阔的战争史诗片《南征北战》。在距今近70年的时光里，《南征北战》受到广大观众的热爱，成为几代人不可磨灭的共同记忆。

《南征北战》经历了一个复杂的创作过程。1951年初，华东军区解放军艺术剧院创作并演出了话剧《战线》，反映解放战争时期华东战场上的英勇事迹。在陈毅同志的指示下，华东军区政治部决定把《战线》改编成电影，编剧沈默君、顾宝璋合作完成剧本初稿，反复修改时，原话剧作者沈西蒙也加入了。负责拍摄的任务交到上海电影制片厂，导演是北京电影制片厂的成荫。事实上，为保证拍摄质量，这部影片统一调配了各单位和军队的人力、资源，上海电影制片厂的汤晓丹导演火线入组，与成荫兵分两路，分别拍摄国民党军和解放军的戏份，然后再“会师”完成全片。

陈毅同志一直关注《南征北战》的创作，给出创作方向和修改意见，粟裕同志也亲自参与影片的军事场面拍摄计划。他们的参与，让《南征北战》拥有了英雄主义气魄和革命浪漫主义气质。

《南征北战》是当之无愧的艺术杰作，在此之前，中国电影还未有过如此宏阔、如此精美的战争历史画卷。

在叙事空间结构方面，影片用运动轴线确立基本关系。解放军从右向左时，是向北大踏步地后退；从左向右时，是向南大踏步地前进。进退之间，是胶着的战斗过程，加入了纵深、高下两个方向的构图和调度。这让观众对“运动战”“阻击战”“歼灭战”等军事术语都能一目了然。片中数次展示作战地图，对重要战场的位置坐标一再提示，帮助观众把场景画面和整个战场形势联系起来。

叙事时间方面，解放军的退与进、静与动、守与攻造成了心理节奏。开场台词交代出战争主题从抗日向解放转变，置景着装呈现故事发生的特定季节。通过战士行军途中的主观运动视点，让将军庙、摩天岭等场景先后进入观众眼帘。战士与家人的短暂相聚造成惊喜，接踵而至的撤离又带来不舍不解。这时，我们会理解到，为什么导演选择冯喆来出演主角高营长，他身上文武兼备的儒将气质恰到好处地抚平了从银幕上的士兵到银幕下的观众都接近顶点的情绪，也为接下来一连串的阻击、追歼储备了足够的能量。冯喆和张瑞芳都是新中国成立前在上海电影行业里成长成名的演员，他们很好地把早年左翼进步电影的传统和经验移植到新中国电影事业的土壤中，并奉献出新的表演状态。张瑞芳扮演的民兵队长率领民兵阻止敌军炸坝的一场夜戏，在全是男性角色的主战场之外别开生面，也为她10年后在电影《李双双》中的出色表演奠定了基础。

造型设计基于史实，又有所选择与创造。凤凰岭阻击战

电影《南征北战》剧照　（图片来源：中国电影资料馆）

斗，镜头交替表现敌我两军同时从南北两侧上山，自然日光造成“阴阳割昏晓”的效果。同时，解放军士兵手握钢枪，枪口时时向前，国民党军士兵用肩扛的姿势，枪口常常朝后。战斗尚未打响，胜负已可预判。显然，主创们不仅仅追求再现历史的表象，而且充满创造性地寻找艺术的形式，呈现历史的本质。

今天重看《南征北战》，我们不但不会感觉沧桑，还会被影片扑面而来的勃勃生气和大家风范的电影语言深深震撼。重温红色经典，我们所得到的不仅仅是一部历史，更应感悟创作者用心绘就的蓝图。蓝图中有传统文化与电影资源的积淀，有现实主义与现代美学的探索，有英雄主义与浪漫主义气质的交织，最关键的是对历史内在逻辑的揭示。历史的力量来自人民，艺术的力量也来自人民，与人民水乳交融、生死与共，才能汇聚无坚不摧的磅礴伟力。

记者采访

这是父亲一辈子的荣耀

董富君　104岁、77年党龄支前民兵董长松的后代，山东临沂市蒙阴县桃墟镇野老峪村党支部书记

肖家鑫、傅家德　采访整理

父亲是贫苦农民，兄弟五人中他排行老三。他从小缺衣少食，由于家里穷，爷爷奶奶只能把最小的儿子送给别人抚养。为了补贴家用，父亲12岁时就给地主家打短工、放牛。

1938年，日寇入侵沂蒙山区，21岁的父亲被抓去当了苦工，给敌人修筑碉楼和公路。他一天只允许吃一顿饭，被痛打和折磨却是家常便饭，一次搬运石块时由于动作慢了点，便横遭一顿毒打。在一个漆黑的夜晚，他趁着敌人不备，侥幸脱逃。在路上，他亲眼看见日寇杀害了一名无辜村民，只是因为这位村民不肯带路。这一幕，深深震撼了他。那时起，他便暗自下定决心：一定加入党的队伍，与父老乡亲们一起赶走日本侵略者。那一年，他找到抗日游击队，加入了民兵组织。

1944年的4月，父亲终于如愿加入党组织。那天，入党介绍人对他说：

从今往后，你是有组织的人了，今后多带领群众为队伍做些力所能及的事儿……

这句话，他记了一辈子，也努力了一辈子。

董长松

1945年3月，日寇对沂蒙山区再次实施“大扫荡”。那时父亲已是一名民兵排长，他主动请缨，带领周边群众拥军支前。他一边发动群众，一边收集拥军给养，然后由我的大伯父负责带队，送往八路军指定的地点。父亲说：“我们没黑没白地走村串户凑军粮，嘴说干了，腿跑累了，但这比起上前线的战士们都不算啥。”

“最后一匹布做军装，最后一粒米做军粮，最后一个儿子送战场……”说的是革命战争年代咱沂蒙山区的老百姓拥军支前。

从抗日战争到解放战争，沂蒙地区人口约420万人，其中就有21.4万人参军参战，120万人拥军支前。沂蒙人民用小推车，将物资源源不断推到前线，我的父亲董长松就是其中之一。他曾带领40多个民兵支援兖州战役、济南战役、淮海战役。

打淮海战役时正值严冬，寒风呼呼地刮着，敌机不断地狂轰滥炸，民兵们就推着小推车边躲边走。累了，在路边轮流打个盹儿。饿了，简单吃点红薯、高粱面。渴了，砸块河沟的冰块含在嘴里。鞋子跑掉了，顾不上回头去找，脚磨出了血泡，也没心思坐下来歇一歇……就这样，他们辗转数百里，终于把军粮送到了前线，送到了子弟兵手上。

从小听父亲讲这些往事，我们常常问他当年怎么发动大家，这么苦这么危险为啥能坚持下来。父亲说：

> 共产党的队伍是为穷人打天下，咱搞好给养保障，就是让人民军队多打胜仗，让咱老百姓赶快过上好日子。

新中国成立后，父亲依然履行着为人民军队多做事情的诺言。对于军属的事情，他更是时时刻刻挂念着。下雨时，军属家的房屋漏雨了吗？冬天来了，军属家的屋子冷不冷？他总是让我带着人挨家挨户看一看，问一问，想方设法帮助军属解决困难。

2015年9月3日，纪念中国人民抗日战争暨世界反法西斯战争胜利70周年大会在北京隆重举行，经过组织推荐、考察，父亲有幸参加了盛典。那时他已接近百岁，看到威武雄

淮海战役中的支前小车（江苏农民捐赠中国人民革命军事博物馆）

壮的人民军队、如山如海的群众队伍，他不知不觉流下了泪水。“忘不了，忘不了啊！这是俺一辈子的荣耀……”如今，一说起阅兵的盛况，父亲总是重复这些话。

今年是中国共产党成立100周年，全国上下都在开展党史学习教育，许多人来家里慰问父亲。父亲年纪大了、口音也浓重，我们全家人就成了他的翻译。作为支前民兵的后代，我们愿意将父辈的故事一代代讲下去，让更多年轻人了解那段红色记忆、传承红色基因！

第二十五章

鼓舞少年儿童立志奋斗

25

《红日》

艰苦的血和火的斗争喂养我、教育我，也感动我

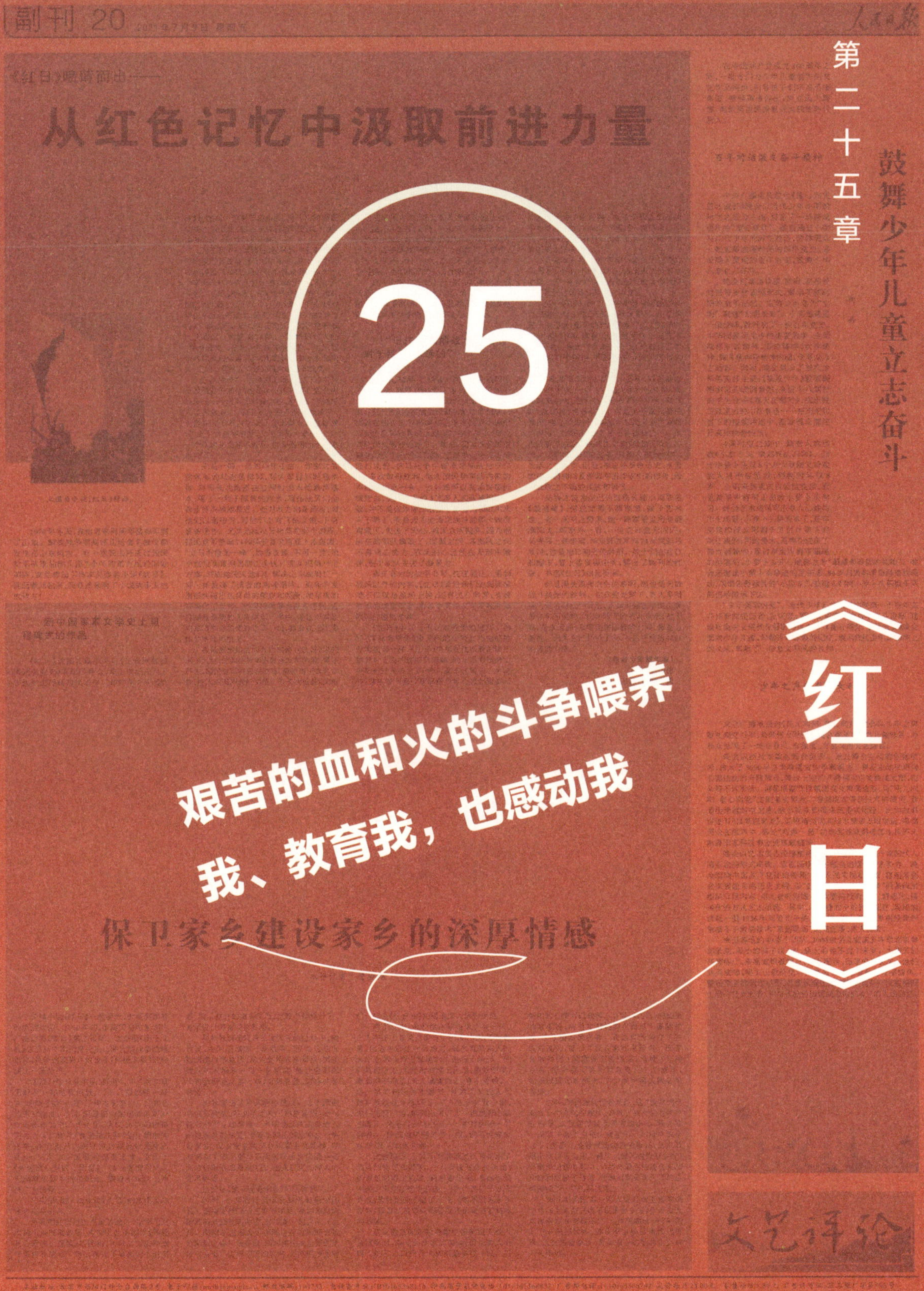

副刊 20

人民日报

《红日》晓荷而出——

从红色记忆中汲取前进力量

保卫家乡建设家乡的深厚情感

文艺评论

专家解读

《红日》喷薄而出——从红色记忆中汲取前进力量

周大新　军旅作家

1970年冬天，我由老家河南邓县参军到了山东。解放战争期间好几场著名战役都发生在山东境内。有一次我去歼灭过国民党军队李仙洲兵团7个师的莱芜战役旧址调研，突然想起了作家吴强的小说《红日》，继而激动起来：我竟然来到了小说故事发生的地方！

一、新中国军事文学史上里程碑式的作品

《红日》这部长篇小说与《红岩》《红旗谱》《创业史》等相提并论，是20世纪五六十年代红色经典的代表作。1957年7月，《红日》赶在八一建军节前出版，第一次印刷量就高达数万册，此后连续再版印刷数十次，读者的阅读热情可见一斑。

我在初中时就读过《红日》，并且在很长时间里对其故事情节如数家珍，其中一个重要原因是，《红日》写的是军事战争。作为一个整天与伙伴们玩打仗游戏的少年，我对战斗生活

小说《红日》封面

充满了兴趣。但《红日》对战争的描写显然大大超出了一个少年的视野。它以1947年山东战场的涟水、莱芜、孟良崮三次战役为主线，讲述华东野战军英勇歼灭国民党军五大主力之一的整编74师，一举粉碎敌人的“重点进攻”，扭转华东战局的故事。这场战争与国家的命运、与人民的解放事业息息相关，它的胜利给人们带来极大振奋和鼓舞。

三次战役中，孟良崮战役是《红日》中写得最精彩的部分，也是全书的高潮。孟良崮战役是一场大兵团对垒之役，敌我双方都投入了大量兵力，加上双方的外围作战部队，总数在几十万人之众。要正面表现这场战役，既写得脉络清楚，又描画得生动感人，对一个作家来说并不容易，但吴强用他那支笔做到了。

先是一抑一扬的写作手法。作家对战前我军的状态是抑写，写大军过河时靠木排，写军长沈振新在过河时因木排散掉落水，喝了一肚子浑黄的河水，写指战员们全靠步行向战地靠近。而对敌方则是扬写，写他们以逸待劳，写他们上有飞机支援、下有装备优势。尤其是战役开始前的那个清晨，国民党军整编74师师长张灵甫登上孟良崮，“立马沂蒙第一峰”，胜券在握、不可一世，用手杖指画着四周的山头说：“要实现第一个方案，彻底地毁灭他们！解决山东战局！”一抑一扬提高了读者的阅读期待。战局的发展很快超出张灵甫的预想和判断，使原来的抑扬作了反转。张灵甫做梦也没有想到，孟良崮竟是他的人生终点。很快，这个常胜将军将和他的常胜之师一起，葬身在这座海拔并不高的山上！

再是栩栩如生的人物刻画。《红日》里的不少人物，比如指挥华东野战军的陈毅、粟裕同志，国民党军将领陈诚等，都使用了真名实姓，给人以强烈的纪实感。军长沈振新、副军长梁波虽是化名，但也有人物原型的依据。可以说，在《红日》之前，当代文学中还没有一部长篇小说以如此高级别的指挥官作为主人公。小说围绕战争塑造了立体的军人群像，军长沈振新、团长刘胜、连长石东根，个个生动可感，人物性格的刻画上尤见功力。

真实全面的历史场景、惊心动魄的战争场面、脍炙人口的英雄人物，再加上抑扬有度的叙事手法，凭借这些因素，《红日》成为新中国军事文学史上里程碑式的作品。

二、“记住昨天的战斗生活，对于我，是永远的”

20世纪80年代，借着一次去山东蒙阴出差的机会，我特地去看了孟良崮战役的旧址。站在孟良崮峰顶，望着沂蒙山的远峰近壑，《红日》里孟良崮战役最后激战的情景仿佛就在眼前。我悄悄在心里寻找着小说中写到的我军官兵仰攻崮顶的各个战位，寻找刘胜团长牺牲的地方。最后，我站在张灵甫毙命的那个山洞口，陷入了沉思。张灵甫是能打仗的，抗日战争中曾率领部队对日作战，多次取得胜利，他在国民党军队内部的声威也由此而来。他后来所以在孟良崮折戟死去，美式装备的3万多人部队被彻底击败，并不是因为他的战役指挥能力和战术水平下降了，而是因为他为之战斗的那个政府腐败了，失去了民心，被民众所抛弃；因为他所在的军队腐败了，部属之间、各部队之间不再同心协力，官兵的心已经在无形中散掉，整个部队失去了凝聚力。

真正有力的战争书写，往往能让人看到战场以外的内容。《红日》带给我们的阅读感受不仅仅是战场上的，还有民心向背，有解放军的理想信念，有革命英雄义无反顾冲锋陷阵的牺牲精神。

《红日》中甚至不乏对爱情的描写。如同在《林海雪原》里读到的少剑波和白茹的爱情描写一样，《红日》里军长沈振新的妻子黎青对丈夫的理解与照料，她从后方捎给丈夫那封动人长信，华静对副军长梁波心生暗恋，这些章节都让我那颗少年心感到甜蜜而沉醉。这些情感表现了战争年代人们对和平生活的向往，表现了对美好人性的永恒呼唤，也让我们对官兵们勇敢战斗的情感支撑有了更丰富的认识。

吴强本人是涟水、莱芜与孟良崮战役的亲历者。1947年5月17日，孟良崮战役结束的第二天，身为六纵宣教部部长的吴强就萌发了要把这场战役写出来的念头。

但一场接一场的战斗使他不可能去从容思考文学创作，无论是搜集资料，还是构思小说提纲，都只能利用行军作战的间隙时间。直到1956年春天，吴强才终于能坐下来，一笔一画地写作长篇小说，凭着自己的毅力和苦干精神，将战争生活的记忆和盘托出。

> 我在军队里生活过十多年，艰苦的血和火的斗争，一步一步走向胜利的斗争，规模越来越大、胜利也越是辉煌的斗争，喂养我、教育我、也感动我。

这是吴强拿起笔的缘由，也是后来很多军旅作家走上创作道路的缘由。很庆幸，这其中也包括我自己。虽然我曾经缺乏系统的文学教育，也没有扎实的文学知识和理论储备，只能在军旅训练、生活之余写作，但是，难忘的革命历史、宝贵的战斗精神以及前辈军旅作家们的作为，给了我取之不竭的灵感和勇气。

吴强之前为自己的这部长篇小说取名《最高峰》，但总觉得不够理想，缺少艺术性。有一天早上醒来，他一睁眼看见房间洒满阳光，朝窗外一看，一轮红日金光闪闪！吴强马上联想到，华东野战军向国民党军整编74师发起总攻时，也是旭日初升的时刻。战士们在红日照耀下，登上孟良崮山头，插上了胜利的红旗。书名《红日》由此而来。

那是漫长黑夜之后的黎明，那也是无数战斗换回的胜利。红日的光辉下，有太多精神力量值得我们汲取，正如吴强在小说出版前言中所说的：

> 记住昨天的战斗生活，对于我，是永远的；只要还在活着的时候，都是必要的。因为它已经给了我、今后还将给我以前进的力量。

记者采访

保卫家乡建设家乡的深厚情感

吕其明　作曲家、“七一勋章”获得者
曹玲娟　人民日报记者

长篇小说《红日》一经面世，就受到读者的热烈欢迎。1960年初，上海天马电影制片厂决定将《红日》搬上银幕。这是继《南征北战》之后新中国拍摄的第二部大型战争故事影片，执导这部影片的也是《南征北战》的导演之一汤晓丹。

汤晓丹擅长战争题材创作，并且深知音乐对于一部电影的意义，所以摄制组一成立，汤晓丹就“点将”上海电影制片厂吕其明为影片作曲。吕其明是新中国培养的第一批电影作曲家。1956年，年仅26岁的他接到为上影厂影片《铁道游击队》创作插曲的任务，结合自己之前在抗日根据地的生活经历，采用山东民歌的典型元素，创作了《弹起我心爱的土琵琶》。这首深情明快又充满着浓郁乡韵的歌曲，随着电影的上映被广为传唱。

巧得很，这一次影片《红日》的故事发生地也是山东。

吕其明经历过山东解放战争，也学习过大量山东民间音乐，再加上此前创作《弹起我心爱的土琵琶》的经验，所以对完成作曲任务抱有信心。他认真读了吴强的小说原著，做了充分的案头工作，把整个创作计划、音乐设计等都安排妥当。

在和导演汤晓丹反复研究的过程中，他建议，中间要增加一首歌曲。因为这部电影围绕战争叙事，从头到尾非常紧张，都是战斗的大场面。写一首插曲，能让电影起承转合得更从容一些，有张有弛，这样才有味道。

汤导接受了吕其明的建议。对于歌曲应该写什么，吕其明也有了初步设想：要写就写对家乡的感情。不仅是反映孟良崮人民对家乡的热爱，也要反映出解放军战士热爱家乡、保卫家乡的革命乐观主义精神，在音调与节奏上要与后面表现孟良崮战斗场面的音乐形成强烈对比，给人以更加深入的艺术感受。

这就是《谁不说俺家乡好》这首歌了。

当时，吕其明正担任上海电影乐团团长。在接受《红日》任务半年后，作曲家肖培珩被调来任他的助手，并准备一起去深入生活。刚刚从上海音乐学院毕业的杨庶正被分配到上影厂任作曲，临时借住在乐团的集体宿舍里。应杨庶正的要求，吕其明带上他们一起去《红日》的拍摄地深入体验生活。

到了胶东，他们住在剧组里。有一天，三人在路上看到前面有个山头，树木郁郁葱葱，问老乡那是什么地方，原来是胶东人民为纪念革命烈士修建的一座烈士陵园。他们就走过去，大汗淋漓爬上山顶，放眼四望，激动得不得了：天上飘着白云，青山葱绿，一层一层的梯田尽收眼底，朴素而又让人沉醉！就在这个情境下，三人你一言我一语，你一句我一句，歌词出来了：

一座座青山紧相连，一朵朵白云绕山间。一片片梯田一层层绿，一阵阵歌声随风传。哎，谁不说俺家乡好，得儿哟依儿哟……

词定稿后，吕其明对曲调怎么写提出了具体的构思和要求，三人商量后分头作曲。杨庶正写得比较快，最早拿出来，基础也很不错。于是在这个基础上，合作进行了细节修改，最终把曲子定了下来。《谁不说俺家乡好》这首歌从策划到银幕歌声都凝结着集体的智慧。

这首歌在胶东拍摄地给摄制组主创人员试唱时，就受到大家的喜欢，但也有人觉得太长了，三段词在电影里最多唱一段。摄制组的心情可以理解。当时，《红日》的拍摄非常艰苦，演员穿着棉衣在烈日下暴晒拍戏，汗水浸湿棉衣裤。在这样的条件下完成的镜头，每一寸胶片都非常珍贵。而要把这首歌三段歌词完整唱完，需要4分钟左右，配合歌词的场景就有几十个镜头，如果保留这些镜头，不少战争镜头就必须剪掉。

然而，对词曲创作者来说，这三段歌词已形成一个完美的整体，表现了战士们对家乡的热爱，以及保卫胜利果实的决心，裁去哪一段似乎都不合适。意见不一和艰难取舍之下，最后还是导演汤晓丹拍板，从艺术效果出发，三段全用。最终，《谁不说俺家乡好》完整呈现在电影中，为战斗最后的进攻高潮和胜利酝酿了情绪，为解放军英勇无畏的拼杀铺就了一层情感底色。

2007年我国第一颗绕月探测卫星“嫦娥一号”飞上太空，《谁不说俺家乡好》作为由大众选出的30首歌曲之一，伴随“嫦娥一号”响彻太空。保卫家乡、建设家乡的感情代代传承，这首热爱家乡、赞美家乡的歌曲也会被久久传唱。

第二十六章

26

《红岩》

英烈们用鲜血铸就了红岩精神

副刊 20 2021年6月3日 星期四 人民日报

讲述革命故事 弘扬红岩精神

艺术生涯

京剧老生杜镇杰 用心把人物演『活』

艺坛

记者采访

讲述革命故事　弘扬红岩精神

马识途　著名作家
胡妍妍　人民日报记者

长篇小说《红岩》自1961年正式出版，到今天已60年了。对于它，我总是心怀一份特殊的感情。20世纪五六十年代，我见证了这部小说从酝酿、修改到定稿、出版的过程。

1965年上映的电影《烈火中永生》海报

《红岩》描绘了重庆解放前夕在敌人监狱里革命志士坚强不屈、英勇斗争的感人事迹，他们坚定的理想信念和大无畏的牺牲精神，正是中共地下党员们的真实写照。从他们身上，我似乎看到了曾经并肩作战的战友们的影子。可惜，他们中的许多人倒在了黎明前夜，没有机会亲历我们祖国的日新月异、繁荣昌盛，也没有机会目睹百年大党的风华正茂。而我，作为一个步入107岁、有着83年党龄的老共产党员，替他们见证了这梦圆时刻。在这样的时刻，重新谈起《红岩》，谈起那些出生入死的革命往事，让人感慨不已。

一、一本用时近10年、底稿近300万字的“血写的书”

我和《红岩》的作者之一罗广斌是同乡，他的父亲和我的父亲是同窗好友，两家往来甚密。20世纪40年代初，根据党组织的要求，我考上了西南联大，在那里一边学习一边从事地下党工作。不久，罗家人把罗广斌送到昆明交给我，希望他将来也报考西南联大。在昆明期间，罗广斌顺利考入联大附中高中部，学业大有长进，还积极参加进步活动，成为我们党当时的秘密外围组织民主青年同盟的一员。后来他回到重庆，和领导学运的刘国志联系上，并由江竹筠介绍他加入了中国共产党。江竹筠，正是小说《红岩》中江姐的原型。

1948年，由于叛徒出卖，中共川东地下党组织遭到毁灭性破坏，罗广斌被捕，关进重庆歌乐山白公馆监狱。在狱中，他参与并见证了战友们可歌可泣的革命斗争。1949年重庆解放前夕，国民党特务大规模屠杀关押在白公馆、渣滓洞等监狱的革命志士，纵火焚烧渣滓洞。几百革命志士，只有极少数人逃了出来。

罗广斌出狱后不久，我在重庆见到了他，他向我讲了很多当时狱中的情况。革命烈士们的英雄事迹，让人动容。不久后，他和狱中幸存的其他同志在重庆、成都两地向青年做报告，产生了很大影响。不少人，包括我在内，鼓励和催促他们将这些具体事迹写成读物，让更多人看到，让英雄事迹长留于天地。于是，罗广斌约好与他同时逃出来的刘德彬以及先他们出狱的杨益言，共同努力，撰写了回忆录《在烈火中永生》。

回忆录出版后，取得了很大反响。在多方面的关心下，又有了将其改写成长篇小说的计划，如今我们熟知的《红岩》由此诞生。《红岩》从酝酿到成书历时近10年之久，成书40万字，底稿近300万字，经历3次彻底“返工”，大改过五六次，小修小改不计其数。在此期间，作者们还给几百万青年学生和干部做过百余次报告。他们告诉我，每一次报告，都是创作过程，都要结合反馈再做修改完善。

《红岩》作者曾不止一次地说：“《红岩》这本小说的真正作者是那些为革命献身的先烈。”这并非谦虚。小说中最动人的情节、最令人崇拜的英雄，都有现实依据和人物原型。小说凝结着烈士们的鲜血，真正是一本“血写的书”。而革命烈士的事迹和精神，也终究得到了历史的回响。长篇小说《红岩》一经出版，便被全国各地读者争相捧读，风行一时，甚至在海外也广为流传。据说，迄今为止，这本书已有过千万的发行量，成为最受欢迎的革命历史小说之一。

二、相信胜利、准备牺牲，为了那声来之不易的“同志们”

《红岩》反映了当时重庆白公馆、渣滓洞的革命志士前赴后继的斗争精神，可以说是国统区地下党斗争工作的缩影。这部小说的最终定名，正是因为抗日战争时期和解放战争时期，领导长江以南地区地下党工作的中共中央南方局就秘密设立在重庆红岩村八路军办事处。我们所说的红岩精神，也源于此。

我曾在中共中央南方局领导下工作过。几十年过去了，那些风风雨雨的日子还常常涌入我的记忆。那时，每天在白色恐怖中为革命事业奔走，在生死线上与敌人周旋搏杀。早上出门前，就已做好回不来的打算。“相信胜利，准备牺牲”，是我在党旗前宣誓时立下的坚定信念。靠着这一信念，我才能在这条没有硝烟却同样残酷的战线上，坚持斗争到胜利的那一天。

难忘1949年12月29日，成都举办庆祝解放大会，欢迎人民解放军入城，万人空巷。我坐在入城的车上，看到了我认识的地下党同志们，大家个个眼含热泪。入城第二天，我们第一次公开召开全体地下党员大会，得到通知的党员们从四面八方赶来。过去，由于地下党的工作纪律，很多同志互不认识，有的也许曾经认识，但并不知道是自己的同志，更有的甚至可能被其他同志怀疑过。不少人先是面带惊诧地互相望着，然后热烈地拥抱握手。

当我宣布开会，响亮地说出“同志们”三个字时，全场突然鸦雀无声，继而爆发出热烈的掌声和欢呼声，这样的表现只有长期在白色恐怖中生活的人才能理解。天亮了！我们这些地下党员终于能光明正大地聚在一起！天亮了！我们终于可以毫不避讳地大喊“同志”，可以堂堂正正地光荣宣布自己是中国共产党党员！这是多么来之不易啊！

我非常理解《红岩》作者，他们当初并不是作家，然而为了告慰烈士的英灵，为了不能忘却的纪念，为了让更多人从那些为理想信念无惧生死的革命烈士身上汲取精神力量，他们义不容辞地拿起了笔，将英烈们用鲜血铸就的红岩精神展现了出来。

我以为，作为一个作家，拿起自己的笔，让更多的人知道，在民族危亡之际，有一群英勇奋斗、不怕牺牲的共产党人，背负着民族的苦难和人民的希望，赴汤蹈火、万死不辞，积数十载前赴后继艰苦卓绝的斗争，才换来今天的新中国——这不仅在《红岩》诞生之时至关重要，在今天以及以后，都同样重要。

记者采访

江姐，我一生的榜样

张桂梅　云南丽江华坪女子高级中学党支部书记、校长
徐元锋　人民日报记者

江姐的艺术形象，大家都很熟悉：蓝布旗袍、红色毛衣、洁白围巾。她也是我一生的榜样。小说《红岩》和歌剧《江姐》是我心中的经典，我最爱唱的是《红梅赞》。

1957年，我出生在东北，那个年代，物质上匮乏，精神上富足。到了读书的年纪，我自个儿跑回家，翻出户口本，去学校报名。穿上姐姐买回来的红色皮鞋、天蓝色裤子，我忙不迭地跑到左右邻居家跟前，让大家都知道我要上学了。

读书塑造了我的性格，给了我看待人生更广阔的视野。读小学时，我是班长，学会的第一首歌是《东方红》。我成了少先队员，戴上了红领巾。清明节去烈士陵园扫墓，我们一路哼唱的歌是："翻过小山岗，走过青草坪，烈士的墓前来了红领巾……"

读中学时，学校排练歌剧《江姐》，选了我做主演，我别提多高兴了。我们的首场演出在一家俱乐部，观众是附近的学

生、老师、农民和工人。观众席上，父亲得意地向身边人介绍我这个“江姐”：“这是我的姑娘！这是我的姑娘！”演出结束后，掌声很热烈。有的观众说：“要看看这些小演员的真样子！”他们不敢相信，一群中学生会把这个歌剧演得这么好。

江姐的形象，又美又忠诚纯粹，我很佩服。她的唱段和台词，我倒背如流。阎肃老师的词写得多好啊！一开始孙明霞送江姐上船时，江姐唱的是：

> 看长江、看长江，战歌掀起千层浪，望山城、望山城，红灯闪闪雾茫茫，一颗心似江水奔腾激荡，乘江风破浓雾飞向远方。

张桂梅带领女子高中师生重温入党誓词、重温红色经典

孙明霞唱：

祝你像江上的白帆乘风破浪，祝你像山间青松傲雪凌霜！

演江姐、学江姐，她的坚强，她的忠诚，她的坚定信仰，她的无畏，成了我一生的楷模。当时，我暗下决心，要以她为榜样，做她那样的人。

18岁那年，我追随姐姐来云南支边，在迪庆藏族自治州中甸县（今香格里拉市）林业系统工作，一头扎进了大山里。我被分配到青年队，参加林场建设，做炊事员。过了几个月，又去做团支部书记。我到工段熟悉工作，记得那里满山都是松树，郁郁葱葱，高耸入云。我参加了养路段的大会战，任务是保证运木材的便道畅通。一天山坡塌方，把我整个人埋了起来，幸亏工人们手脚麻利，从土里救出我一条命……

后来，我阴差阳错地成了林业局子弟学校的老师。我当时没读过师范，也没进过大学，中学出来教中学，心里真有点发怵。这所学校在一个小平坝子上，学生家长大多数是来自云南各地州的少数民族职工，还接收了附近村子里的藏族孩子。登上讲台，我激动又兴奋，竟然热泪盈眶，有一种崇高、神圣的感觉：我在教孩子们知识，甚至将影响他们的命运！

我性格要强，刚参加工作时的条件艰苦，初为人师的种种不适应，并没有压倒我，也没觉得多苦多累。我在工段和年轻的工友们结下深厚感情，后来一步步调到林业局机关；又和孩子们打成一片，给他们洗衣服、缝扣子，被评为先进工作者，再去丽江教育学院读书。青少年时期的经历一直激励着我，革命精神始终滋养着我。与“江姐”们比，我差得远呢！我心里一直想着歌剧《江姐》中的经典形象和情节，下决心把工作干好，默默向他们看齐。那时流行唱卡拉OK，我最经常唱的，就是《红梅赞》。

再后来，我从大理调到丽江华坪工作，健康出了问题，又遭遇家庭变故。在同事和同学们的帮助下，我走出了人生低谷。2001年起，我兼任华坪“儿童之家”福利院院长。工作中，我体会到教育对山区女性的重要性，在当地党委政府和社会各界支持下，创办了免费的女子高中，为此吃了些苦。在持续家访中，我更加坚定了办好女子高中的信念。

仔细想想，为什么做这些？这其中有我对这片土地的感恩和感情，更多的，则是一名共产党员的使命和责任。因为受革命先烈的影响，我将党的声誉看得很重。我到山里家访，帮助了不少人。我内心觉得，学习江姐，只要还有一口气，我就要站在讲台上，倾尽全力，奉献所有。

每周一，我们女子高中全体师生在大操场上宣誓，面对着“共产党人顶天立地代代相传”的红色大字。每周六上午，我们全体上思想政治课，讲革命前辈、红色故事。课间操，学生们一起跳“南泥湾”。水激石则鸣，人激志则宏。有学生和我说：“我上大学后，第一件事就是要入党，要成为一名光荣的共产党员，沿着革命先烈的足迹，哪里需要我，我就到哪里去。”我们在学生心中深埋一颗颗红色种子，帮他们系好人生第一粒扣子。

在红色基因的传承中，学生们远方有灯、脚下有路、眼前有光，在山沟沟里也能看到外面的世界，看到美好的未来。我年纪越来越大了，但我希望孩子们记住江姐，也记住在女子高中的那“一抹红”，这将是她们终身受用的财富。

第二十七章

27

解放战争三大战役题材美术经典

经典美术作品中的辽沈战役、淮海战役、平津战役

专家解读

战略决战的艺术再现

郑石如　中国艺术研究院助理研究员

1948年9月至1949年1月，中国共产党及其领导的人民解放军在战略决战——辽沈、淮海、平津战役中取得伟大胜利，为中国革命在全国的胜利奠定了基础。以解放战争三大战役为题材的美术经典，构成了新中国美术史尤其是军事题材美术创作的重要篇章。

一、图绘历史的艺术使命

1948年秋，人民解放战争进入夺取全国胜利的决定性阶段。同时期，版画家胡一川创作了他的第一幅革命历史题材油画作品《攻城》，恰巧呼应了人民解放军由战略防御转入战略进攻的形势变化。

《攻城》首次展出后不久，辽沈战役打响。此时，版画家古元在《东北画报》担任美术记者。他和同事们一起奔赴前方，深入连队，收集素材，创作了许多连环画、漫画、木刻等。此后，他还根据来自淮海战役前线的新闻报道，创作了经典木刻《人桥》。画面中，江河涌动，硝烟四起，战士们站在冰冷刺骨的水中，用肩膀托举木板，架起一座人桥，帮助战友渡河冲锋。古元用疏密有致的刀法、冷暖对比的色彩，将紧张激烈的战斗气氛、不畏险阻的战斗精神展现得淋漓尽致。

新中国成立以来，以解放战争三大战役为题材的美术作品不断涌现，如王流秋油画《淮海战役——第三阶段总攻包围圈》，任梦璋、张洪赞、李树基、广廷渤、柳青合作的油画《攻克锦州》，刘天呈、张胜、邓乃容、孙建平合作的油画《激战天津》等。其中，不少作者围绕同一题材多次展开创作，从中可以管窥美术表现历史的多种视角。

《攻克锦州》（油画）任梦璋、张洪赞、李树基、广廷渤、柳青 1969 年作　中国人民革命军事博物馆藏

比如，油画家任梦璋曾三画辽沈战役。第一次创作始于20世纪60年代初，他走访了多位曾参加辽沈战役的指战员，最终确定表现整个战役中最关键的锦州战役。在油画《攻克锦州》中，任梦璋以三角形构图组织近景的冲锋队伍，并在顶点处刻画了一位号手，军号上的红绸布成为画面的视觉中心，表现出冲锋号角吹响的刹那，千军万马势如破竹冲向敌阵的震撼场景。1969年，任梦璋与张洪赞、李树基、广廷渤、柳青合作，再次创作《攻克锦州》，以侧面视角表现发起冲锋的解放军战士，每个形象都具有“凝固在运动中”的雕塑感。1977年，任梦璋与张洪赞、李树基、广廷渤再次合作，第三次创作

《攻克锦州》，在前一稿的基础上对人物与环境细节进行了修改和完善。

曾多次以解放战争三大战役为题材展开创作的，还有军旅画家陈其。陈其曾亲历抗日战争与解放战争，对于战争的残酷、胜利的喜悦和英雄的精神，都深有体会。1972年，陈其第一次与赵光涛等人合作油画《淮海大战》，选择表现战士们手执钢枪、手榴弹等，向敌军发起进攻的场景。画面上，后方皑皑的白雪烘托出战斗的激烈，生动的人物刻画凸显出战士们舍生忘死的无畏精神。1977年，陈其再次与赵光涛、陈坚、魏楚予合作油画《淮海大战》。这次，作者选择以正面视角表现战士们顽强拼搏的战斗场景，整体视野更加开阔，艺术表现更具视觉震撼力。

这些取材于真实战场的经典美术作品，从不同角度再现了战略决战的壮烈场景与磅礴气势，也体现出老一辈美术工作者在创作中对文学叙事性的重视、视角的选择，以及注重从境界上探析英雄主义的典型特征。这些作品更饱含创作者的真情实感。恰如陈其所说："画不好这些作品，就对不起牺牲的战友，对不起支前的老乡。"他们怀着强烈的使命感，用画笔图绘历史，用丰富的视觉形象参与宏大历史书写，镌刻革命精神。

二、匠心独运的艺术构思

解放战争三大战役题材美术作品中，不少作品都是大场景、大尺幅。如何在宏阔的画卷中合理安排众多人物与装备？如何协调整体色调与局部色彩？如何使历史真实与艺术真实相统一？这些问题都需要美术工作者在创作中深入研究、反复考量。

《淮海大捷》（油画）鲍加、张法根 1961 年作　中国国家博物馆藏

1961年，鲍加、张法根创作的油画《淮海大捷》，展现了画家的匠心独运。为突出主题，也为妥善解决表现宏大战役时画面空间受局限的难题，创作者放弃了表现激烈战斗场景的设想，而是选择表现战役胜利后的瞬间。画面中，创作者充分发挥主观能动性与想象力，在基于历史真实的基础上，通过色彩明暗、冷暖的对比等艺术处理，表现了敌败我胜的战局。可以说，在革命历史画创作经验尚不丰富的时期，《淮海大捷》不仅取得了艺术上的成功，同时在以绘画的特点处理战争题材、以典型情节展现宏大历史方面富有创新，推动了新中国革命历史画实践与理论探索。

1977年，为庆祝中国人民解放军建军50周年，天津涌现出一批表现平津战役的大型历史画作品。其中，较具代表性的是刘天呈、张胜、邓乃容、孙建平合作的油画《激战天津》，作品描绘了夜色中人民解放军在金汤桥头与敌人激战的情景。如何表现近战、夜战？创作者选用宽银幕式构图，将原本相对局促的空间表现得更加开阔，并巧妙地以桥上一辆燃烧的装甲车作为夜战中的主光源。整体强烈的明暗对比、局部细微的光线变化、疏密得当的画面布局等，无不显示出创作者在塑造人物、协调场景等方面的能力。

20世纪80年代末，由20余位创作者及各方专业人员历时3年共同创作完成的全景画《攻克锦州》，引发业界关注。这件作品周长百余米，高16米。创作者们运用焦点透视、多视点构图的手法，突破时空限制，营造出广阔的视觉空间；同时，全景画馆将地面塑形和全景画相结合，360度的环形画面首尾相接，画面的边缘被巧妙地淡化以至于消失，增强了观众的临场感，强化了视觉冲击力。

无论是选用特殊形式表现战争场面，还是选取特殊时刻作为创作内容，美术工作者们都在追求宏大叙事的同时，努力运用艺术巧思，避免创作千篇一律。这些不同角度、不同手段的尝试，构成了解放战争三大战役题材美术创作的多元面貌。

三、当代视野中的英雄形象

新世纪以来，伴随书写视觉史诗的历史责任与创作意识愈发强烈，美术领域掀起创作重大历史性、主题性作品的新热潮。其中，“国家重大历史题材美术创作工程”的实施，促生了一批表现1840年以来中国重大历史事件的大型美术作品。

在此次创作工程中，宋惠民、陈建军、张鸿伟等人合作的油画《辽沈战役·攻克锦州》，骆根兴油画《决战淮海》，孙立新、白展望、窦鸿合作的油画《平津战役·会师金汤桥》

等巨制，不仅继承了新中国成立以来革命历史题材美术创作的丰富经验与独特优势，也为表现这些主题注入了新的思考与活力，在当代视野中实现了对解放战争三大战役题材的艺术再造。

《辽沈战役·攻克锦州》用以点带面的方式，通过画面前景中一组战士形象的特写，直接凸显战争的悲壮感。在画面最引人瞩目的位置，创作者细致刻画了一位在冲锋时中弹牺牲的年轻战士，子弹贯入胸膛的力量使这名战士顷刻间向后倒去，凸显了战士牺牲的突然和沉重。而在中弹战士的身后，是更多义无反顾、前赴后继向敌军发起进攻的解放军战士。这件作品对悲壮场面的刻画，以强烈的视觉冲击力和悲怆的感染力，唤起人们对千千万万无名英雄的崇敬之情。

《平津战役·会师金汤桥》，通过表现浴血奋战后欢庆胜利的战士们，突显英雄主义的精神与气概。画面上，在一群激动拥抱的战士中间，一名面向观者的年轻小战士高高跃出人群，右手举着头盔，正兴奋地呼喊。胜利的喜悦，直接感染着画前的观者。这是火热战争年代的青春诗篇，亦是革命英雄主义的壮丽凯歌。

烽火硝烟虽已远去，但革命历史不容忘记。以文艺巨制回顾历史，以美术画卷致敬英雄，不仅成就了主题性美术创作传统，也成为我们在当下铭刻红色记忆、弘扬革命精神的生动教材。

第二十八章

28

《大决战》

用影像书写了解放战争雄浑壮丽的史诗，让观众领略三大战役的全局面貌

副刊 20 2021年6月17日 星期四 人民日报

鸿篇巨制书写解放战争的大决战

评杂技剧《战上海》

发挥杂技特色 讲好英雄故事

艺坛

专家解读

鸿篇巨制书写解放战争的大决战

明振江　中国电影制片人协会理事长、
八一电影制片厂原厂长

用光影书写历史和社会变革，展现人民对美好生活的向往，塑造民族英雄人物形象，始终是中国电影人的奋斗目标。

1948年9月至1949年1月，中国人民解放军与国民党军队进行战略决战，先后取得了辽沈、淮海、平津三大战役的胜利，奠定了人民解放战争在全国胜利的基础。20世纪90年代初，电影《大决战》横空出世。该系列电影分为《辽沈战役》、《淮海战役》和《平津战役》3部影片，总时长11个小时，是当之无愧的鸿篇巨制。它不仅用影像书写了解放战争雄浑壮丽的史诗，让观众领略三大战役的全局面貌，更以雄辩的气势向观众证明着颠扑不破的伟大真理：只有中国共产党才能领导中国。

一、剧本创作历时三年半，八易其稿，查阅各类资料6000万字

改革开放，迎来伟大时代，文艺战线也迎来了百花齐放的

春天。电影事业复苏，创作生产了一大批脍炙人口的优秀作品。从20世纪80年代开始，反映我党我军光辉历史中的重大事件、重要人物的影片有了突破性发展，极大地鼓舞了观众的观影热情，激发了人民群众对党、对人民军队、对社会主义国家的热爱。中国电影开创了重大革命历史题材电影的新类型。重大革命历史题材电影伴随着改革开放的大时代繁荣发展起来。在此背景下，90年代，电影《大决战》应运而生。

剧本，一剧之本，是拍摄基础，也是制胜关键。电影《大决战》的剧本由著名作家徐怀中领导并参与创作，由八一电影制片厂的编剧史超、王军、李平分等组成创作组。主创人员全身心地投入剧本创作，夜以继日、废寝忘食地翻看浩如烟海的文史资料，查阅各类资料达6000万字之多，多次邀请党史军史专家专题授课，实地走访当年的战场和相关旧址，登门拜访亲历三大战役的老同志，深入听取他们的意见建议。在此基础上，他们分工合作，在剧本写作期间字斟句酌。从1986年3月至1989年10月，剧本创作历时三年半，其间八易其稿。

三大战役的各个阶段是不可分割的整体，3个战场，相距数千里，为电影创作提供了纵横驰骋的广阔天地。经过反复研讨，主创人员将《大决战》定位于“文献性、史诗性的故事片”。

文献性，就是坚持历史唯物主义观点，真实、艺术地反映三大战役的历史。真实性是表达基础，艺术性是表现要求。本着“大事不虚，小事不拘”的创作原则，可以进行创造性的艺术虚构，艺术虚构必须符合历史真实的要求，使影片内容达到史学价值与文学价值的统一。

史诗性，就是将纪实与写意相结合，将军事战略意义上的大决战置于时代背景中。中国最广大人民群众的民心所向，决定了战争的胜负走向和历史发展的必然趋势。这为史诗性影片提供了价值取向。

剧本精心设计了一些带有中华文化美学特质的情境。比如，3部影片开篇都运用古典诗词赋比兴的手法，巧妙化用于电影语境。《辽沈战役》开篇黄河开冻、浊浪排空，《淮海战役》开篇中原逐鹿、万马奔腾，《平津战役》篇首则是在抒情配乐中，镜头缓缓推移，古都北平的老城墙和古建筑尽收眼底。这些以景抒情、寓意深远的画面，为构建影片的史诗性品格起到重要作用。

二、追求“刀削斧砍不失其细，精雕细刻不失其雄”的艺术风格

1989年1月，影片正式投入拍摄，计划用两年半左右时间完成3部6集影片的摄制工作，向建党70周年献礼。

电影《大决战》中《淮海战役》剧照　（图片来源：中国电影资料馆）

八一电影制片厂组织动员全厂近千人参加摄制工作，成立了以李俊为总导演，杨光远、蔡继渭、韦廉分别为辽沈、淮海、平津三个组的首席导演，后又成立了景慕逵、翟俊杰为导演的5个摄制组，统一协调，独立拍摄。总导演李俊这样总结电影追求的艺术风格：“刀削斧砍不失其细，精雕细刻不失其雄。”要求影片既有宏大气势与视觉冲击力，还必须挖掘打动人心的细节，产生情感冲击力、艺术感染力。

电影《大决战》中涉及人物众多，其中包含60多位重要历史人物。影片精心塑造了以毛泽东同志为核心的党的第一代中央领导集体运筹帷幄、决胜千里的无产阶级革命家群体形象。影片中周恩来、朱德、刘少奇、任弼时等人物形象亲切自然、各具风采，直接指挥三大战役总前委的领导人刘伯承、陈毅、邓小平、粟裕等果敢坚毅、叱咤风云。影片还细致入微地刻画了普通官兵的艺术形象。如，《辽沈战役》中炊事班长面对牺牲在阵地上的战友那句“同志们，开饭了，猪肉炖粉条子”的哭喊，《平津战役》中小战士为了包抄敌人赤身在寒冷中蹚冰河的场景等，都感人至深。

电影《大决战》另一大特色是气势磅礴、规模宏大的战争场面。当时没有数字特效合成技术，只能靠真人实景拍摄。为了真实还原当年战场情景，摄制人员和参拍部队、群众演员走遍祖国万里山河，拍摄区域北起黑龙江、南至苏皖平原、东起黄渤海、西至陇海铁路。

其中，有多处震撼人心、万人以上的战争大场面。如：我军围歼国民党廖耀湘兵团的战役，华野攻打双堆集敌军百辆汽车围成阵地的大兵团冲锋，平津战役中我军胜利会师天津金汤桥，等等。这些场面均采用直升机航拍，用镜头铺陈开雄奇壮观的历史画卷，成为代表中国电影摄制高水平的经典之作。

电影《大决战》之《平津战役》中我军胜利会师天津金汤桥场景

电影《大决战》上映后，八一电影制片厂又集中力量拍摄了反映人民解放军千里跃进大别山的电影《大转折》和向全国胜利进军的《大进军》系列电影，共5部9集。人民解放战争的历史得以全景式地展现于银幕，成为党史、军史和革命光荣传统教育的生动教材。

电影《大决战》气势宏伟、制作规模空前，创造了中国电影史上的多项纪录，堪称现象级之作。

《大决战》自1991年7月开始上映以来，每次上映都得到了观众的热烈反响。在当时电影票价1元—2元钱的情况下，据1991年中国电影发行放映公司统计，《大决战》当年上映的全国票房就突破1亿元。各大城市、工厂、企业、学校都出现踊跃争看电影《大决战》的动人场景。

历时多年，《大决战》仍久映不衰。2019年上海国际电影节期间，专场连续放映《大决战》，观众自发购票，上座率仍然达到80%以上。优秀影片拥有长久生命力，在时间的长河中永远闪烁光芒。

一封发自渡江战役的战士家书（节选）

袁志超　渡江大军西集团第二野战军第十八军政治部秘书

解放战争中，一封封红色家书，饱含着革命前辈的忠诚信仰，镌刻着浓浓人间情、铮铮报国志，记录了革命历史长卷中一帧帧充满细节的特写画面。

这是渡江大军西集团第二野战军第十八军政治部秘书袁志超在行军途中端午节夜写给八弟的一封家书，原文6000多字、15页信纸。袁志超向家人详细描述了自己渡江前后的所见、所闻、所思，其中包括百万雄师过大江的生动细节，感情真挚、笔触细腻。2006年，这封珍贵的“渡江来信”被中国国家博物馆收藏。

你就拿起这封信来去读给母亲听吧，她老人家听了心里一定很欢喜的，我现在就把我们过江以来的许多事情捡（拣）重要的讲给你们听吧。

在四月廿一日那天，毛主席和朱总司令下了命令，叫我们三路解放大军一齐过江，去把国民党反动军队消灭光，解放江南人民，建立自由、幸福的新中国。我们接到命令后就过江了，因为队伍成千成万的，很多，一时过不完，我们等到廿四日才渡过长江的。

廿三日这天晚上，我们冒着大雨跑了七十里路，赶到长江边，住到一个村子中，这地方是安徽省桐城县，这村子的名字叫随河集，到长江只二里路，村旁有条河直通长江的，我站在这河堤上顺着河面一直望去，只见白茫茫一片，问老百姓以后,（才）知道这片水就是长江。有许多挂着白帆的船从那里开来，停在村子旁，江边驻的十七军的同志告诉我，这许多船都是回来休息的，刚才有我们大批队伍过江去的。

这天晚上，我在灯下拿出纸和笔来要写信给你，想把许多事情告诉你，我写了一张就再也写不下去了，原因是我疲劳得很。

第二天一早起来，跑到江边，这时有十多条帆船靠岸排着，天气很阴沉，下着蒙蒙的细雨，一眼望去，白茫茫的一片水。对岸的树看起来很小，要往东西望，就望不到边的，船夫说这地方的江面是四里路宽，我们上了船，静静地在水上走着，十多条船一齐开，船头上的水打着船板，泼啦泼啦地响，在岸上看江面还不算宽，船一到江心，就看出江面是很宽了。

我就和水手谈起话来了，我问他第一批队伍是怎样过的。他说："廿一号下午，太阳还没有落，许多解放军就来了，船是早已预备好了的，大炮都架在船上，机关枪架在船头，岸上也架满了大炮，一阵风把船推开江岸时候，机枪大炮就打起来了，这时候耳朵只听见轰轰地响，啥也听不见了。"

"敌人在那边也打枪打炮的。"他指着船帮上的一个洞说："这个窟窿就是被国民党军队打的。"

"以后呢？"我问他。

“以后敌人没等你们上岸就逃走了，你们人一上岸就追。我开船回来的时候，是带了七个俘虏回来的。嘿，我一辈子也没见这样多的军队，过了四天四夜都没过完。”

我告诉他：“这些队伍不过是一小部分，有几百万人都在一齐过江呢！”

“嘿！”水手伸伸大拇指说：“我是和同志们第一批打过去的！”他对参加作战，觉得很光荣。

船有四十分钟的工夫就到对岸了。南边岸上敌人挖了许多战壕，修了许多地堡。在这战壕、地堡周围有许多大大小小的坑，那都是被炮弹炸的。田里的麦子像用镰刀割了一样，还有的烧焦了，也都是炮弹炸的。从这上面看，当时我们的炮火，打得敌人头都抬不起来的。

一过江，走了两天，就到山里来了。走到贵池县的南边，老百姓因为不了解我们是什么队伍，他们听了国民党的欺骗宣传，所以都跑掉了。我们在路上走了五六天，就没见到一个老

袁志超在战斗间隙写家书，摄于 1949 年（图片来源：中国人民大学家书博物馆）

百姓，他们都跑到山上躲起来了。

这些老百姓因为不了解我们，跑到山上去逃难。胆子大的硬着头皮回家，进家一看，队伍一个没有了，东西一点也不少，烧的草吃的米还留下钱。他们看了又惊又喜，想不到世界上还有这样好的队伍，于是回到山上把所有的人都叫回来。

我写这信的时间不早了，就此搁笔吧。今天是端午节，你们在家很热闹吧？我现在又兼作指导员的工作，所以更忙一些。

新中国就要诞生，希望你还是多学习文化，以后好多为人民服务，就是在家帮助种田，也别忘了读书。

这信你可转寄给五姐、七哥、七姐看。

祝你进步！

母亲健康。

父亲健康。

第二十九章

29

美术经典 解放军入城式

以解放军入城式为主题的美术作品，表达了迎接新中国诞生的喜悦与自豪之情

专家解读

定格走向新生的历史时刻

郑　工　广州美术学院教授

伴随着解放战争走向胜利的铿锵步伐，一座座城市宣告解放，人民解放军陆续举行了盛大的入城式，展现其高昂的士气，迎接新中国的诞生。与此同时，出现了一批以解放军入城式为主题的美术作品。新中国成立后，不少美术工作者持续从不同视角、以各种形式诠释这一主题，其中以对北平、南京、上海三座城市欢庆解放的描绘最具代表性。

一、采用不同绘画方式

1949年1月31日，大年初三，北平和平解放，古都获得新生。2月3日，正月初六，人民解放军举办盛大的进驻北平入城式。以北平和平解放为主题，前后有3位美术工作者创作的3件作品，堪称经典之作：一是董希文1949年创作的水粉画《北平入城式》；二是赵域1957年创作的油画《古城之春》；三是叶浅予1959年创作的工笔画《北平解放》。

3位创作者表现的事件是相同的，对象的时空关系也是一致的，但采取的绘画方式不同，所设置的情境也有所差别。如董希文设置的情境是“欢迎”——采用交织的构图，表现了扭着秧歌、打着腰鼓的群众迎接部队，并将部队彩车簇拥在中间的场景；赵域设置的情境是“进驻”——利用略带透视缩减关系的横向线，展现了坦克部队的入城场景，同时描绘了路边市民献花的情节；叶浅予设置的情境是“喜庆”——红旗招展，各种人物挥舞的手势成为最突出的身体语言，一切都沉浸在喜悦与欢乐的海洋中。

这三种不同的情境设置，与创作者的观察视角及自身经历有关。赵域曾在《东北画报》从事革命美术工作。这样的经历使他对入城式的感受不同于董希文与叶浅予，其叙事主体是人民解放军。董希文和叶浅予均在国立北平艺术专科学校（中央美术学院前身）任教，都在北平解放时参加了庆祝活动，同时，两人也都是北平居民，所以其叙事主体自然就围绕迎接解放的北平市民展开。

相对而言，董希文的作品更有现场感。在他笔下，上午10点入城式开始时升上天空的四颗照明弹，像礼花一样绽放。董希文更多描绘了当时的心情，其采用的平涂色块的装饰画法，带有民间美术风格，语言的象征性因素比较突出，这与几年前他在敦煌的艺术经历有关，与绘画民族化的思想观念有关。

叶浅予的作品给人以从容大度之感，画面空间进一步打开。从天坛祈年殿至长安街牌楼，人群极为密集，却被画家安排得井然有序。秧歌队、大学生的欢迎队伍、争先恐后上前与人民解放军握手的市民等，每个人物都生动活泼而有趣，体现出叶浅予敏锐的观察能力与娴熟的造型能力。穿插在人群中的地标性建筑，则象征着古都幸免于战火的难能可贵。

《北平解放》（中国画）叶浅予　中国国家博物馆藏

二、突出不同表现主题

1949年4月23日，人民解放军解放南京。革命的红旗飘扬在曾经的“总统府”上空，中国历史由此翻开新篇章。

1957年，杨建侯创作了油画《解放南京》。画面上，南京“总统府”硝烟弥漫，人民解放军的坦克部队迎面驶来，被欢迎的人群包围着。其绘画主题是“握手”：一位市民代表正和一位解放军首长握手，而四周群众也争先恐后地与站在炮塔上的战士握手。“握手”是中国传统礼仪，最初的含义是表示“友好”，手中“没有武器”，也意为“和”或“合”，这里表示“祝贺”、“感谢”及“相互鼓励”。这些情节都是画家设计的，也合乎情理。在这里，市民成了城市的主体象征。

1977年，中国人民革命军事博物馆约请陈逸飞、魏景山合作完成油画《占领总统府》，其绘画主题则是“占领”，突出表现解放军战士冲进“总统府”，登上门楼，升起红旗的历史瞬间。这件表现革命历史题材的经典之作，以高视点、大视野，聚焦红旗升起的那一刻，气势磅礴，渲染出革命胜利的喜悦氛围。艺术家的造型能力非常强，对每一位人物的观看角度都反复推敲，每一个细节都相当考究。所以，画面中的每个人物都表现出鲜明的个性，每个动作都有相应的情节支撑，可以展开叙事，引发想象，带领观者深入到作品中。创作者还适当运用了象征手法，如被扯下的敌人旗帜，飘落在“总统府”门楼边沿，象征着国民党反动统治的覆灭。而站在门楼顶端的战士，犹如一座纪念碑式的群雕，被定格在这一历史瞬间。

对“总统府”门楼上“扯旗”与“升旗”的表现，使得画面极具仪式感。这一情节初见于新华社随军记者邹健东拍摄的照片。在陈逸飞、魏景山的笔下，这一历史画面得到艺术性再现，人物动作被重新组织，情节也有了变化。为了完成创

《占领总统府》（油画）陈逸飞、魏景山　中国人民革命军事博物馆藏

作，两位画家深入部队、走访老战士、实地考察南京“总统府”、制作雕塑小稿……力求以写实的手法还原历史现场，同时展开想象、实现艺术升华。最终，作品以俯视的视角再现了波澜壮阔的历史场景，让观者仿佛置身于历史现场。

三、再现不同历史瞬间

1949年5月27日，中国共产党的诞生地、当时中国最大的城市上海宣告解放。这天清晨，上海市民打开家门时，惊奇地发现雨后湿漉漉的街道上，整齐地睡满了和衣而卧的解放军战士。严守军纪，不入民宅，是人民解放军送给上海人民的“见面礼”。

1979年，上海油画雕塑创作室（现上海油画雕塑院）副主任肖峰与他的妻子宋韧，用画笔艺术地再现了这份“见面礼”，共同创作了油画《拂晓》。画面中，陈毅同志在黎明前的上海街头巡视，一则展现了部队严格执行纪律的情况，二则体现了人民军队新型的官兵关系。这一切，都可以从人物的表情及动作中一一读出。这里，创作视角变化了，不是描绘人民解放军的胜利，而是表现人民解放军入城后与这座城市的关系。肖峰和宋韧以写实的绘画语言，提炼情节，塑造典型人物形象，突出了“人民军队爱人民，人民军队人民爱”的情感描绘。

盛大的上海入城式于1949年7月6日举行，走在队伍前面的有坦克部队、炮兵部队、骑兵团等。在欢庆队伍中，新安旅行团的腰鼓队表演尤为精彩，鲜红的绸带伴随鼓槌上下飞舞，激昂的腰鼓声响彻城市上空。这种陕北农村最常见的欢庆形式，将胜利的喜悦传递到南方各大城市。但在绘画上，以“欢庆锣鼓”作为主导性情节来表现入城式的作品并不多，目

《解放上海》（版画）蔡振华、陈烟桥　中国美术馆藏

前可见的有1949年黄志坚创作的、表现广州入城式的中国画《腰鼓》等。

1956年，蔡振华和陈烟桥合作完成套色木刻版画《解放上海》。作品表现了接受检阅的坦克、车载大炮队伍经过上海市区时，人民群众夹道欢迎的情景。街道两旁红旗招展，男女老少欢欣鼓舞，现场气氛热烈欢腾。创作者以市民向战士们献花作为主要情节，体现了军民鱼水深情。此外，陈树东油画《入城式》也是一件表现庆祝解放的优秀作品。创作者在画作标题中没有点明具体城市名称，并在创作中采取了朦胧、模糊、印象式的处理手法，表现出入城式的宏大场面和热烈氛围。这件作品的成功之处在于其绘画性——突出颜料材质与图像的斑驳，以浑厚而苍茫的视觉感受回应那段历史。

品味这些红色美术经典，不仅可以让我们感受艺术表现的独特魅力，了解主题创作的多向性与艺术形式的丰富性，更让我们在具体的情景中聆听历史的声音，汲取精神的力量。

第三十章

30

《谁是最可爱的人》

1951年4月11日，人民日报刊发通讯《谁是最可爱的人》

专家解读

书写英雄壮举　赞颂英雄精神

西　元　军旅作家

一、面世70年，依然闪耀夺目光彩

1951年4月11日，人民日报头版发表魏巍采写的通讯《谁是最可爱的人》，产生热烈反响。这部作品很快在朝鲜前线传开，战士们赶着将文章印发出来，即便是穿越敌人火线，也要送到最前线的战友手中。在第二次全国文代会上，周恩来总理以《谁是最可爱的人》为例，鼓励大家写出工农兵中的优秀人物形象，肯定魏巍为子弟兵取了“最可爱的人”这样一个称号。

后来，《谁是最可爱的人》选入中学语文课本，影响了几代中国人。人们深情地把入朝作战的中国人民志愿军称为“最可爱的人”。时至今日，看到那些奋战在抗洪、抗震、抗疫一线，在捍卫国家领土主权前沿的子弟兵身影时，人们仍然会情不自禁地用“最可爱的人”来称呼他们。

70年过去，《谁是最可爱的人》中的文字依然鲜活地烙印在中国人的记忆里，经历时光的洗刷，闪耀着夺目的光彩。

> 亲爱的朋友们，当你坐上早晨第一列电车走向工厂的时候，当你扛上犁耙走向田野的时候，当你喝完一杯豆浆，提着书包走向学校的时候，当你安安静静坐到办公桌前计划这一天工作的时候，当你向孩子嘴里塞着苹果的时候，当你和爱人悠闲散步的时候，朋友，你是否意识到你是在幸福之中呢？你也许很惊讶地看我：“这是很平常的呀！”可是，从朝鲜归来的人，会知道你正生活在幸福中。

这段话，相信很多人都有一见如故之感，即便不能逐字逐句背诵出来，也必定像是见了老友一般备感亲切。

二、冒着炮火采写，展现英雄风采

《谁是最可爱的人》为什么能有如此持久且旺盛的生命力呢？

文章道出中华儿女共同的心声。抗美援朝战争的胜利让新中国真正站稳了脚跟。更重要的是，此战打出了中国人民自立于世界东方的信心与自豪。正是在那样一个历史时刻，《谁是最可爱的人》道出了人们向往和平、保家卫国的共同心声，点燃了人们自强不息、渴望复兴的如火激情——可以说，《谁是最可爱的

《谁是最可爱的人》作品集封面

人》与时代同声，与人民共情，其生命力盖源于此。

文章开一时风气之先。抗美援朝战争中，几十万名志愿军将士义无反顾、赴汤蹈火，用生命为新中国的发展铺平道路。他们英勇顽强、无私奉献，心甘情愿用自己的生命换来和平，换来人民的幸福。《谁是最可爱的人》树立了子弟兵的光辉形象，树立了敬仰英雄、崇拜英雄、学习英雄的社会新风尚。

文章是作者冒着炮火写就的呕心之作。魏巍在接受采访时曾经说："这个题目不是硬想出来的，而是在朝鲜战场上激动地从心里蹦出来的。"志愿军入朝作战之后，魏巍两次到前线采访。短暂的行军休息时、硝烟弥漫的战斗间隙，作家冒着生命危险，深入战斗最前沿，在炮火中积累了大量原始素材。据时任114师警卫员覃照群回忆，有一次该师刚刚占领某处高地，尚有敌人反冲击的危险，魏巍就赶到现场采访。

在《谁是最可爱的人》之前，魏巍曾经就朝鲜战场采访的素材写过一篇通讯，篇幅较长，包含了20多个事例。但他和《解放军文艺》的同事都觉得内容分散，力道不足，就没拿去发表。之后他精挑细选、反复推敲，着重打磨3个最动人的故事：朝鲜战场上最壮烈的松骨峰战斗；在汉江南岸阻击敌人时，青年战士马玉祥冲进火海，救出被困的朝鲜儿童；战士在防空洞里就雪吃炒面。

面对采访，战士们的回答朴实无华，深深打动着魏巍的心。在饱满而强烈的情感驱动下，《谁是最可爱的人》一气呵成。文字平白晓畅，无一字拗口；义理鲜明雄辩，无一处存疑；气韵奔放厚重，无一段见弱。律动的叙事和英雄的境界相互映衬、浑然天成，写出了志愿军面对武装到牙齿的敌人，为了身后的祖国和人民，坚决击退敌人的大无畏精神；写出了他

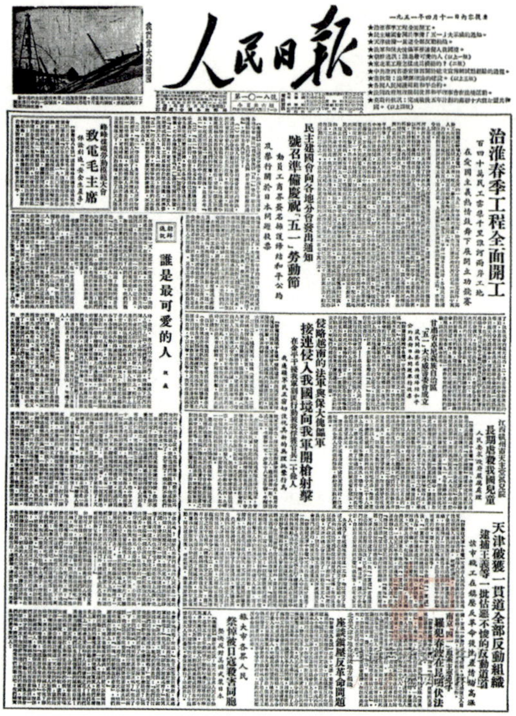

人民日報

治淮春季工程全面開工

致電毛主席

民主建國會向各地分會發出通知 號召準備慶祝「五一」勞動節

誰是最可爱的人 魏巍

侵略越南的法軍與保大偽軍 接連侵入我國境向我軍開槍射擊

天津破獲一貫道全部反動組織

1951年4月11日，《谁是最可爱的人》首发于《人民日报》头版

们面对危险，义无反顾抢救生命的超越国界的大爱；写出了战士们在面对艰苦条件和死亡威胁时，之所以能如此从容与坚定，其力量来自如磐的信仰、来自使命担当。

就这样，极具感染力和说服力的通讯《谁是最可爱的人》，成为中国当代文学史上脍炙人口的名篇佳作。

三、铭记历史，凝聚攻坚克难力量

作为出生于20世纪70年代中后期、成长于人民军队的写作者，30岁之后的某一天，我重读了《谁是最可爱的人》，那时，我已经在部队服役十余年。

战后，这个连的阵地上，枪支完全摔碎了，机枪零件扔得满山都是。烈士们的尸体，做着各种各样的姿势，有抱住敌人腰的，有抱住敌人头的，有卡住敌人脖子，把敌人捺倒在地上的，和敌人倒在一起，烧在一起……在掩埋烈士们遗体的时候，由于他们两手扣着，把敌人抱得那样紧，分都分不开……

读到这一段时，我特别地震撼，一下子明白了什么是战争，明白了为了夺取战争胜利，志愿军做出了怎样的牺牲。

从此，对英雄的缅怀和尊敬之中，就多了一份沉甸甸的意蕴。我理解了中华民族浴火重生的艰难不易。每一个中华儿女都应该牢牢记住我们这个民族经历了怎样的苦难，经历了怎样的内忧外患才走到今天。

我领悟了志愿军面对强敌时的英雄气概。为了胜利，他们抛家舍业；为了胜利，他们毫不畏惧；为了胜利，他们视死如归。在英雄们的心中，祖国和人民利益高于一切。

我也从事军旅文学创作，其中抗美援朝战争题材小说占相当分量。《谁是最可爱的人》是我军旅文学创作的启蒙者，让我在历史大河中与松骨峰战斗的英雄们相遇。之后，在创作小说《遭遇一九五〇年的无名连》和《死亡重奏》时，我又与牺牲在长津湖冬夜里的英雄们、与誓死保卫上甘岭阵地的英雄们“相遇”。每一次“相遇”，都是一次震撼，与《谁是最可爱的人》最初给我的震撼毫无二致。我渐渐觉得，从事战争小说创作的意义，就在于把这种震撼表现出来，传递给翻开书的读者。我时刻激励自己，要努力深入英雄们的内心世界，写出对得起历史、对得起苦难、对得起英雄的厚重作品，把这一笔精神财富用文学的方式保留下来、传递下去。

魏巍在《谁是最可爱的人》结尾处深情地写道：“请你们

意识到这是一种幸福吧，因为只有你意识到这一点，你才能更深刻了解我们的战士在朝鲜奋不顾身的原因。”魏巍提醒身处和平环境中的人们，永远不要忘记那些为了人民的福祉而舍生忘死的英雄。我们不仅要敬仰英雄、崇拜英雄，更要学习英雄。当我们遇到困难或者身处逆境，想一想置身于枪林弹雨、天寒地冻、缺衣少食、生死一线的志愿军战士，从他们遭遇强敌而英勇战斗的事迹之中，必能收获拼搏的勇气和必胜的信心，进而凝聚力量、攻坚克难、走向胜利！

我怎样写《谁是最可爱的人》（节选）

魏　巍　著名作家

在朝鲜，我脑子里经常想着一个问题：我们的战士，为什么那样英勇呢？就硬是不怕死啊！那种高度的英雄气概是从什么地方来的呢？为了找答案，我谈了好多话，开了好多座谈会。我细细跟他们谈，让他们把心里的话谈出来。跟我谈的，有指挥员、战斗英雄、一般的战士、干部、新参军的学生和过去曾经是落后的人。我了解到，他们由于锻炼与认识的不同，虽然有些差异，但是都有着共同的一点，即对于伟大祖国的爱，对朝鲜人民深刻的同情，和在这个基础上的做一个革命英雄的荣誉心。于是，我了解了在党的教育下这种伟大深厚的爱国主义与国际主义的思想感情，就是我们战士英勇无畏的最基本的动力。我想，这不是最本质的东西吗？这就是最本质的东西。我肯定了它。我一定要反映它。

《人民日报》1951年8月19日第三版

第三十一章

31

《英雄儿女》

讲述亲历的抗美援朝战争

副刊 20 2021年9月23日 星期四 人民日报

永远铭记“最可爱的人”

热点聚焦

现实题材创作的源头在现实，力量在真实。聚焦“国计民生”、聚焦时代变化，现实题材剧总能找到好故事。而好故事不但要吸引人，更要启迪人、鼓舞人、引领人。

如何更准地把脉大众关切

职场剧创新表达的有益探索

影视

专家解读

永远铭记“最可爱的人”

黄会林　北京师范大学教授

我的一生中，最为人熟知的身份大概是教师。自1958年从北京师范大学提前毕业留校后，先教文学，再教戏剧，后来转型影视，又从事文化传播事业，从未离开讲坛，算来已当了60多年的教书匠。但很少有人知道，在成为教师之前，我曾是一名中国人民志愿军战士。

“少小虽非投笔吏，论功还欲请长缨”，我16岁参军，继而踏上抗美援朝的战场。如果说讲台是归处，那么战场便是起点。在前线的种种体验——亲身经历大小战役、亲眼看见战士牺牲，奠定了我的世界观、人生观、价值观，也永远地成为我性格的底色、信仰的基石。若用一部电影作为那段经历的写照，我会选择诞生于1964年的红色经典影片《英雄儿女》。

作家巴金两赴朝鲜的抗美援朝战场，完成中篇小说《团圆》，以第一人称“我”的视角，讲述一对失散多年的父女在朝鲜战场重逢的动人故事，引起时任文化部副部长夏衍的注意。夏衍请长春电影制片厂将小说拍成电影，长影又将任务交给了导演武兆堤和编剧毛烽，两人都是抗美援朝战争的亲历者。他们在大量真实经历和真实事迹的基础上，完成了《英雄儿女》的故事改编：抗美援朝战争中，志愿军战士王成伤愈出院，很快投身于新的战役，为了阻止美军攻势，他顽强坚守在无名高地，最终壮烈捐躯。他的妹妹王芳怀着悲痛之情，以一曲《英雄赞歌》极大地鼓舞了我军将士，并继承哥哥遗志，在前线英勇战斗。政委王文清认出王芳是多年前失散的女儿，但抑制着自己的感情，并未与之相认。最终王芳从养父口中得知身世，与王文清团圆。

电影《英雄儿女》剧照

《英雄儿女》公映50余年了，家喻户晓，历久弥新。崇高的英雄美学，诗化的精神气质，热烈的革命浪漫主义风格，以及那首重章叠咏、荡气回肠的《英雄赞歌》，使它成为一部经典艺术作品。其高妙之处已有太多论述，我仅作为一名志愿军老兵，简单谈一谈电影《英雄儿女》最打动我的一点：真实。

这部影片是真实可信、真挚可感的。一方面，故事、人物虽是虚构，却融入了大量真实发生的素材。单为塑造“向我开炮”的主人公王成，编剧就翻阅了上千篇战士手记，搜集了无数与敌人“同归于尽”的牺牲壮举。从拉响爆破筒，到引爆手雷，再到抱起大石冲入敌阵，甚至有一个团，在一场战斗中就出现了25位与敌人同归于尽的烈士，可见战况之激烈、残酷，战士之血性、胆气！最终，影片融合于树昌、杨根思、滕桂桥等多人事迹，熔铸出“王成”这一气贯长虹的战斗英雄形象。武兆堤导演还特意从候选演员中选择了外表质朴的刘世龙饰演王成，而非其他高大英俊的演员。武兆堤曾说：“我们要塑造的是一个普通的战士形象。”外形的普通，才更令观众感受到英雄的真实、朴实和一种伟大的普泛性，正如影片台词所言：“在中国人民志愿军里，有千千万万个王成。”

我也有幸与一位“王成”式的战士并肩战斗过，他的名字叫刘兴沛，在我们高炮部队测高班担任班长，是一位开朗亲切的战士。平日里，他与我们一起擦炮弹，整弹药，啃干粮，唱军歌，谈笑风生。而战斗一打响，他就会操纵测高机，侦察敌机的高度、方位、方向，成为我军炮火的“眼睛”。在一次大战役中，他孤身面对敌机的轰炸，用身躯护住了宝贵的测高机，自己却壮烈牺牲了。20多岁的鲜活生命，永远定格在烽火硝烟之中。我们也像《英雄儿女》中的王芳那样，在部队传唱他的事迹。刘兴沛班长的名字鲜为人知，但他的音容笑貌永存我心，久久难忘。他与王成，以及王成的众多原型一样，是千千万万个在战场上壮烈捐躯的战士缩影。

《英雄儿女》处处流露出自然、真实的情感。其叙事继承了巴金原著小说的团圆主题和伦理内核，在激烈的战斗外，也细腻地抒写了兄妹之情、父女之情、战友之情，以及中朝人民之间的真挚情谊，热血与柔情交织，崇高与质朴辉映。譬如，贯穿全片的主要情节是王芳与生父王文清的重逢，处理得一波三折，细腻生动。当王芳沉浸在失去兄长的悲伤中时，王文清却经历了女儿“失而复得”的喜悦，但他按捺住了认亲的冲动，鼓励她振作起来的是不负兄长的嘱托。为成就“大我”而压抑“小我”，也为成全他人而牺牲自己，朴素、生动的人情人性与高尚、纯粹的道德理想融于一体。结尾处，父女终于在战场上相认，团圆场景成为全片高潮，英雄的形象不仅有了高度、深度，也有了情感温度。正如白居易所言，“感人心者，莫先乎情”，文艺作品只有让观众先与具体的人、事共情，才能进一步与宏大的理念、信仰共鸣。

观看《英雄儿女》时，我的眼前经常浮现战友们的面孔，有太多可爱可敬、平凡而又伟大的战士了。跨过鸭绿江之后，不要说上床睡觉了，很多人连鞋都没有脱过。到宿营地休息，战士们就把背包卸下来靠着入睡，有了敌情，一声令下，一跃而起，就冲进阵地，迎接枪林弹雨。

我也会在王芳身上看到年轻的自己：头上扎两条辫子，脸上还留着稚气，在战斗间歇时教战士们识字、唱歌，为他们演出，战斗打响则送炮弹，抬伤员，四枚一箱上百斤的弹药扛起来就跑，敌机俯冲扫射的弹片打在我的钢盔上当当直响，重型轰炸机的炸弹在身畔隆隆轰鸣。有一两回，炸弹掀起的泥土石块几乎将人掩埋，我想，这下可要牺牲了，最终是活了下来。

王芳活着，王成牺牲了；我活着，我的许多战友牺牲了。英雄儿女，埋骨他乡，很多人连名字都没有留下。带着志愿军功臣称号回到祖国后，一直到今天，我都常常想起那些牺牲在战场上的年轻战友们，想到自己作为幸存者，必须好好报效祖国。这既是自己的使命，也是他们的嘱托，因而在工作和治学中，我不敢有丝毫懈怠、片刻衰颓，勤奋努力，步履不停。战争可以毁灭人，也可以塑造人，我便是一个为战争所塑造、所炼就的幸运儿。

枪林弹雨已经远去，英雄儿女光辉永存。希望享受着和平阳光、甜蜜生活的人们，永远铭记那段壮烈的过去，永远铭记那些“最可爱的人”。

第三十二章

32

《创业史》

聚焦50年代农业合作化运动，书写中国农村巨变

副刊 20　2021年8月27日　星期五　人民日报

小说《创业史》——

经典之作的悠远回响

时代的画像，生活的史诗

建强用好文艺评论阵地

懂得一支笔的重量

文艺评论

专家解读

经典之作的悠远回响

李云雷 《小说选刊》副主编

1952年，柳青36岁，风华正茂，年富力强。那时他已经参与创办了《中国青年报》，创作了长篇小说《种谷记》《铜墙铁壁》，还作为中国青年作家代表团成员访问苏联。就在工作和事业“顺风顺水”之时，柳青主动做出了人生中一个重大决定，那就是离开北京去陕西深入基层。后来，他扎根长安县皇甫村，一住就是14年。

一、到生活现场去，走艰辛创作路

20世纪50年代初，柳青感到，中国乡村的政治、经济和社会生活即将发生翻天覆地的变化。他必须亲赴现场与村民一起参与、感受这一巨变，才能创作出无愧于时代的作品。人民生活“是一切文学艺术的取之不尽、用之不竭的唯一的源泉”。带着这样的信念，带着文学的理想，柳青主动选择了一条艰辛的创作道路。

从1952年到1956年，柳青没有发表一篇有较大影响的作

柳　青

品，不少人对他深入生活的方式产生怀疑。柳青承受住来自各方的压力，不为所动。《创业史》责编王维玲清楚地记得："1956年是柳青最苦的一年，也是他创作上最关键的一年……他食不香，睡不宁，变得又黄又瘦，身体极度衰弱。"后来讲起这一年，柳青笑着说："那才真正是脱胎换骨，狼狈极了，这是我创作最艰苦的一年。"柳青在写作《创业史》第一部的时候，不脱离实际，跟大家一块开会，给群众和干部出主意、想办法。直到1959年，柳青创作的这部小说先是以《稻地风波》为名在《延河》杂志连载，1960年以《创业史》为名由中国青年出版社出版单行本。《创业史》出版后，一时广为称道、好评如潮，"我国当代反映农村生活最优秀的长篇小说之一""现实生活的历史容量具有了史诗性的规模"，评论家们给予作品高度评价。60多年来，《创业史》经受住了读者、专家与时间的考验，成为中国当代文学的经典。

二、时代的画像，生活的史诗

小说《创业史》封面

“梁生宝买稻种”是《创业史》中的经典章节，广为人们知晓。这个章节细致地描写了梁生宝舍不得住店而睡在火车站里，舍不得吃饭，只是喝免费的面汤就馍，但这一切都没有动摇他心中新稻种所带来的丰收梦想。这个年轻庄稼人冒着春雨，“头上顶着一条麻袋，背上披着一条麻袋，抱着被窝卷儿，高兴得满脸笑容，走进一家小饭铺里”，以其勤俭节约、风尘仆仆的形象，留在很多人的记忆深处。这个段落出自《创业史》第五章，也是小说中梁生宝这个人物第一次登场。梁生宝是小说的主人公，为什么一直到第五章才出现？这正是《创业史》艺术上的独到之处，小说要写的是“生活故事”，“生活”是网状的，有着多个侧面和多个层面，小说的前四章写梁三老汉、郭世富、徐改霞、郭振山、任老四、高增福的生活，而他们又都在关注和议论着梁生宝，众多故事的矛盾和关键点也都在指向他。这样，梁生宝在“买稻种”一场出现后，便迅速成为小说叙述的中心。路遥说，柳青“多年像农民一样生活在农村，像一个普通基层干部那样做了许多具体工作。正因为如此，他才能在《创业史》中那么逼真地再现如此复杂多端的生活——在这部作品中，我们看见的每条细小的波纹都好像是生活本身的皱折”。如果说梁三老汉、郭世富、徐改霞等人体现了“复杂多端的生活”和“细小的波纹”，那么梁生宝则体现了时代生活的主流及其对一个村庄复杂生活的影响，他们共同构成了一个时代的画像。

梁生宝为什么要去买稻种呢？这是小说中的一个关键情节，是为了互助组的丰收，也是为了体现农业合作化道路的优越性。《创业史》正是通过梁生宝互助组“买稻种”“新发育秧”“进山割竹”等一系列生活故事，通过与郭振山、郭世富、姚士杰等人的斗争和竞争，将中国农民告别旧的生活方式、探索新生活的过程转化成了一部“史诗”。在小说第一部的结尾，梁生宝带领互助组通过艰苦创业获得了大丰收，又成立了全区第一个农业社——灯塔社，梁生宝的创业终于成功了。《创业史》虽着眼于蛤蟆滩这个小村庄走合作化道路的过程，但柳青想要回答的却是“中国农村为什么会发生社会主义革命和这次革命是怎样进行的”这样一个宏大主题。《创业史》正是通过生活故事，生动形象地描述了“新的历史巨流”及其展开的细微波光。在艺术上，柳青也将宏大的叙事结构与精细的描写、心理刻画与哲理性的议论很好地结合了起来。

小说在艺术上的最大成就是塑造了梁生宝、梁三老汉等一批鲜活的人物形象。梁生宝是一个完全摆脱了小农观念羁绊的新人形象。他既淳朴公道，又克己奉公，是从农村中的“仁义孩子”成长起来的新社会的新人。为了塑造好梁生宝，柳青一直与其原型王家斌保持着密切联系，亲自参与王家斌互助组的领导工作。全组十来户人，谁每天干什么活，哪家发生了什么事，他都知道。梁三老汉则是老一代农民典型，他在旧社会数次创业失败，在精神和性格上留下了创伤，土改后分了土地，重新唤起了他的创业热情，想为了个人利益再“拼一把”；他反对集体事业，暴露出落后、狭隘、保守的小生产者意识以及顽固倔强的性格，但同时他又具有中国农民勤劳、善良、朴实的品质。柳青极其精彩地描写了梁三老汉的内心矛盾，着重表现他参与合作化运动的艰难历程。梁三老汉这个形象凝聚了柳青对时代转折的深刻思考。

三、要塑造英雄，先塑造自己

《创业史》对后世的影响，既有文学的影响，又有作家柳青人格的影响。《创业史》作为经典之作，一方面，其开创的叙述模式在新时期之后的创作中有着悠远的回响；另一方面，柳青以扎根皇甫村14年的生活与创作实践，向人们昭示了何谓“深入生活”，如何“深入生活”，“深入生活”之后怎样创作出优秀作品。柳青“深入生活”的影响已经超越了文学，成为坚持群众路线的一个典范。“要想写作，就先生活，要想塑造英雄人物，就先塑造自己。”柳青是这么说的，也是这么做的。

《创业史》出版后，柳青将16065元稿费全部捐给自己扎根的地方。他说：“农民把收获的粮食交给国家，我也应该把自己的劳动所得交给国家”。柳青高尚的人格、实事求是的精神和勇攀艺术高峰的志向赢得了路遥、陈忠实等一代代作家的尊崇。

柳青及其《创业史》也向我们昭示，作家应当如何深入生活，书写时代。近百年来，中国乡村发生巨大变化，现在的中国乡村已经不再是柳青笔下的乡村，但我们通过《创业史》可以体味到当时人们的生活经验与内心世界，我们仍然需要像柳青那样深入生活、勇攀艺术高峰的作家，创作出无愧于时代的优秀作品。

记者采访

懂得一支笔的重量

刘可风　柳青之女

张丹华　人民日报记者

年少时，我并未与父亲柳青共同生活。1970年大学毕业后，我来到他身边，到1978年父亲溘然离世。这九年，我对他从了解甚少到父女情深，以至于无话不谈。其中一个重要话题，就是文学创作。

一次，父亲做完雾化治疗，因体力不支躺下，叫我搬个藤椅坐在床边。他从枕下抽出我写的一篇文章，翻了几页后放下，暴起血管的手压在上面，思考片刻对我说："记得爸常给你讲的写作角度吗？"

父亲与我谈写作角度，最早是从《创业史》说起。父亲说，这部小说每一章都力求从一个特定人物的角度出发，有一条主线，其他人物的描写都围绕这个主要人物展开，力避平铺直叙。怎样实现呢？要像照相机一样，镜头就是这个人物的眼睛，"他"观察这个世界，对环境和其他人物做出各种反应，写出的是"他"的立场、感受、心理和情绪，而不是对每一个出场人物的介绍。

我说："做到这一步，是很难的。"

他说："是的，作者由着自己的感受写容易，不过这样写出来的人物千篇一律。只有融入生活，有了亲身体验，才会有不同的表达，笔下的人物才有特点、有变化。"

那天，他还是从这个问题谈起。谈到人物形象塑造，父亲告诉我，要"极端熟悉人物，不是一般的熟悉。要和人物有同样的心理，使用性格化的语言"。他说话一贯很慢且从容细致、恬静深沉。我全神贯注，深感父亲对文学创作的倾情投入，因为这些心得是他多年探索追求的结晶。从十几岁喜欢上文学起，父亲读了大量文学名著，整整用去10年时间咀嚼创作的要领，体会融入生活的道理，后来为了熟练运用这些手法创作，又历经10年探索。父亲说："早年教育条件不好，我是从'齐步走'开始的，拼命钻研文学技巧。"为此，他研究自己每一部作品的不足之处，虚心接受别人的批评指正。

父亲就是用这样的创作态度投入火热生活，俯身聆听和记录大地的脉搏。

1951年，父亲参加中国青年作家代表团出访苏联。此前他深受苏联文学影响，钟爱作家托尔斯泰，也喜欢《静静的顿河》《被开垦的处女地》等作品，他十分关注苏联农村的建设和变化。看到当地建设的一片繁荣，人民劳动热情高涨，父亲深受鼓舞。内心那个始终不变的想法——创作不负时代的农村题材文学作品，更加强烈了。那时，祖国大地上百业待兴，人们正奋力创造新的生活，这样翻天覆地的变化，反映在经济、社会心理等方方面面的生活细节里。

父亲决心用手中的笔，细致刻画这些变化。1953年，他来到西安郊区的皇甫村，开始了生活和创作的新阶段——写作

《创业史》。来到皇甫村前，父亲就脱掉了四个兜的干部服，换上一身农民式的对襟袄，和当地百姓很快接上话，亲近起来。在路边、在场院、在草棚屋里，他用幽默风趣的话语讲述合作化的好处、今后的奋斗目标。互助组的人说："大道理都会说，可他讲的不让人烦，反而爱听。"时间一长，他往那儿一站，立刻围上一群人。初期，为解决组里的各种问题，吃过晚饭不用催，大家满坐炕头倾听。父亲讲话引用本地实例多，常常笑得人前仰后合。他的深入生活、"极端熟悉人物"，大概就是这样"泡"出来的。

父亲对我经常指点，有时批评，偶有表扬。他用手掌上下比画，我便明白其中含义，因为他说过："我就像拍皮球一样，既不让你失去信心，也不让你蹦得太高。"1970年，父亲让我起草一封信，写完后他大删大改，不客气地说："差得太远！"刚大学毕业的我，自视很高，眼泪夺眶而出，此后他不再说这样的话。现在想来，正是他的批评，让我懂得世界之博大，生活之丰富，懂得一支笔的重量。

第三十三章

33

一部奋斗者的心灵史

《平凡的世界》

专家解读

一部奋斗者的心灵史

梁　鸿　作家、中国人民大学文学院教授

我始终记得第一次读到《平凡的世界》时内心的激动。那时我18岁，对外面的世界充满渴望，却又不知道该往哪儿走，无意间走进《平凡的世界》。在阅读中，我跟随孙少平的步伐，走进黄土高原，走进双水村和孙少平一家，走进广阔而复杂的时代历史。我久久沉浸在故事之中，被一股暖流强烈地激荡着。

一、再现真实广阔的时代图景

一部优秀的文学作品，既要如大厦一般庄严、宏伟，也要拥有一枝一叶之细腻、优美。阅读《平凡的世界》，一幅广阔而精微的时代图景在眼前徐徐展开。古老的黄土高原干旱贫瘠，有着“严寒而漫长的冬天”，也因此形成独特的山川地貌、风土人情和日常生活。小说将当时的农村社会和农民生活状况全方位地呈现出来。无论是拓荒耕种、婚丧嫁娶，还是饮食起居、人情往来，如同雕塑般的细节让读者过目难忘。阅读

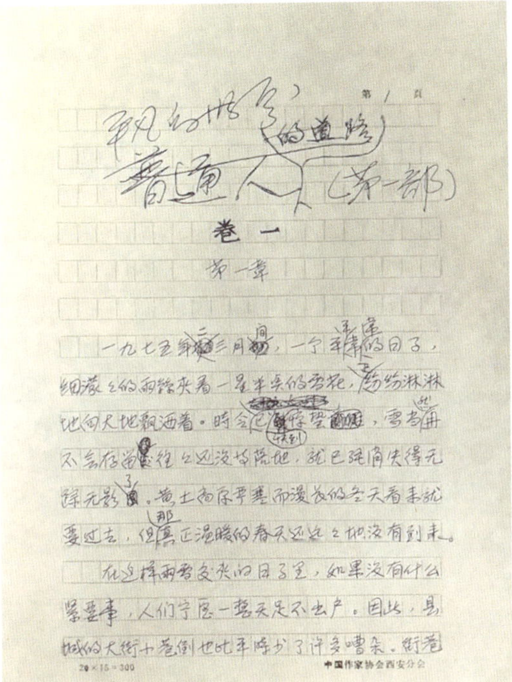

平凡的世界 普通人的道路（第一部）

卷一

第一章

一九七五年二、三月间，一个平平常常的日子，细蒙蒙的雨丝夹着一星半点的雪花，正纷纷淋淋地向大地飘洒着。时令已快到惊蛰，雪当然再不会存留，往往还没等落地，就已经消失得无踪无影了。黄土高原严寒而漫长的冬天看来就要过去，但那真正温暖的春天还远远地没有到来。

在这样雨雪交加的日子里，如果没有什么要紧事，人们宁愿一整天足不出户。因此，县城的大街小巷倒也比平时少了许多嘈杂。街巷

《平凡的世界》手稿，小说原名《普通人的道路》

过程中，读者仿佛置身于一道道塬中，和双水村的人们一起经历着悲欢离合，会不自觉地感慨少平的成熟，钦佩少安的负责，也会为润叶纯真情感的无所归依而遗憾。书中人物的命运走向与情感历程深深牵动着读者的心。

《平凡的世界》是一部大书，一部百科全书式的现实主义之作。它再现了1975—1985年间恢宏壮丽的历史进程和波澜壮阔的社会变革，显示了作家书写中国人生活和精神世界的雄心壮志。它又是一部情感之作，体现了作家对大地、乡村、农民热烈深沉的爱。在茅盾文学奖的获奖感言中，路遥深情地说："作为一个农民的儿子，我对中国农村的状况和农民命运的关注尤为深切。不用说，这是一种带着强烈感情色彩的关注……生活在大地上的这亿万平凡而伟大的人们，创造了我们的历史，在很大的程度上也决定着我们的现实生活和未来走向。"

为了写作《平凡的世界》，路遥不但阅读古今中外大量长篇小说，钻研政治、哲学、经济和历史，还啃下了农业、商业、工业、科技等相关书籍，甚至学习养鱼、养蜂、施肥、造林等实用技术。凡是作品涉及的背景知识，他都尽可能做到了然于心。为了充分了解1975年至1985年间的中国社会，路遥找来这10年间的《人民日报》《光明日报》和地方报纸一页页翻阅。在准备资料的同时，他也在进行另一项基础工作——

路遥与陕北农民交谈

体验生活。路遥提着装满资料的箱子，在陕北各地奔波，数次到煤矿、农村长时间体验生活，和矿工一起下矿井挖煤，和农民一起在街头揽工……在这样充分的准备下，《平凡的世界》才能严谨地还原故事发生的时代背景，才能刻画出扎实、细腻、牢固的细节，才能做到无论叙事、议论还是人物塑造，都真实可靠且直抵人心。

> 文学的“先进”不是因为描写了“先进”的生活，而是对特定历史进程中的人类活动作了准确而深刻的描绘。

路遥这句话或许能够解释他在20世纪80年代为什么没有加入当时的现代派创作潮流，反而选择了一种更传统更朴素的现实主义手法。他深刻认识到，作品所写的10年是中国社会的大转型时期，“我不能拿这样规模的作品和作品所表现的生活去做某种新潮文学和手法的实验，那是不负责任的冒险”。

在他这里，现实主义不仅仅是一个创作方法问题，也是一种创作精神。凭借对时代和社会的深刻洞察，《平凡的世界》把握了社会历史进程的主流，为中国的改革开放提供了生动的历史镜像。小说既揭示了城乡内部的复杂关联、城市改革和乡村命运的密不可分，也反映了传统乡村对于现代中国的重要意义。其中一些观点，在今天乡村振兴的大背景下，仍然富有启发性。

二、赞颂坚韧不拔的民族品格

《平凡的世界》底色是温暖的。小说里的青年群体和双水村村民，以他们的热血、真诚、善良和勇敢屹立在黄土高原之上。路遥满怀感情地写出了这些人物的可亲可敬，写出了艰难困苦中的人性与人情，写出了中国人坚韧不拔的民族品格。

孙少平一家是小说最重要的叙述对象。父亲孙玉厚勤劳善良，为了家庭拼命劳作；哥哥孙少安成绩优良，却因家贫不得不退学，在扛起家庭责任的同时为改变双水村做出自己的贡献；弟弟孙少平思虑家里所发生的每一件事情，为了减轻家里负担，把个人生活需求降到最低；妹妹孙兰香，任劳任怨地干活，试图为家人分担一些忧愁。这一家人历经艰难困苦，相互成全，一路扶持着往前走，成为刻在读者脑海中的动人画面。

路遥对友情、爱情投入了大量的篇幅。少平在学校缺吃少穿，回家又没地方可住，作为好朋友的金波总是及时出现，给少平粮票，慷慨让出自己的住处。润叶和少安青梅竹马，感情纯真美好，尤其是润叶对少安的大胆表白，读来令人怦然心动；而少安出于现实原因选择了纯朴的农家女孩秀莲，也让人感叹不已。作家没有把这些作为爱情悲剧来处理，相反，他对少安怀有同情之理解，认识到这既是他面对生活的现实选择，也是保护对方、热爱对方的表现。在《平凡的世界》中，人性以最纯净的方式呈现出来，每个人都竭力奉献自己，为他人着想，为他人排忧解难。亲情、友情和爱情，这些人世间最珍贵的情感，汇集成一种温暖、一种勇气和力量，激励我们去战胜重重困难。善良、友爱、团结、互助，这是流淌在中国人的血脉里的朴素的价值观念，支撑着我们的民族攻坚克难、不断前行。

路遥继承了现实主义文学传统，他笔下的典型人物不是依据抽象理论塑造出来，而是在与活生生的现实生活博弈中成长起来。他重视人物的道德形象，着力表现人物对自我人格的坚持和完善。他强调个人在社会环境中的主动性，着重在复杂的现实境遇里凸显人物的奋斗意志。需要指出的是，孙少安对爱情的妥协、对家庭和双水村的忠诚，与个人的奋斗并不相悖，相反，这样的妥协和忠诚里蕴含着大爱，蕴含着对生活的基本态度。

《平凡的世界》情感叙事真挚动人，没有华丽的词藻，没有空洞的炫技。作家用质朴的语言让我们感受人间真情，感受到相互支撑和相互关爱对个体、家庭和民族的重要意义。

三、激励一代代青年奋发图强

如果到大学里做阅读调研会发现，《平凡的世界》始终保持着图书馆的高借阅量。自1986年发表以来，在历年大众读书生活的调查中，《平凡的世界》总是排名靠前。它不仅是畅销书，更是长销书，影响了一代又一代中国读者。直到今天，《平凡的世界》仍保持着极高的印刷量，每年销售50万部左右，累计销量超过1700万部。2019年，《平凡的世界》入选“新中国70年70部长篇小说典藏”。由《平凡的世界》改编的各种艺术作品也活跃在社会文化空间，话剧、电视剧甚至是连环画等都受到热烈欢迎。

从调查来看，《平凡的世界》最让读者感动的是少安、少平兄弟两人的奋斗经历。延安路遥文学馆的讲解员谈到，前来参观的人经常泪流满面，能感觉出他们受到的震撼与内心的共鸣。在不卑不亢、不屈不挠的孙少平身上，读者会感受到，人只要有信念，就不会被压倒，即使出身贫寒，也能通过艰苦奋斗改变自己的命运。这既是一个人获得尊严的基本方式，也是普通劳动者应有的积极心态。路遥书写和歌颂人的内在精神品质，鼓励人们用真诚的心去体验生活、热爱生活，做生活的主人。

> 人只有劳动才有价值。

> 生命属于我们只有一次。

> 只有一个人对世界了解得更广大，对人生看得更深刻，才有可能对自己所处的艰难和困苦有更高意义的理解。

……这些平实而又深刻的话在作品中闪光，让读者真切感受到作家那颗火热真诚的心，感受到生命的尊严与宝贵，从而获得精神上的洗礼，更加珍惜生活、奋发向上。

路遥说：“作家最大的才智应是能够在日常细碎的生活中演绎出让人心灵震颤的巨大内容。”《平凡的世界》通过对社会现实鲜活真实、宏阔深远的文学再现，通过高度典型又高度具体的人物塑造，成功地从日常生活中提炼出一部震撼人心的时代史诗。这是一部奋斗者的心灵史，它所蕴含的温暖而广阔的精神力量，给一代代读者带来克服困难、勇往直前的勇气，它也因此成为一部跨越时空、常读常新的文学经典。

诚实写作，蹚出一条路来

白　描　作家

1975年，《陕西文艺》(后来恢复原名《延河》)编辑部为培养文学新人，分批挑选青年业余作家到编辑部参与文学创作和编辑工作。我和路遥作为在校大学生，也是第一批从基层抽调的文学青年，就是在那时认识的。

我们一边参与编辑工作，一边写作。老作家们就在身边，因而常常能得到他们的指导。作家杜鹏程当时正在把他的中篇小说《在和平的日子里》扩写成长篇，处于艰苦的创作阶段，有时候写了又撕，撕了再写。这让路遥深受感动。那时路遥就认定，没有这种“自我折磨”的狠劲，是不可能出好作品的。作家柳青病危住院，路遥曾去看望，他专门写过文章，记录柳青“比以往更使劲地用蝇头小楷，连明昼夜地建造他未完工、也完工不了的宏伟建筑”。路遥很崇拜柳青，柳青有个中篇小说叫《狠透铁》，事实证明，路遥也是这种狠透铁的人。

《平凡的世界》本来有100万字的写作计划，第一部30多万字写完后，在北京召开研讨会，结果与会的评论家绝大多数都持批评态度，认为作者思想观念、小说写作手法过于陈旧。这对作家来说无疑是迎头一棒。而且那时路遥已经患病不轻，在这种情况下，还能不能咬着牙把剩下的两部写完？一般人怕很难做到，但路遥用“自我折磨”的狠劲做到了。

路遥继承了柳青、杜鹏程等老一辈作家的精神遗产，同时又保留了陕北农民敢于与命运拼搏的秉性。对陕北黄土高原上的农民来说，春天来了，不管老天作美不作美，一定要上山

陕北风光

去，刨地播种，绝不含糊。有雨水，就有了收成；如果没有雨水，庄稼都旱死了，他们也不会后悔曾在土地上流了那么多汗，下了那么多苦。这种基因保留在路遥身上。若是天旱没雨了，路遥不会眼看着禾苗枯死，他一定会一担一担挑水，一瓢一瓢把苗儿浇活，在绝境中也要蹚出一条生路来。这就是路遥。

路遥常常拿农民种地比喻作家的劳动。他说：“写小说，这也是一种劳动……它需要的仍然是劳动者的赤诚而质朴的品质和苦熬苦累的精神。”正因为怀抱这样的认识，他才用心血和汗水在文学的田地里耕耘，丝毫不曾懈怠。一个值得我们深加体味的现象是，路遥每逢创作重要作品，非得回到生他养他的地方不可。《人生》《在困难的日子里》《平凡的世界》，都是如此。这不能简单地用在陕北可以避开城市的喧嚣、可以减少干扰来解释。一种与这片土地息息相关的氛围气场，一种祖祖辈辈诚实劳动的宝贵品格，一种“土地不会亏人”的笃定信念，对路遥的创作来说太重要了。

今天，现代科技给我们的生活、给作家的写作带来很大的便利条件，写作作为劳动甚至作为“耕种”的一面，在有些写作者那里是渐渐消退的。我们失去创造性劳动所能体验的痛苦、艰辛、困顿，甚至是无助的感觉，自然也难体验最终创造和收获带来的巨大幸福感。反观路遥，不能不心生敬意。路遥把手中的笔看成是镢头，以农民的诚实和勤勉，倔强和艰辛，在终其42岁的年华里，垦殖并收获了他的满山果实和芬芳。“像牛一样劳动，像土地一样奉献”，这是路遥一生不变的信条。

这种诚实的劳动态度，让路遥为广大读者所信赖和喜爱。1988年，中央人民广播电台连续播出《平凡的世界》，引起巨大反响，听众来信如雪花般飞来。在路遥逝世后的多年里，在与青年读者交流时，我也常常感觉路遥并没有走远，不断有新读者从他那里汲取精神力量。

在《病危中的柳青》一文中，路遥这样写道：“请你相信，就是一个最普通的劳动者，只要他从你的作品和你自己本身所具有的顽强的进取精神中，接受过一些有益的教导，他就不会用鼾声去回答生活的要求！”我们读路遥，又何尝不是如此？

第三十四章

34

红色美术经典中的共产党人

这些闪光的灵魂和动人的精神，让共产党人的形象深入人心

专家解读

百炼成钢的精神塑像

齐 喆 广州美术学院教授

100年来，一代又一代中国共产党人顽强拼搏、不懈奋斗，涌现出一大批视死如归的革命烈士、一大批顽强奋斗的英雄人物、一大批忘我奉献的先进模范，留下了跨越时空、历久弥新的宝贵精神财富。美术工作者用手中的画笔和刻刀，真实记录下这些闪光的灵魂和动人的精神，让共产党人的形象更加深入人心。

一、崇高境界的生动展示

共产党人的精神通过艺术的形式代代传承，艺术的语言、风格也随之拓展。尤其是对革命前辈的形象塑造，通过恰当的艺术创新，深刻展示了他们崇高的精神境界。

中国共产党主要创始人之一、中国最早的马克思主义传播者李大钊同志的纪念雕像，已经静静伫立在河北省唐山市大钊公园30年了。每天，都有市民在这里瞻仰这位已经离开我们90多年的革命先烈。这件雕塑和常见的纪念碑式雕塑有很大不同。为表现李大钊脸型方正的形象特征，突出“铁肩担道义”的主题，创作者钱绍武借鉴了中国北方传统城楼建筑对称、开阔的形式，取法汉代石刻艺术，追求重、拙、大的审美取向，将原计划3米高的全身坐像，改为了3米多高、7米多宽的头像，体量感增大数倍，形式也更加单纯洗练，而主题则愈加鲜明深刻。方正、刚直、沉稳、开阔的雕塑形象，如同中国革命的一方基石，与大地融为一体。这件作品不仅获得“新中国城市雕塑建设成就奖”，也对年轻一代的雕塑家产生了巨大影响。在雕塑家黎明为湖南省长沙市橘子洲头创作的《青年毛泽东像》等一批优秀城市雕塑中，都可以感受到这种艺术的传承。

和无数共产党员一样，胡一川一直走在时代前列。他1932年创作的版画《到前线去》，生动反映了左翼美术青年在救亡运动中群情激昂的精神面貌，极具感染力。新中国成立后，以版画见长的胡一川开始创作油画。他1950年创作的油画《开

《李大钊像》（雕塑）钱绍武　坐落于河北省唐山市大钊公园

镣》，表现党领导的人民军队打开了铐在中国人民身上的脚镣；1961年创作的油画《前夜》，描绘地下党的秘密集会。两件作品都以简洁的造型、概括的色块，强化了夜间行动的整体氛围，表达了对革命先烈的缅怀。质朴的艺术语言，恰到好处地表现了那个年代共产党人崇高而质朴的形象。

二、进取精神的艺术镌刻

新中国成立后，在社会主义革命和建设事业中，中国共产党人从来没有被任何困难吓倒，表现出勇于攻坚克难的大无畏精神。无论是在抗美援朝战场、“两弹一星”科研一线，还是在田间地头、厂矿车间，无数共产党人无私奉献，顽强拼搏，创造了一个又一个奇迹。这些，在美术工作者的笔下都有所体现。

中国人民志愿军奔赴抗美援朝前线时，20岁的侯一民作为人民日报特派记者来到战地采访、写生。他亲身体会到在极端艰苦的条件下，志愿军将士如何用生命捍卫和平。虽然早年曾投身地下革命工作，但血与火交织的残酷战场依然深深震撼了他。他和首批奔赴抗美援朝前线的美术工作者们手绘的一批战地速写，生动地记录下所见所闻、所思所感，并在人民日报上发表，向全国人民展现了“谁是最可爱的人”。回国后，他还创作了油画《跨过鸭绿江》，参加了中国人民解放军建军三十周年纪念美术展览会，画作对中国人民志愿军必胜信心的描绘打动了无数观众。

“亲民爱民、艰苦奋斗、科学求实、迎难而上、无私奉献”的焦裕禄精神，在群众心中铸就了一座丰碑。毛本华、王刚、鲍璐、郝米嘉合作的油画《焦裕禄》，描绘了这位县委书记带领兰考人民用肩扛着、用车推着树苗走在风沙中的场

《焦裕禄》（油画）毛本华、王刚、鲍璐、郝米嘉　中国美术馆藏

景。灰蒙蒙的天空被一根根长矛似的树苗刺破，画面中的焦裕禄正微笑着和身旁的乡亲交谈，展现出他带领兰考人民战胜恶劣自然环境的信心。

《西部年代》是军旅画家骆根兴2001年创作的一幅油画，表现的是20世纪六七十年代我国西部“两弹一星”研发基地的创业者形象，以他们在戈壁滩上的英姿与豪情，展现了共产党人为党和国家的事业齐心协力、砥砺前行的担当精神。

三、无私奉献的形象描绘

改革开放以来，特别是进入新时代，各行各业都有了突飞猛进的发展，先进人物层出不穷，艺术创作为之一新。

焦兴涛创作的木雕《逐梦》，是一件表现航天员的作品，反映出中国人民对载人航天事业的关注和由此产生的民族自豪感。这座近2米高的雕塑，以柏木为媒材，用传统木雕技艺雕刻而成。航天员的头盔面罩部分，结合现代烤漆工艺，呈现出

《逐梦》（雕塑）焦兴涛　中国美术馆藏

玻璃的色泽和反光，以逼真的细节刻画了航天员等待起飞前宁静的一刻。这片刻的宁静之后，即将迎来火箭的轰鸣升空；这片刻的宁静背后，是新中国几代航天人“特别能吃苦、特别能战斗、特别能攻关、特别能奉献”的载人航天精神。

在孔繁森精神的引领下，一批又一批援藏干部奔赴雪域高原，谱写了一曲曲荡气回肠的奋斗者之歌。吴为山的雕塑《孔繁森》，塑造了这位共产党员头戴毡帽、身披大衣、脚踏厚靴的形象。通过服装，我们可以感受到雪域高原艰苦的气候条件和恶劣的自然环境，但孔繁森脸上却绽放着自信和满足的笑容，他的身躯像一棵伟岸的松柏矗立在高原之上。作为一名援

《孔繁森》（雕塑）吴为山　中国美术馆藏

藏干部，为了帮助百姓脱贫，他攀山涉谷，走访藏胞，足迹遍布偏僻的阿里。吴为山用自己最擅长的写意风格，生动还原了孔繁森“耿耿忠心照雪山”的精神面貌。

在抗击重大灾情或疫情时，人民军队和广大医务工作者，尤其是其中的共产党员，都以大无畏的精神冲在最前线。壁画《抗震壮歌》以恢弘的篇幅展现了军民齐心协力抗震救灾的感人场景。相似立意的作品还有表现抗洪精神的中国画《九八英雄颂》，以及荣获第十三届全国美展金奖、表现消防员的雕塑《烈焰青春》等。在众多歌颂医务工作者的作品中，郑爽创作的版画《你的双手承起了我们的生命与希望》让人过目难忘。她并未直接刻画某一位具体的抗疫功勋，而是用一位张开双臂、以双手承托起生命希望的年轻护士的形象，代表整个医务工作者群体。他们以尊重生命的大爱精神，救死扶伤，让生命绽放出耀眼的光华。

知识分子精诚、敬业、奉献的精神，同样诠释了共产党人的境界和追求。油画《敦煌女儿》是描绘敦煌研究院第三任院长樊锦诗的肖像作品。创作者袁元、季承禹刻意运用硬朗的表现手法，突显樊锦诗的精神强度和她瘦弱身躯之间的强烈对比，并力图使樊锦诗的形象融入她所守护的敦煌石窟环境当中，表现其执着而坚韧的精神力量。

新中国一代代美术工作者创作了一大批真实深刻地反映时代、深情讴歌英雄楷模的作品。在庆祝中国共产党成立100周年之际，重温这些曾引起观众共鸣的艺术精品，深入体悟中国共产党人崇高的理想境界和精神品格，意义格外深远。

出版后记

习近平总书记2021年2月在党史学习教育动员大会上的讲话中强调：“中国革命历史是最好的营养剂。”作为一种历史文化资源，红色文艺经典既是历史的，又是当下的。在我国文艺的百花园中，红色经典始终是耀眼的存在，不断释放着理想之光、信仰之力、艺术之美，承载着中华民族的历史记忆、文化品格、审美特点，构筑起一代代中国人的文化精神家园。

发挥红色文艺经典的当代价值，传承红色基因，对读者尤其是广大青年读者意义重大。回顾一部部红色经典，一个个为国为民牺牲奉献的英雄形象挺立其间，一个个心怀国之大者、情系百姓冷暖的共产党员故事感人依旧。这些反映时代生活、凝聚民族精神的文艺经典，是对党团结带领人民创造历史的伟大进程的热情赞颂，对所有为国为民牺牲奉献的英雄们、所有为中华民族伟大复兴而奋斗的拼搏者们的深情褒扬。

人民日报社文艺部在一年多的时间里，或访谈，或约稿，系统整理出建党百年来的红色文艺经典作品——自延安时期以来包含文学作品、影视作品、音乐作品、美术作品等各种艺术形式，生动反映了红色经典在记录宣传我们党的光辉成就和伟大历程方面的巨大影响力。这些讲述者与撰稿人，都是与红色经典具有重要关系的关键人物，他们有的是作品作者、当年的表演者，有的是历史亲历者、革命后辈，有的是各领域杰出代表、权威专家，有的是当今的优秀青年代表。他们立足于亲身经历、切身体会，讲述红色经典中激荡人心的故事，真实还原记忆中的经典作品、经典形象，在恢宏的文艺长卷中描摹动人的历史细节，以丰富多元的视角讲述峥嵘岁月中永不褪色的家国情怀。

知其所来，方能识其所在、明其将往。红色文艺经典的精神财富，弥足珍贵。通过这本书，愿诸位读者在经典中读懂红色文化、在红色文化中品味文艺经典，铭记那些梦想与追求、情怀与担当。

大有书局

2022年4月